JO
FOW

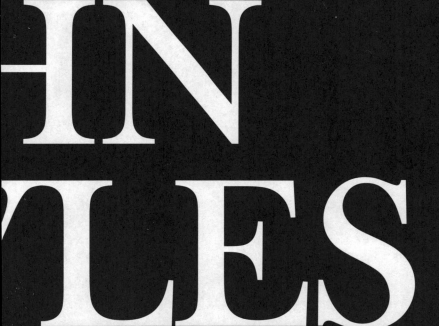

VOL. IV.   BUT

Outline of 2.

Colias Hyale.
(Pale-clouded yellow Butterfly)

Heliconius Langsdorfii.

Larva and Chrysalis of
Vanessa Io.
(Peacock)

PLATE XXVII.

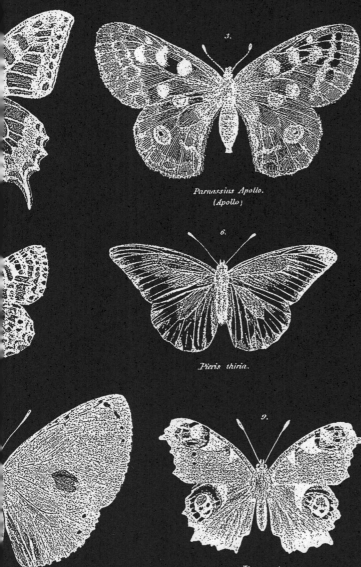

Parnassius Apollo.
(Apollo)

Pieris thiria.

Vanessa Io.
(Peacock)

COLECIONADOR

Copyright © John Fowles 1963

Copyright da introdução
© 1989 Stephen King.
Todos os direitos reservados.

Tradução para a língua portuguesa
© Antônio Tibau, 2018

Diretor Editorial
Christiano Menezes

Diretor Comercial
Chico de Assis

Gerente de Novos Negócios
Frederico Nicolay

Gerente de Marketing Digital
Mike Ribera

Editores
Bruno Dorigatti
Raquel Moritz

Editores Assistentes
Lielson Zeni
Nilsen Silva

Capa e Projeto Gráfico
Retina 78

Designer Assistente
Marco Luz

Revisão
Ana Kronemberger
Felipe Pontes

Impressão e acabamento
Gráfica Geográfica

DADOS INTERNACIONAIS DE CATALOGAÇÃO NA PUBLICAÇÃO (CIP)
Angélica Ilacqua CRB-8/7057

Fowles, John
O colecionador / John Fowles ; tradução de Antônio Tibau.
— Rio de Janeiro : DarkSide Books, 2018.
352 p.

ISBN: 978-85-9454-108-6
Título original: The Collector

1. Ficção inglesa 2. Psicopatas - Ficção I. Título II. Tibau, Antônio

18-0379   CDD 823.6

Índices para catálogo sistemático:

1. Ficção inglesa

[2018]
Todos os direitos desta edição reservados à
DarkSide® *Entretenimento LTDA.*
Rua do Russel, 450/501 — 22210-010
Glória — Rio de Janeiro — RJ — Brasil
www.darksidebooks.com

JOHN FOWLES
O COLECIONADOR
INTRODUÇÃO EXCLUSIVA
STEPHEN KING

TRADUÇÃO
ANTÔNIO TIBAU

DARKSIDE

INTRODUÇÃO.

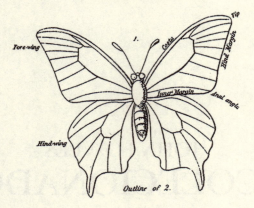

Outline of 2.

Colias Hyale.
(Pale-clouded yellow Butterfly)

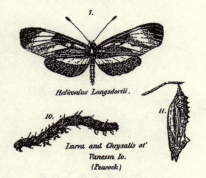

Heliconius Langsdorfii.

Larva and Chrysalis of
Vanessa Io.
(Peacock)

INTRODUÇÃO EXCLUSIVA
STEPHEN KING
Contém Spoilers!

Sei o que algumas pessoas achariam,
elas achariam meu comportamento peculiar.
— Frederick Clegg
vulgo Ferdinand,
vulgo Caliban,
vulgo o Colecionador

O romance de suspense e o romance filosófico são duas espécies que raramente combinam. Na maioria dos casos, uma premissa de suspense parece despertar nossas emoções de tal forma que fica até difícil pensar, enquanto que uma ideia cerebral dificilmente consegue suscitar emoções — diversão, desgosto e surpresa.

Existem exceções à regra; na literatura inglesa existem exceções a *todas* as regras. *A Ilha do Dr. Moreau*, de H.G. Wells vem à mente, assim como as duas fábulas de George Orwell, *A Revolução dos Bichos* e *1984*; *Senhor das Moscas*, de William Golding; *The Children of Dynmouth*, de William Trevor, e, é claro, o espetacularmente aprovado romance de estreia de John Fowles, *O Colecionador*.

É uma ideia maravilhosa relançar *O Colecionador* em uma nova edição porque ele, assim como os outros livros citados acima, entregam ao leitor apenas metade do que tem a oferecer numa primeira leitura. A razão é simples: se você dá ao leitor mediano um romance que oferece uma variedade de ideias intrigantes sobre sexo, classes sociais, arte, e mesmo o propósito da vida, embrulhadas numa premissa de suspense de trincar os dentes, feito arame fino enrolado num pino de metal, esse leitor vai descartar as ideias gerais e se concentrar completamente na situação que gera o suspense.

O leitor consciente e justo (aquele que está decidido a respeitar a inteligência e a proposta do autor... ao menos enquanto ele se mostrar merecedor de tal respeito) começa a ler um livro como *O Colecionador* pronto para apreciar a completa gama de talentos do romancista, desde sua habilidade em estabelecer climas e situações até a capacidade de criar personagens (o que Fowles constrói em seu romance somente com as vozes radicalmente diferentes de seus dois narradores). O leitor ou a leitora seguirá em frente com muito cuidado, apreciando todas as nuances.

Então, quando compreender exatamente do que se trata, é nesse ponto que seu ritmo de leitura vai acelerar.

A premissa (romances de suspense, como histórias em quadrinhos, têm sempre premissas) é simples, mas Fowles consegue apresentá-la com uma velocidade de perder o fôlego; a máquina é construída e está em operação nas primeiras trinta páginas do romance.

Um jovem perturbado e solitário, Frederick Clegg, fica fascinado por Miranda Grey, uma garota que ele costuma ver da janela de seu local de trabalho. Clegg é um ávido colecionador de borboletas, e descreve Miranda nos seguintes termos: "Vê-la", ele nos conta na segunda página do romance, "sempre me fez sentir como se capturasse um espécime raro, me aproximando bem silenciosamente, com o coração na mão, como dizem." Como o narrador de Poe em "O Coração Delator", Clegg sofre para tentar nos convencer de que ele não está louco... mas

Fowles é igualmente rápido ao estabelecer a profunda natureza obsessiva do rapaz:

> *Não sei dizer o que foi, mas, logo da primeira vez que a vi, soube que tinha de ser ela. Claro que não sou louco, eu sabia que era apenas um sonho e seria sempre assim se não fosse pelo dinheiro.*

Clegg é louco, Miranda Grey é sua loucura, e o que ele deseja é adicioná-la a sua coleção, como se fosse uma borboleta. Só lhe faltam os meios práticos para transformar sua fantasia obsessiva em realidade... e esses meios aparecem na forma de um grande prêmio na loteria esportiva britânica. Pouco depois da Comissão Lotérica entregar a Clegg o cheque no valor de 73.091 libras, ele resolve partir atrás de seu desejo de "colecionar" a garota dos seus sonhos. "Essa é a beleza do dinheiro", reflete Clegg. "Com ele não há obstáculos." Trata-se de um sequestro? Não para Clegg, cujos mecanismos de negação estão enraizados ainda mais profundamente do que suas obsessões. Ele se refere a Miranda constantemente como sendo "sua convidada".

Ele compra um velho chalé em Sussex, perto da pequena cidade de Lewes, e transforma uma área do porão de sua casa em prisão ("o quarto de hóspedes", no idioma próprio de Clegg). Com os preparativos finalizados — que incluíam uma nova porta com ferrolhos pesados para garantir que a "hóspede" não saia antes que o "anfitrião" esteja pronto — Clegg compra um furgão e espera por uma oportunidade. Seus planos de subjugá-la são simples, porém eficientes... inspirados na própria experiência de Clegg em caçar borboletas. "Ia usar clorofórmio, como usei uma vez no recipiente de coletar insetos."

Tudo funciona como o esperado. Ele aperta o lenço sobre o rosto de Miranda, a coloca no furgão, dirige até Sussex e, ao despertar, ela já se transformara na mais assustada e relutante hóspede na história da literatura inglesa moderna.

Terei entregado a história para você leitor, com um *spoiler*? Não mais do que o cenário de uma peça de teatro entrega a história ao subir da cortina. Foi exatamente isso que eu lhe entreguei, e será *tudo* o que lhe entregarei: o panorama fabricado por Fowles, a gangorra de situações em que lançou dois personagens surpreendentemente diferentes, os únicos personagens do romance.

Após as trinta primeiras páginas, o leitor foi fisgado. Fowles se apoderou completamente de nossas emoções, e brinca com elas com um tipo de brutalidade imperdoável que aqueles de nós que tentamos escrever suspense como forma de vida podem tão somente admirar. Estamos completamente do lado de Miranda, e lá na metade do romance esperamos que ela consiga mais do que escapar; queremos vê-la matando Clegg, a quem ela devidamente batiza de Caliban. E queremos que o mate lenta e brutalmente, se assim for possível. Seria ótimo ouvir o maldito gritar (e lá se foi o papel de espectador desinteressado que o Leitor Impassível poderia ter sobre esse retrato particular da comédia humana). Nós suspiramos quando, em 25 de outubro, Miranda escreve em seu diário: "Cara a cara, não consigo ser violenta. [...] Se ele se aproximasse de mim agora, se ajoelhasse e me oferecesse o atiçador da lareira, eu não conseguiria acertá-lo". E nós festejamos seu progresso rumo a um cenário emocional em que Dirty Harry se sentiria em casa, quando, menos de um mês depois, ela escreve: "[...] vou tentar matá-lo. Eu vou. Não pensaria duas vezes antes".

Da mesma forma, nós rapidamente aprendemos a odiar Clegg/Caliban, que é presunçoso, pedante, sempre na defensiva, e estranhamente *inerte* em suas convicções e obsessões. O que mais odiamos nele, talvez, seja sua atitude enfadonha de ressentimento e passividade cínica. Ele raramente sente prazer; nas poucas ocasiões em que vemos Clegg de bom humor, Miranda está dormindo ou inconsciente. Sua opinião sobre Londres resume seu estado de espírito e seus sentimentos mais do que qualquer outra coisa:

> Se você me perguntar, Londres está toda preparada para quem sabe se portar como aluno das escolas de elite, e você não vai a lugar nenhum se não tiver berço e falar com a voz afetada — estou me referindo aos riquinhos de Londres, de West End, é claro.

Para Clegg, o mundo, assim como a Gália no Império Romano, é dividido em três partes: Miranda, ele, e todas aquelas pessoas que não merecem confiança e saem por aí falando com suas vozes afetadas.

Clegg sofre uma grave inadequação em termos sexuais, tendo prazer em livros com títulos como *Sapatos* ("com fotos muito interessantes de garotas, de suas pernas na maioria, calçando sapatos de vários tipos, algumas fotos só com sapatos e cintos, elas eram realmente muito diferentes, artísticas") e provando ser impotente com mulheres na vida real. Sobre as diferenças entre as fotografias e uma garota da vida real como Miranda, Clegg diz: "[...] eu costumava olhar para elas [as fotos] de vez em quando. Eu sabia o que fazer com elas. Elas não me respondiam. Aquilo era o que ela nunca soube". E depois, após dopar Miranda com mais clorofórmio, desnudá-la e tirar mais fotos dela, Clegg nos diz que gosta especialmente das fotos em que errou o enquadramento das imagens... cortando a cabeça da modelo, capturando apenas uma paisagem anônima de carne feminina.

Ele é um mentiroso autodepreciativo, não cansa nunca de se justificar, possuído por um egoísmo tão profundo que talvez seja uma característica própria de sua mente delirante.

> Sentia que eu poderia fazer tudo [...] para ser seu amigo [...]. Para mostrar como eu era, pus cinco notas de cinco libras que eu tinha num envelope e o enderecei à srta. Miranda Grey, na Escola de Arte Slade... mas é claro que eu não o enviei. Enviaria, se pudesse estar lá para ver seu rosto quando abrisse o envelope.

Seu egoísmo não está na decisão de não enviar o dinheiro; assim como não está em sua decisão de não doar dinheiro aos pacifistas ou às crianças como Miranda havia solicitado, seu egoísmo está em seu *motivo* para não doar.

Dessa forma, a geografia emocional deste romance, que continua tão incendiário quanto da sua publicação em 1963, é escolhida entre os mais absolutos brancos e pretos... pelo menos durante a primeira leitura. Miranda é jovem, corajosa, determinada a sobreviver ao seu sequestro custe o que custar; Clegg é um louco, malvado, mas também um mentiroso, um hipócrita, e uma esponja de autopiedade — coisas que, pela metade do romance, começam a parecer ainda piores.

Então nós continuamos a leitura, a princípio interessados apenas em qual será o desfecho, mas *desesperados* em descobrir o quanto antes. Numa atmosfera tão aquecida, as ideias com que Fowles preencheu seu livro têm tantas chances de atrair nossa atenção quanto um homem de neve tem de sobreviver a uma noite no inferno. Por mais que gostemos de Miranda, nós eventualmente perdemos a paciência com suas lembranças de "G.P.", o homem mais velho por quem ela sente uma "paixonite" de estudante. Após ela se questionar pela quinta ou sexta vez sobre se deveria ou não ter ido para a cama com ele (ou se vai quando/se ela conseguir escapar do "quarto de hóspedes") e o que a relação deles *realmente significa,* nós nos perguntamos: "Isso é interessante, Miranda, querida — mas o que Caliban está aprontando agora? É isso o que eu *realmente* quero saber".

Escritores de suspense frequentemente desdenham dos romances — e dos romancistas — filosóficos, considerados supostamente como livros e autores "sérios". Parte disso vem de um complexo de inferioridade compreensível, que é causado pela rápida — e usualmente injusta — rejeição dos romancistas de suspense pela crítica profissional; e outra parte é um sentimento sincero de que a maioria dos romancistas "sérios" ficaria perdida se alguém lhes pedisse para contar uma história misteriosa, uma que exigisse uma premissa sólida, e que o escritor subordinasse todas as demais considerações a simples valores de história.

John Fowles não está perdido, tampouco se apega ao mandamento primordial do contador de histórias de suspense — que é o de lhe enfiar goela abaixo e *continuar* enfiando até que o leitor ou a leitora grite por misericórdia. As últimas quarenta páginas de O Colecionador estão entre as leituras mais compulsivas do século xx. À medida que a situação estática entre refém/sequestrador finalmente começa a andar novamente (a alavanca que Fowles utiliza é um simples resfriado), o autor tira completamente o pé do freio. O leitor — se ele ou ela for realmente humano — terminará essas quarenta páginas num fôlego só e fechará o livro com as mãos gélidas e o coração palpitando.

Então, ideias? *Que* ideias?

Mas elas estão lá, e uma segunda e mais tranquila leitura de *O Colecionador* não apenas traz várias delas à tona, mas vai aumentar o prazer do leitor consciente — e sua admiração — pela façanha de Fowles.

Não é minha tarefa elucidar todas essas ideias neste ensaio; não estamos em sala de aula e não sou um professor. Mas já que muitos dos que escolheram esta edição estarão lendo *O Colecionador* por uma segunda ou mesmo terceira vez, não custa ao menos apontar algumas delas.

Em primeiro lugar, Fowles tem ideias definidas sobre a composição psicológica de uma criatura que se transformou progressivamente em parte da vida ocidental nesses últimos anos desde que *O Colecionador* foi publicado pela primeira vez, uma criatura que chamaremos de um sociopata, na falta de um termo melhor. Frederick Clegg é um maníaco discreto, e ele guarda uma alarmante semelhança, tanto em suas ações quanto em seus processos de pensamento, com criaturas como Mark David Chapman, John Hinckley, Lee Harvey Oswald, Ted Bundy, Juan Corona, entre outros tantos.

Ele é um solitário que não apenas aceita sua condição como a abraça ("Estava sozinho o tempo todo; não ter nenhum amigo de verdade era uma sorte"). Ele está tão profundamente neurótico que seus pensamentos conscientes e subconscientes praticamente tomaram rumos totalmente diferentes uns dos outros; ele vê a decisão consciente de raptar Miranda não como consequência de um longo processo interior, e sim como "quase um golpe de gênio". De forma parecida, a casa que podemos achar que ele estivera procurando desde o momento em que ganhou na loteria chama a sua atenção num anúncio classificado, e ele diz "atraiu minha atenção quando eu virava a página". A característica mais assustadora do sociopata é a completa inabilidade que ele (e essa criatura é quase *sempre* ele; sociopatas mulheres são raras) tem em compreender conceitos de certo e errado. Clegg fecha a primeira parte do livro dizendo acreditar "que estava agindo da maneira correta e dentro dos meus direitos". O arranjo das palavras expressa perfeitamente a pequena-burguesia na qual ele fora criado; o *sentido* das palavras expressa o vácuo de moralidade no qual ele vive.

Desde *O Colecionador*, o sociopata se transformou quase num vilão típico das histórias de suspense (veja os trabalhos de John D. MacDonald e, melhor ainda, Charles Willeford como exemplos particularmente bons), mas este tipo de esquisitice moral é comparativamente uma raridade em obras de ficção anteriores. Os únicos exemplos de que consigo me lembrar são dois livros de Jim Thompson (*1280 Almas* e *O Assassino Em Mim*) e *Menina Má*, de William March.[1]

O verdadeiro sociopata costuma ser um *serial killer*, e Fowles dá fortes indícios de que Frederick Clegg segue nessa direção.

Em segundo lugar, *O Colecionador* oferece o que é quase um retrato de livro didático do que é chamado com frequência de síndrome de Estocolmo... e Fowles a definiu duas décadas antes que a expressão caísse em uso comum. Enquanto a relação entre refém/sequestrador permanece estática, a relação entre prisioneira e carcereiro segue em movimento. Se um sequestro dura tempo o suficiente, eles desenvolvem um *modus vivendi* de mútuo saprofitismo, um estado que pode se transformar em uma estranha forma de amor.

Miranda Grey não se apaixona por seu Caliban, mas tampouco está imune à síndrome de Estocolmo. Seria um alívio se ela não tomasse conhecimento do que está acontecendo, mas ela é esperta demais para isso. De tempos em tempos ela percebe sua aceitação crescente — e uma afeição flutuante — por seu sequestrador. Essas observações sempre carregam sentimentos de forte desânimo entre eles. Após tomarem um chá que é bastante agradável tanto para Miranda quanto para Clegg/Caliban, ela

---

[1] DarkSide® Books, 2016. Trad. Simone Campos. [NE]

parece finalmente compreender o que está acontecendo. "Você é desprezível", ela lhe diz. "E você me faz ser desprezível."
Sua consciência segue amadurecendo.

> Odeio a forma como mudei.
> Aceito demais. Para começar, pensei que eu deveria me obrigar a agir do tipo pé no chão, sem deixar que a anormalidade dele tomasse controle da situação. Mas ele deve ter planejado isso. Está fazendo com que eu me comporte exatamente como *ele* quer.

Ela não está sozinha, entretanto. Ela nos diz repetidamente ser a amante de Clegg, e em quase todos os sentidos ela é (sendo a exceção a mais crucial de todas — ele não a deixa ir, não importa o quão frequente ou vigorosamente ela lhe implore). Mas não é ele quem foi coletado. Essa é a diferença vital, e portanto Fowles insiste na percepção crescente de Miranda sobre a mudança do relacionamento deles (Clegg é muito obtuso para conseguir enxergar o que está acontecendo consigo mesmo). Esta é a definição mais precisa que ela consegue encontrar — e parece muito próxima da verdade:

> É esquisito. Inquietante. Mas há uma espécie de relação entre nós. Eu sacaneio, ataco ele o tempo todo, mas ele sabe quando estou sensível. Quando ele pode dar a volta e não me deixar chateada. Então ele aborda temas provocativos que são quase amigáveis. Em parte porque estou muito solitária, em parte é deliberado (quero que ele relaxe, tanto para o seu bem quanto para que um dia ele cometa um erro), então é um pouco de fraqueza, um pouco de astúcia e um pouco de caridade. Mas existe uma quarta parte misteriosa que não consigo definir. Não pode ser amizade, eu o detesto.

A quarta parte misteriosa, é claro, é o saprofitismo mútuo ao qual Clegg forçou a ambos. É em parte a razão pela qual todas as tentativas de fuga de Miranda terminam mal... mas não é a única razão. O que me lembra de um último ponto sobre *O Colecionador* que eu gostaria de abordar. Talvez seja a ideia mais radical e perturbadora que há no livro, e a mais subestimada durante uma primeira leitura, quando nossas emoções estão completamente empenhadas em favor de Miranda.

Este não é só um romance sobre colecionadores; ao dividir equalitariamente a narrativa e ao contar a mesma história duas vezes — um plano audacioso de ataque que o autor executa com maestria — Fowles deixa claro que este também é um romance sobre aqueles que são colecionados. Quando se olha sobre esse ângulo, pode-se descobrir uma implicação que é *extremamente* perturbadora: que Miranda é uma cúmplice desse crime — e à medida que a situação continua, ela se torna cada vez mais ciente disso, ainda que não tenha poder suficiente para mudar a situação.

Nesse sentido, *O Colecionador* é muito mais um romance de razão e sensibilidade como nas obras de Jane Austen (a quem Fowles invoca de tempos em tempos; Miranda aparentemente está dedicando seu tempo aos romances de Austen durante seu cativeiro — obras de *coleção*, poderíamos dizer?). Ambos Clegg e Miranda são produtos da classe média — Clegg da camada mais baixa, Miranda da mais alta. Ela ganhou uma bolsa de estudos para frequentar a escola de arte, e de uma forma estranha, Clegg foi capaz de perseguir seu próprio destino como resultado de uma bolsa da loteria esportiva. Ele é louco. Ela não. Porém, de outras formas, eles dividem a mesma visão arbitrária a respeito das pessoas ao seu redor — e é sempre uma visão relacionada a questões de classe.

Caliban não confia naquelas pessoas que moram em West End e falam com vozes afetadas (a classe alta), enquanto Miranda guarda opiniões semelhantes sobre a classe operária e sobre aqueles que acabaram de emergir para a classe média (ela adota o termo pejorativo com que G.P. se refere a eles — Gente Nova). Ela se recusa a admitir que a fonte desses sentimentos resida em sua própria criação, é claro, mas se torna evidente logo de cara, como demonstra essa estranha e pedante declaração: "Odeio esnobismo. [...] Alguns dos meus melhores amigos em Londres são da — bem, o que algumas pessoas chamam de classe operária. De origem. Não pensamos nessas coisas."

Mas ela *pensa* nessas coisas, e quase o tempo todo. Dado o contexto histórico do livro, publicado às vésperas do maior terremoto de gerações (terremoto de juventude?) dos tempos modernos, Miranda se transformou em uma Gente Nova, um tipo de proto-hippie que marcha em passeatas, escuta Ravi Shankar e considera ter um caso com um exaurido e ah-tão-romântico artista. Como aqueles de sua geração, ela tem uma dolorosa consciência sobre o que é política e artisticamente correto. Algumas de suas declarações podem nos parecer ridículas, mas nem por isso mentirosas. E o que as torna tão horrivelmente dolorosas é que podemos perceber a desgraça espreitando essa jovem mulher nas entrelinhas. Clegg, à sua maneira, parece reconhecer essa situação de forma mais clara que a própria Miranda. "Ela falava sobre como odiava as distinções de classe, mas nunca me convenceu", ele diz. Então ele afirma, sem rodeios: "Sempre houve distinção de classe entre nós".

Miranda com frequência parece mais com alguém tentando escrever um artigo de opinião do que uma jovem mulher tentando escapar de um psicopata. Em certo momento ela discursa: "Você *tem* que ser de esquerda, porque os Socialistas são os únicos que se importam, mesmo com todos os seus defeitos. Eles *sentem*, eles querem melhorar o mundo". E logo ela escreve: "É *preciso* ser de esquerda. Todas as pessoas decentes que eu conheci eram contra os conservadores". Agir de forma contrária, ela conclui, seria "a mais terrível das atitudes".

Enquanto tendemos ver seu quase amante, G.P., como uma figura boêmia bastante comum, fascinando jovens suscetíveis, abraçando as causas certas, fazendo todo o tipo de afirmações, levando pra cama sei lá quantas garotas enquanto pinta quadros medíocres (a irmã de Miranda a irrita profundamente ao depreciar G.P. como um "Paul Nash de segunda categoria"), Miranda o vê como um deus. Ela está ciente da forma como G.P. trata sua tia Caroline: "[...] descolado, sem tentar dissimular seu tédio. Sem lhe ceder a dianteira, como todo mundo". Seu estúdio é "a mais bela sala". Por quê? "É tudo ele", elabora Miranda, aparentemente sem enxergar egoísmo ou vaidade na maneira como aquele lugar expressa apenas "o que ele é".

Fica claro que ela está atraída sexualmente por G.P. mesmo antes de ele se empenhar em levá-la para cama. Ela admira sua paixão. Sem se dar conta do quanto soa como a heroína de um folhetim romântico, Miranda o descreve como "Cru. Despido. Tremendo de ódio".

Será que G.P. finalmente terá seu momento com Miranda? Não creio que estarei entregando a história se lhe disser que a resposta é não. Novamente, é uma questão de classes. Pode ser política e artisticamente correto para Miranda dormir com esse homem que considera ser um grande artista, mas ela não consegue. Ela é como uma borboleta que flerta com a chama, mas que de alguma maneira consegue, no último instante, se esquivar. "A única coisa", diz G.P. em um de seus encontros em sua belíssima casa, "é esse ponto escarlate no seu olhar. O que é? Paixão? Um alerta?" Ao que Miranda responde com uma afirmativa seca: "Não é desejo." Por que não? Talvez seja simplesmente que ela mantenha uma visão convencional porém muito poderosa do que o sexo significa, que qualquer mulher mais velha de sua classe social aprovaria: Sexo pertence ao casamento. E como deveria ser o casamento?

> Sempre pensei no casamento como uma aventura juvenil, duas pessoas da mesma idade participando juntas, descobrindo juntas, amadurecendo juntas. Mas eu não teria nada para lhe dizer [a G.P.], nada para lhe mostrar. Toda a ajuda viria do lado dele.

É o fim da linha pra você, G.P., seu estrume velho.

Questão de classe.

Mas, infelizmente, é também uma questão de correção política. Miranda, que nos conta certa vez ser capaz de matar Caliban e nunca sentir remorsos, nos demonstra que, quando chega a hora da verdade, ela é uma Gente Nova, e não há mais volta. Ela tem uma — e somente uma — oportunidade de ouro para escapar de seu sequestrador. Clegg esquece uma pequena machadinha no peitoril da janela ao alcance de Miranda. Ela *chega* a segurá-la, e... mas vamos deixar Miranda contar com suas próprias palavras: "Decidi que precisava ser feito. Eu tinha que pegar o machado e *acertá-lo com a ponta cega, nocauteá-lo*." Os itálicos são meus, e eles devem ser desnecessários. Os Beatles só cantariam "All You Need Is Love" alguns anos após a publicação inicial de *O Colecionador*, mas Miranda Grey parece já conhecer a letra — e esta é sua desgraça. Entre a ponta afiada e a ponta cega da machadinha — o lado Partido Conservador versus o lado anti Partido Conservador —, Miranda escolhe o último. Ela não parece entender que a questão de qual lado você está, colecionador ou item de coleção, depende do lado da machadinha que você escolhe.

Ainda assim ela *realmente* amadurece; sua longa e miserável estadia no porão não é nada. Ela começa a enxergar G.P. com mais clareza, por certo. "É claro que G.P. estava sempre tentando me levar pra cama. Eu não sei por que, mas eu vejo com mais clareza agora do que na época." Mais importante ainda, ela começa a enxergar Caliban com mais clareza, e o que ele deseja da parte dela.

> Sou uma entre uma fileira de espécimes. É quando tento bater as asas que ele me odeia. Meu papel é estar morta, presa por um alfinete, sempre a mesma, sempre linda. Ele sabe que parte da minha beleza reside em estar viva, mas é morta que ele me quer. Ele me quer viva-porém-morta.

O trágico não é que ela só perceba essas coisas tarde demais, porque não é verdade. Trágico é ela nunca ser capaz de liberar sua mente o suficiente para *usar* seu conhecimento. Tanto faz, Fowles nos deixa — ou pelo menos ele deixa *este* leitor — com a nítida impressão de que ela *faria* uso de sua nova e mais ampla visão do mundo, e de que às vezes precisamos para conseguir sobreviver, se o destino não tivesse conspirado contra ela de uma maneira tão infeliz.

Confesso que peguei para mim algumas boas ideias deste livro tão maravilhosamente valioso. Análise literária é em si uma forma de colecionar, e eu pude alfinetar um bom número de borboletas nessas páginas... tantas que eu me sinto um pouco enojado comigo mesmo por minha disposição em participar do jogo. De uma certa maneira, não interessa. O que parece estar morto e emoldurado aqui vai viver novamente neste estudo de personagens tão denso feito por Fowles, e eu vou deixar você, leitor, seguir sozinho daqui em diante. Apenas esqueça sua rede de caçar borboletas.

As redes e o clorofórmio são para os Cleggs deste mundo, pessoas capazes de afirmações como esta: "O que ela nunca entendeu foi que aquilo me bastava. Tê-la comigo era o suficiente. Nada precisava ser feito. Só queria que fosse minha, e a salvo, finalmente".

1989

que fors aus ne le sot riens nee

01.

Papilio Machaon.
(Swallow-tail)

Thais Medesicaste

Danaida cunter.

JOHN FOWLES
O COLECIONADOR

01.

Quando ela voltava do internato, eu costumava vê-la quase todos os dias, já que a casa dela ficava bem em frente ao anexo da Prefeitura. Ela e a irmã mais nova costumavam entrar e sair o tempo todo, quase sempre acompanhadas de rapazes, do que, é claro, eu não gostava. Quando tinha um momento livre dos arquivos e da contabilidade, eu parava em frente à janela e olhava para o outro lado da rua, através do gelo fino no vidro, e às vezes a via. À noite, eu marcava no meu diário de observações, a princípio com um X, e então, quando descobri o nome dela, com um M. Também a vi diversas vezes na rua. Uma vez, fiquei bem atrás dela numa fila na biblioteca pública da Crossfield Street. Ela não olhou pra mim nenhuma vez, mas eu vi sua nuca e seus cabelos num longo rabo de cavalo. Eram muito claros, sedosos, como casulos de uma mariposa. Todos num rabo de cavalo que descia quase até sua cintura, às vezes para a frente, às vezes, às costas. Às vezes ela prendia os cabelos para cima. Só uma vez, antes de ela ser minha convidada aqui, tive o privilégio de vê-la deixar os cabelos soltos, e cheguei a perder o fôlego com sua beleza, parecia uma sereia.

Numa outra vez, num sábado de folga, quando fui ao Museu de História Natural, voltamos no mesmo trem. Ela sentou-se de lado, três bancos depois de mim, e lia um livro, então eu pude observá-la por trinta e cinco minutos. Vê-la sempre me fez sentir como se capturasse um espécime raro, me aproximando bem silenciosamente, com o coração na mão, como dizem. Uma *amarelo-nebulosa*, por exemplo. Sempre pensei nela desse jeito, quer dizer, com palavras como evasiva e esporádica, e muito refinada — não como as outras, mesmo as mais bonitas. Mais para ser apreciada por um verdadeiro connoisseur.

No ano em que ela ainda estava no colégio, eu não sabia quem era ela, apenas que seu pai era o doutor Grey e, em função de uma conversa entreouvida num encontro na Seção de Insetos, que a mãe dela bebia bastante. Ouvi a mãe dela falar uma vez numa loja, ela tinha uma voz afetada, e você podia ver que ela era do tipo que exagerava na bebida, na maquiagem etc.

Bem, então saiu a notinha no jornal local sobre a bolsa de estudos que ela ganhou e sobre como era inteligente, e seu nome era tão bonito quanto ela, Miranda. Aí eu soube que ela estava em Londres estudando Artes. Fez toda a diferença aquele artigo no jornal. Fez parecer que havíamos nos tornado mais íntimos, embora, é claro, ainda não nos conhecêssemos do jeito tradicional.

Não sei dizer o que foi, mas, logo da primeira vez que a vi, soube que tinha de ser ela. Claro que não sou louco, eu sabia que era apenas um sonho, e teria sido sempre assim se não fosse pelo dinheiro. Costumava sonhar acordado com ela, costumava imaginar histórias em que a encontrava, fazia coisas que ela admirava, casava com ela e tudo mais. Nada indecente, isto é, nada até aquilo que explicarei mais tarde.

Ela desenhava e eu cuidava da minha coleção (em meus sonhos). Era sempre o amor dela por mim e pela minha coleção, desenhando e colorindo as peças; nós dois trabalhando juntos numa linda casa moderna com uma enorme sala e uma dessas gigantescas janelas de vidro; reuniões da Seção de Insetos, onde em vez de não falar quase nada para evitar cometer erros, nós éramos os anfitriões mais populares. Ela tão linda com seus cabelos bem louros e seus olhos cinzentos, e, é claro, os outros homens doentes de inveja.

As únicas vezes que não tinha sonhos agradáveis com ela era quando eu a via com um certo rapaz, um arruaceiro típico de escola pública que dirigia um carro esporte. Fiquei uma vez atrás dele na agência do Barclays esperando para fazer um depósito e o ouvi dizer: quero tudo em notas de cinco; sendo que a piada era que aquele era só um cheque de dez libras. Todos agem assim. Bem, eu a vi entrar no carro dele algumas vezes, ou vi os dois juntos passando pela cidade, e nesses dias eu era um grosso com os outros no escritório, e não marcava o X no meu diário de observações entomológicas (isso tudo foi antes de ela se mudar para Londres, que foi quando ela perdeu o interesse nele). Naqueles dias eu me permitia ter pesadelos. Ela chorava ou geralmente se ajoelhava. Uma vez, me permiti sonhar que dava um tapa em seu rosto, como vi certa vez um sujeito fazer na tevê. Talvez tenha sido aí que tudo começou.

Meu pai morreu enquanto dirigia. Eu tinha dois anos. Isso foi em 1937. Ele estava bêbado, mas tia Annie sempre disse que foi minha mãe quem o levou a beber. Nunca me disseram o que realmente aconteceu, mas ela partiu logo depois e me deixou com a tia Annie, só queria saber da boa-vida. Minha prima Mabel uma vez me contou (quando éramos crianças, numa briga) que ela era uma mulher das ruas que fugiu com um estrangeiro. Fui burro e corri para perguntar à tia Annie, e se havia algo a esconder de mim, foi exatamente o que ela fez. Não me importo agora, se ainda estiver viva, não quero encontrá-la, não tenho o menor interesse. Tia Annie sempre dizia que eu estava melhor sem ela, e eu concordo.

Então fui criado por tia Annie e tio Dick e a filha deles, Mabel. Tia Annie era a irmã mais velha do meu pai.

Tio Dick morreu quando eu tinha quinze anos. Isso foi em 1950. Fomos pescar na represa Tring, e como sempre eu fui para o outro lado com a minha rede e equipamentos. Quando senti fome e voltei ao lugar onde o deixara, havia um grupo em volta dele. Pensei que ele tivesse fisgado um dos grandes. Mas ele sofrera um infarto. Eles o levaram pra casa, mas ele nunca mais disse uma só palavra ou voltou a reconhecer nenhum de nós.

Os dias que passávamos juntos — não exatamente juntos, já que eu saía coletando e ele ficava sentado com suas varas de pescar, ainda que sempre jantássemos juntos e apesar da viagem de ida e volta até a casa —, aqueles dias foram (depois dos outros que ainda vou contar) definitivamente os melhores da minha vida. Tia Annie e Mabel costumavam desprezar minhas borboletas quando eu era garoto, mas o tio Dick sempre me apoiava. Ele sempre admirou um tantinho os quadros. Sentia o mesmo que eu ao ver uma *imago*, e sentava-se para ver as asas se esticarem e secarem, da maneira delicada como as novas borboletas costumam fazer, e ele sempre me deixou guardar os potes com as lagartas no seu galpão. Quando ganhei um prêmio de colecionador por minha caixa de borboletas-*fritilárias*, ele me deu uma libra, sob a condição que eu não contasse a tia Annie. Bem, não preciso ir além, ele foi como um pai para mim. Quando aquele cheque estava em minhas mãos, foi nele, além de Miranda, é claro, em quem eu pensei. Teria lhe dado os melhores caniços e equipamentos de pesca e tudo mais que ele quisesse. Mas não era pra ser.

Comecei a jogar na loteria na semana em que fiz vinte e um anos. Toda semana, fazia a mesma aposta de cinco xelins. O velho Tom e Crutchley, que trabalhavam nas Finanças comigo, e algumas das garotas se juntaram e fizeram um bolão, e eles sempre me pediam para que eu jogasse com eles, mas me mantive como um lobo solitário. Nunca fui com a cara do velho Tom ou de Crutchley. O velho Tom é um bajulador, sempre tagarelando sobre a política local ou puxando o saco do sr. Williams, o tesoureiro do município. Crutchley tem uma mente suja e é um sádico, ele nunca perde uma oportunidade para tirar sarro do que gosto, especialmente se as garotas estão por perto. "Fred parece cansado — ele passou um fim de semana tórrido com uma 'pequena-branca'", ele dizia, e "Quem era aquela 'bela-dama' que eu vi com você noite passada?". Velho Tom zombava, e Jane, a namoradinha de Crutchley do Saneamento, que estava sempre em nosso escritório, mal segurava o riso. Ela era o extremo oposto de Miranda. Sempre odiei mulheres vulgares, especialmente as mais novas. Então fiz minha aposta sozinho, como já disse.

O cheque foi de 73.091 libras e alguns xelins. Eu liguei para o sr. Williams na terça-feira, assim que o pessoal da lotérica confirmou que estava tudo certo. Pude sentir que estava furioso comigo por sair daquele jeito, embora tenha dito de início que estava contente, tinha certeza de que todos estavam contentes, o que eu sabia, é claro, ser uma mentira. Ele chegou a sugerir que eu investisse no fundo de 5% da Junta Administrativa! Alguns deles na prefeitura não têm o menor senso de proporções.

Fiz o que o pessoal da lotérica sugeriu, me mudei imediatamente para Londres com a tia Annie e Mabel até a poeira baixar. Mandei um cheque de 500 libras para o velho Tom e pedi que ele dividisse com Crutchley e os outros. Não respondi a suas cartas de agradecimento. Dava pra ver que eles me achavam um cara mesquinho.

A única pedra no sapato era Miranda. Ela estava em casa quando fui sorteado, de férias da Escola de Artes, e eu a vi apenas na manhã de sábado do grande dia. O tempo todo que passamos em Londres gastando eu pensava que nunca mais a veria; e agora eu era rico, um bom partido; aí eu pensava que isso era ridículo, as pessoas só se casam por amor, especialmente garotas como Miranda. Houve momentos em que até me esquecia dela. Mas esquecer não é algo que você faz, é algo que acontece. Só que não aconteceu comigo.

Se você é um irresponsável imoral como muitos são hoje em dia, acredito que possa curtir a vida quando ganha uma bolada de dinheiro. Mas devo dizer que nunca fui desses, jamais tomei advertência na escola. Tia Annie é uma anglicana não conformista, ela nunca me forçou a ir à capela nem nada, mas fui criado nessa atmosfera, ainda que tio Dick fosse ao pub na surdina de vez em quando. Depois de muito bate-boca, tia Annie me deixou fumar cigarros quando eu voltei do serviço militar, mas ela jamais aprovou. Mesmo com toda aquela grana, ela tinha que repetir que era contra seus princípios gastar tanto dinheiro. Mas Mabel insistiu com ela às escondidas, eu escutei a discussão um dia, mas de qualquer maneira eu disse que era o meu dinheiro e a minha consciência, ela era bem-vinda para aproveitar tudo ou nada, se assim preferisse, e que não havia nada no não conformismo contra aceitar presentes.

Isso tudo é pra dizer que eu já fiquei bêbado uma ou duas vezes, quando estava no Exército, especialmente na Alemanha, mas nunca me envolvi com nenhuma mulher. Nunca pensei muito sobre mulheres antes de Miranda. Sei que não tenho o que as garotas procuram; sei que caras como Cructhley, que pra mim são totalmente grosseiros, têm sorte com elas. Algumas das garotas do prédio anexo, era repugnante a maneira como elas olhavam pra ele. Não nasci com esse instinto animal grotesco (felizmente; se houvesse mais gente como eu, na minha opinião, o mundo seria melhor).

Quando você não tem dinheiro, sempre pensa que ele mudaria muito sua vida. Não queria mais do que o merecido, nada excessivo, mas podíamos ver imediatamente no hotel — é claro — que eles nos respeitavam na superfície, mas terminava aí, eles realmente nos desprezavam por termos todo aquele dinheiro e não sabermos o que fazer com ele. Pelas costas, ainda me consideravam pelo que eu era — um escriturário. Não adiantava jogar dinheiro fora. Assim que abríamos a boca ou fazíamos qualquer coisa, nos entregávamos. Você podia vê-los dizendo: não tentem nos enganar, sabemos quem vocês são, por que não voltam para o lugar de onde vieram?

Eu me lembro de uma noite em que saímos pra jantar num restaurante grã-fino. Estava na lista que o pessoal da loteria nos deu. A comida era boa, comemos, mas eu mal senti o gosto por causa do jeito como as pessoas olhavam para nós e do jeito como aqueles bajuladores garçons estrangeiros e os demais nos tratavam, e como tudo o que havia no salão parecia nos olhar com desprezo porque não éramos do mesmo nível deles. Li um artigo outro dia sobre classes sociais — eu poderia esclarecer algumas coisas sobre isso. Se você me perguntar, Londres está toda preparada para quem sabe se portar como aluno das escolas de elite, e você não vai a lugar nenhum se não tiver berço e falar com a voz afetada — estou me referindo aos riquinhos de Londres, de West End, é claro.

Uma noite — isso foi depois do restaurante grã-fino —, estava me sentindo deprimido e disse à tia Annie que queria dar uma volta, o que fiz. Caminhei e de repente senti vontade de ter uma mulher, quero dizer, de poder saber que eu tive uma mulher, então liguei para um número de telefone que um sujeito na cerimônia de entrega do cheque me deu. Se você quiser um pouquinho de você-sabe-o-quê, ele disse.

Uma mulher disse: "Já tenho compromisso". Perguntei se ela conhecia algum outro número, e ela me deu dois. Bem, peguei um táxi até o endereço do segundo número. Não direi o que aconteceu, apenas que não prestei para nada. Estava muito nervoso, tentei fingir que sabia como agir, e é claro que ela percebeu, ela era velha e era horrível, horrível. Quer dizer, tanto pelo jeito como ela se comportava quanto por sua aparência. Ela era gasta, comum. Se fosse um espécime, você a descartaria, nem consideraria para a coleção. Pensei em Miranda me vendo lá daquele jeito. Como disse, tentei, mas não deu certo, e não tentei pra valer.

Não sou do tipo que força a barra, nunca fui, sempre tive aspirações mais altas, como dizem por aí. Crutchley sempre dizia que hoje em dia era preciso forçar a barra se a pessoa quisesse ir mais longe, e ele sempre dizia, olha só o velho Tom, olha onde ser um puxa-saco o levou. Crutchley costumava ser muito folgado, folgado até demais, na minha modesta opinião. Quando tinha interesse, ele mesmo era um puxa-saco; do sr. Williams, pra ser bem claro. Um pouco mais de vivacidade, Clegg, o sr. Williams me disse uma vez, quando eu atendia no balcão de informações. O público gosta de um sorriso ou de uma piada de vez em quando, ele disse, não nascemos todos com esse dom, como o Crutchley, mas podemos tentar, sabe? Ele me irritava de verdade. Posso dizer que estava até o pescoço com o Anexo, e eu ia sair de lá de qualquer maneira.

Não sou diferente dos outros, posso provar; um dos motivos pelos quais eu me cansei da tia Annie foi que comecei a me interessar por alguns daqueles livros que você pode comprar nas lojas do Soho, livros de mulheres nuas e coisas do tipo. Dava para esconder as revistas, mas havia livros que eu queria comprar e não podia, com medo de que ela descobrisse. Sempre quis fotografar, cheguei a ter uma câmera, é claro, uma Leica, a melhor, teleobjetivas, o kit completo; a ideia era fotografar borboletas vivas no estilo do famoso sr. S. Beaufoy; mas, antes, eu também fotografava coisas que não eram para a coleção, você ficaria surpreso com o quê certos casais aprontam em lugares que eles deveriam saber muito bem que não era para isso, então eu fotografava essas coisas também.

É claro que aquela história com a mulher me aborreceu, mais do que qualquer outra coisa. Por exemplo, tia Annie estava decidida a sair num cruzeiro até a Austrália, para encontrar seu filho Bob e tio Steve, seu outro irmão mais novo e a família dele, e ela queria que eu também fosse, mas, como eu disse, não queria mais estar com tia Annie e Mabel. Não é que eu as odiasse, mas dava pra perceber de cara quem elas eram, ainda mais do que eu. O que elas eram ficava óbvio; quer dizer, gente que nunca saíra de casa. Por exemplo, elas sempre esperavam que as acompanhasse em tudo e que lhes contasse o que eu fizera se, por acaso, passasse uma hora sozinho. O dia após o que mencionei anteriormente, disse a elas que não iria à Austrália. Elas não levaram a mal, imagino que tiveram tempo para reconhecer que, afinal de contas, era o meu dinheiro.

A primeira vez que fui procurar Miranda foi uns dias após eu ter ido a Southampton para me despedir de tia Annie; 10 de maio, para ser preciso. Estava de volta a Londres. Não tinha um plano concreto, e disse à tia Annie e a Mabel que talvez viajasse para fora, mas não sabia dizer ao certo. Tia Annie estava realmente preocupada, na noite da véspera de sua viagem ela teve uma conversa séria comigo sobre como eu não devia me casar, ela esperava — quer dizer, não antes de ela conhecer a noiva. Falou bastante sobre o dinheiro ser meu e a vida ser minha e sobre como eu fui generoso e tudo mais, mas eu podia ver que ela estava realmente com medo que eu casasse com uma garota e que, assim, elas perderiam todo o dinheiro do qual tanto se envergonhavam. Não a culpo, era natural, especialmente tendo uma filha aleijada. Acho que pessoas como a Mabel deveriam ser eliminadas sem sofrimentos, mas esse é outro assunto.

O que pensei que faria (já havia, previamente, comprado os melhores equipamentos em Londres) era ir para um local onde as espécies raras e as aberrações viviam, e conseguir uma coleção de respeito. Quer dizer, ficar fora de casa o tempo que eu quiser, e sair para colecionar e fotografar. Tive aulas de direção antes de elas partirem e consegui um furgão especial. Havia muitas espécies que eu queria — uma rabo--de-andorinha, por exemplo, uma *Satyrium pruni* e a grande--borboleta-azul, *fritilárias* exóticas como a nêspera e a *Melitaea cinxia*. Espécimes que a maioria dos colecionadores só tem acesso uma vez na vida. Havia mariposas também. Acho que também as colecionaria.

O que quero dizer é que recebê-la como hóspede foi algo que aconteceu de repente, não foi planejado no momento que ganhei o dinheiro.

Bem, claro que, com tia Annie e Mabel fora do caminho, eu comprei todos os livros que queria, alguns deles com coisas que eu nem sabia que existia; para falar a verdade, estava enojado. Pensei: aqui estou eu, trancado num quarto de hotel com essas coisas e é tão diferente do que eu costumava sonhar sobre mim e Miranda. De repente, vi que a tinha afastado completamente dos meus pensamentos, como se não morássemos a poucos quilômetros um do outro (havia me mudado para o hotel em Paddington) e como se eu não tivesse, de qualquer maneira, todo tempo do mundo para descobrir onde ela morava. Foi fácil, procurei pela Escola de Arte Slade no catálogo telefônico, e esperei do lado de fora, dentro do furgão. O furgão era o único item de luxo que eu havia me dado. Ele tinha um compartimento especial na caçamba, uma cama dobrável que você podia abrir e dormir nela; comprei para levar todo meu equipamento quando fosse dar uma volta no campo, e também pensei que se tivesse o furgão eu não precisaria sempre ter tia Annie e Mabel junto de mim quando retornassem. Não o comprei pelo motivo que acabei usando. A ideia toda veio por acaso, quase como um golpe de gênio.

Na primeira manhã, não a vi, mas no dia seguinte finalmente deu certo. Ela saiu com muitos outros alunos, a maioria deles rapazes. Meu coração bateu acelerado e eu passei mal. Tinha uma câmera preparada, mas não ousei fotografar. Ela continuava a mesma; tinha um jeito suave de caminhar e sempre usava sapatos sem salto, então ela não precisava rebolar, como a maioria das garotas. Ela não pensava nos rapazes enquanto andava. Como um pássaro. O tempo todo, ela conversou com um sujeitinho de cabelos pretos, cortados bem curtos, com uma pequena franja, com toda pinta de artista. Estavam em seis, mas então ela e o rapaz atravessaram a rua. Saí do furgão e os segui. Não foram muito longe, entraram num café.

    Entrei no tal café, de repente, sem saber por quê, como se fosse atraído por alguma coisa, quase contra minha vontade. O lugar estava cheio de gente, alunos e artistas e afins; todos tinham aquele jeito beatnik. Eu me lembro de umas máscaras estranhas e coisas penduradas nas paredes. Deveriam ser africanas, imagino.

    Havia tanta gente e barulho, e eu me senti tão nervoso, que não a vi de primeira. Estava sentada num segundo salão, ao fundo. Sentei num banco no balcão, de onde conseguia observá-la. Não ousei encarar por muito tempo, e a luz no outro salão não era muito boa.

    Logo ela estava em pé ao meu lado. Eu fingia ler um jornal, então não a vi se levantar. Senti meu rosto enrubescer, encarei as palavras, mas não conseguia ler, não ousei dar o menor dos olhares — ela estava lá, quase tocando em mim. Vestia uma saia xadrez, branca e azul-escura, seus braços nus e bronzeados, seus cabelos soltos sobre as costas.

    Ela disse: "Jenny, estamos sem dinheiro, quebra essa e arranja dois cigarros pra gente". A garota do balcão disse: "De novo, não", ou algo do tipo, e ela disse: "Amanhã, eu juro", e depois: "Valeu", quando a garota lhe deu os dois cigarros. Tudo acabou em cinco segundos, ela estava de volta ao rapaz, mas ouvir sua voz fez com que ela deixasse de ser apenas um sonho e a transformou numa pessoa de verdade. Não sei dizer o que havia de tão especial na sua voz. Claro que ela era culta, mas não era afetada, não era melosa, ela não implorou ou exigiu nada, apenas pediu pelos cigarros de um jeito simples e você não percebia nenhum esnobismo de sua parte. Ela falava assim como andava, poderia se dizer.

    Paguei o mais rápido que pude e voltei para dentro do furgão, para o hotel Cremorne e para o meu quarto. Estava enfurecido. Em parte porque ela teve que pedir os cigarros porque estava sem dinheiro e eu tinha sessenta mil libras (dei dez mil para tia Annie) prontas para serem jogadas aos seus pés — porque era assim que eu sentia. Sentia que eu poderia fazer tudo para conhecê-la, para agradá-la, para ser seu amigo, para ser capaz de olhá-la abertamente, sem ter que espiar. Para mostrar como eu era, pus cinco notas de cinco libras que eu tinha num envelope e o enderecei à srta. Miranda Grey, na Escola de Arte Slade... mas é claro que eu não o enviei. Enviaria, se pudesse estar lá para ver seu rosto quando abrisse o envelope.

Esse foi o primeiro dia em que eu me permiti o sonho que se tornaria realidade. Começou com ela sendo atacada por um homem, e eu corri e a salvei. Então de alguma maneira eu era o homem que a atacara, só que eu não a machuquei; eu a capturei e a levei no furgão até uma casa afastada, e lá a mantive em cativeiro, mas com todo o cuidado. Gradualmente, ela passou a me conhecer e a gostar de mim, e o sonho cresceu até se tornar aquele em que vivíamos numa casa moderna, casados, com filhos e tudo mais.

O sonho me assombrava. Ele me mantinha acordado à noite, me fez esquecer o que eu estava fazendo durante o dia. Fui ficando no Cremorne. Deixou de ser um sonho e começou a se transformar naquilo que eu fingia que realmente aconteceria (é claro, eu pensava estar fingindo), então pensava em formas — em tudo o que eu precisaria conseguir e planejar e em como faria aquilo acontecer. Pensei: nunca chegarei a conhecê-la de um jeito comum, mas se ela estiver comigo, verá meus pontos fortes, ela entenderá.

Outra coisa que comecei a fazer foi ler os jornais da elite, pelo mesmo motivo que visitei a National Gallery e a Tate Gallery. Não gostei muito delas, eram como os gabinetes de espécimes estrangeiras no Salão Entomológico do Museu de História Natural, você podia ver que eram bonitos, mas não os conhecia, quer dizer, eu não os conhecia tão bem como conhecia o British. Mas fui para poder conversar com ela, para não parecer um ignorante.

Num jornal de domingo, vi um anúncio em letras maiúsculas numa página de casas à venda. Não estava procurando, mas aquilo atraiu minha atenção quando eu virava a página. "LONGE DA CONFUSÃO?", dizia. Simples assim. E continuava:

> Velho chalé, recluso numa localização charmosa, grande jardim, 1h de carro de Londres, três quilômetros do vilarejo mais próximo...

e assim por diante. Na manhã seguinte, estava dirigindo até lá para conhecer o imóvel. Liguei para o corretor em Lewes e combinamos no chalé. Comprei um mapa de Sussex. Essa é a beleza do dinheiro. Com ele não há obstáculos.

Esperava encontrar uma casa caindo aos pedaços. Era velha, com certeza, vigas pretas e brancas do lado de fora e velhas telhas de pedra. O chalé se mantinha em pé por conta própria. O corretor se aproximou quando eu passei de carro. Imaginei ele mais velho, tinha minha idade, mas fazia o tipo do aluno de escola tradicional, cheio de comentários bobos que supostamente seriam engraçados, como se fosse uma desonra para ele vender qualquer coisa e houvesse uma diferença entre vender casas ou um produto numa loja. Já não fui com a cara dele por ser tão curioso. Ainda assim, achei melhor dar uma olhada, já que tinha ido tão longe. Os quartos não eram grande coisa, mas estavam equipados com todas as conveniências modernas, eletricidade, telefone e tudo mais. Algum almirante aposentado, ou alguém, foi dono e depois morreu, e então o outro comprador também morreu inesperadamente e por isso o chalé foi colocado à venda.

Mantenho o que disse: não fui até lá com a intenção de ver se era um bom local para manter um convidado secreto. Não sei dizer realmente qual era a minha intenção.

Não sei. O que você faz ofusca aquilo que fez anteriormente.

O camarada queria saber se era apenas para mim. Eu disse que era para uma tia. Eu disse a verdade, disse que queria que fosse uma surpresa para quando ela voltasse da Austrália e tudo mais.

E quanto ao valor, ele quis saber.

Eu acabo de receber muito dinheiro, disse, para arrasar com ele. Estávamos descendo a escada quando ele disse isso, já tendo visto tudo, eu achava. Ia até dizer que não era o que eu estava procurando, que não era grande o suficiente, para arrasá-lo ainda mais, quando ele disse: bem, isso é tudo, menos o porão.

Você tinha que sair por trás onde havia uma porta ao lado da porta dos fundos. Ele pegou uma chave debaixo de um vaso de plantas. Claro que a luz estava cortada, mas ele tinha uma lanterna. Era frio longe do sol, úmido, sujo. Tinha uns degraus de pedra. Ele iluminou lá embaixo com a lanterna. Alguém tinha caiado as paredes, mas há muito tempo, e os pedaços tinham caído e as paredes estavam manchadas.

O porão acompanha toda a propriedade, ele disse, e tem isso aqui, também. Ele iluminou o local e eu vi um portal no canto da parede de frente para nós, enquanto descíamos os degraus. Era mais um porão amplo, quatro degraus abaixo do primeiro, mas esse tinha um teto mais baixo e ligeiramente arqueado, como os quartos que se encontram embaixo de algumas igrejas. Os degraus desciam diagonalmente num canto, dando a impressão de que o quarto desaparecia, por assim dizer.

Perfeito para uma orgia, ele disse.

Pra que servia?, perguntei, ignorando seu comentário idiota.

Ele disse que achava que era por ser um local tão distante de tudo. Que eles deviam estocar muita comida. Ou talvez aquilo havia sido uma capela católica secreta. Tempos depois, um dos eletricistas disse que era um lugar de contrabandistas, em que eles costumavam ficar em suas viagens entre Londres e Newhaven.

Bem, nós subimos as escadas e saímos. Quando ele trancou a porta e pôs a chave de volta debaixo do vaso, era como se lá embaixo não existisse. Eram dois mundos. Sempre foi assim. Alguns dias eu acordava e tudo parecia ter sido um sonho, até eu descer novamente.

Ele olhou para o relógio.
Estou interessado, eu disse. Muito interessado. Estava tão nervoso que ele me olhou surpreendido, e eu disse: acho que vou ficar com ele. Assim, desse jeito. Eu mesmo me surpreendi. Porque antes eu sempre sonhei com algo moderno, o que eles chamam de contemporâneo. Não um lugar perdido no meio do nada.
Ele ficou lá, feito um cretino, surpreso de eu estar tão interessado, surpreso de eu ter o dinheiro, imagino, como a maioria deles.
Então, ele se foi de volta para Lewes. Ele tinha que buscar alguém que também estava interessado, então eu disse que ficaria no jardim e pensaria antes da decisão final.
Era um belo jardim, que se prolongava até um campo de alfafas, uma maravilha para as borboletas. O campo ia até um morro (ao norte). A leste, havia mato nos dois lados da estrada que ia do vale até Lewes. A oeste, eram as plantações. Havia uma fazenda a cerca de um quilômetro descendo o morro, a casa mais próxima. Ao sul, você teria uma bela vista, exceto por ser bloqueada pela cerca viva e algumas árvores. E também uma bela garagem.
Voltei para a casa e peguei a chave e desci novamente para o porão. O andar mais escondido devia estar a um metro ou dois abaixo da terra. Era úmido, as paredes pareciam com madeira molhada no inverno, não conseguia ver muito bem porque eu só tinha o meu isqueiro. Era um tanto assustador, mas não sou do tipo supersticioso.

Podem dizer que tive sorte em encontrar o lugar logo de cara, só que eu encontraria um outro lugar mais cedo ou mais tarde. Eu tinha o dinheiro. Eu tinha a vontade. Engraçado, o que Crutchley chamava de forçar a barra. Eu não forcei a barra no Anexo, aquilo não combinava comigo. Mas eu gostaria de ver Crutchley organizar o que eu organizei no verão passado e ir até o final. Não vou me autoelogiar, mas não foi pouca coisa.

Li no jornal outro dia (Frase do Dia): "O que a Água é para o Corpo, o Propósito é para a Mente". Essa é uma grande verdade, na minha modesta opinião. Quando Miranda se tornou o propósito da minha vida, devo dizer que eu era pelo menos tão bom quanto qualquer um, como se comprovou.

Tive de dar quinhentas libras a mais do que eles pediam no anúncio, havia outros interessados, todos queriam me esfolar. O agrimensor, o empreiteiro, os decoradores, o pessoal dos móveis em Lewes de quem comprei a mobília. Não me importava, por que deveria, dinheiro não era problema. Recebi longas cartas da tia Annie, as quais respondi, informando valores que eram metade do que eu realmente paguei.

Chamei os eletricistas para levar um cabo de luz até o porão, e encanadores, para água e uma pia. Inventei que queria fazer carpintaria e fotografia, e que aquele seria meu ateliê. O que não era mentira, precisaria fazer carpintaria, com certeza. E já estava tirando algumas fotos que não poderia revelar numa loja. Nada imoral. Apenas uns casais.

No final de agosto, os homens se foram e eu me mudei. No início, me sentia como num sonho. Mas não durou muito. Não estava tão sozinho quanto eu desejara. Um homem veio e queria trabalhar no jardim, sempre o fizera, e ficou muito irritado quando o mandei embora. Depois, o vigário do vilarejo apareceu, e eu tive que ser rude com ele. Disse que queria ficar sozinho, era um não conformista, não tinha nada a ver com a vila, e ele saiu bufando todo afetado. Depois vieram vários vendedores com carros de comida, e eu tive que expulsá-los. Disse que fazia todas as minhas compras em Lewes.

Também mandei cortarem a linha telefônica.

Logo adquiri o hábito de trancar o portão de entrada, era apenas uma grade, mas tinha um cadeado. Uma ou duas vezes vi um vendedor olhando para a propriedade, mas as pessoas logo entenderam. Estava sozinho, e poderia seguir em frente com meu trabalho.

Trabalhei por um mês ou mais planejando. Estava sozinho o tempo todo; não ter nenhum amigo de verdade era uma sorte. (Não dava pra chamar o pessoal do Anexo de amigos, não sentia falta deles, eles não sentiam a minha.)

Sempre fiz uns trabalhinhos para a tia Annie, o tio Dick me ensinou. Não era ruim com carpintaria e tudo mais, e fiz um excelente trabalho no quarto, modéstia a parte. Depois de tudo seco, pus diversas camadas de isolante e finalmente um belo carpete laranja-claro (alegre) combinando com as paredes (que foram caiadas novamente). Coloquei uma cama e uma cômoda. Mesa, poltrona etc. Num dos cantos, onde estavam instalados a pia e todos os etc., instalei um biombo — ficou parecendo até um quartinho separado. Arrumei outras coisas, estantes e muitos livros de arte e alguns romances para deixar mais aconchegante, como de fato ficou. Não arrisquei com quadros, eu sabia que o gosto dela seria muito apurado.

Um problema, claro, eram as portas e o barulho. Havia uma boa e velha moldura de carvalho na soleira do quarto dela, mas não havia porta, então eu tive que fazer uma que coubesse, e esse foi meu trabalho mais difícil. A primeira que fiz não funcionou, mas a segunda ficou melhor. Mesmo um homem não conseguiria derrubá-la, quanto menos alguém tão delicado quanto ela. Com uns cinco centímetros de madeira envelhecida e uma lâmina de metal na parte de dentro, então ela não conseguiria alcançar a madeira. Pesava uma tonelada e não foi brincadeira encaixá-la, mas consegui. Apertei parafusos de trinta centímetros do lado de fora. Então, fiz algo muito esperto. Fiz o que parecia ser uma estante de livros, apenas para tolos e outros, a partir de uma madeira velha, e a montei com dobradiças de madeira na soleira, de maneira que, se você olhasse de relance, iria parecer que era apenas um nicho montado com umas prateleiras. Você levantava a estante e lá estava a porta. Também impedia qualquer barulho de chegar lá fora. E também coloquei um parafuso do lado de dentro da porta que tinha ainda uma tranca para o porão, para que não pudessem me atrapalhar. E também um alarme. Um bem simples, apenas para a noite.

O que fiz no primeiro porão foi colocar um pequeno fogão e todas as outras conveniências. Não sabia se apareceriam bisbilhoteiros, e seria curioso se estivesse sempre carregando bandejas de comida pra cima e pra baixo. Mas como era nos fundos da casa, não me preocupei tanto, já que lá só havia campos e mato. Os dois lados do jardim serviam de muro, de qualquer maneira, e não se conseguia ver através do resto da cerca viva. Era quase perfeito. Cheguei a pensar em fazer uma escada descendo por dentro da casa, mas o custo era alto e não queria o risco de parecer suspeito. Já não se pode mais confiar em operários, querem saber tudo.

Todo esse tempo eu nunca pensei que era pra valer. Sei que isso deve parecer estranho, mas foi assim. Costumava dizer, é claro, jamais farei isso, é apenas uma brincadeira. E não brincaria desse jeito se não tivesse todo o tempo e o dinheiro de que precisava. Em minha opinião, muitas pessoas que parecem felizes hoje fariam o mesmo que eu fiz, ou coisas parecidas, se tivessem tempo e dinheiro. Quer dizer, dar espaço para conseguir o que desejam hoje mas não têm. O poder corrompe, um professor meu sempre dizia. E Dinheiro é Poder.

Outra coisa que fiz, comprei muitas roupas para ela numa loja em Londres. Fiz o seguinte, numa delas vi uma vendedora mais ou menos do tamanho dela e lhe dei as cores que eu sempre via Miranda vestir e comprei tudo o que eles diziam que uma garota precisaria. Contei uma história sobre uma namorada do norte, que tivera a bagagem roubada e que queria surpreender etc. Não acho que ela tenha acreditado lá na loja, mas foi uma boa venda — gastei quase noventa libras naquela manhã.

Eu podia me estender a noite toda sobre as precauções. Costumava ir até o quarto de Miranda e me sentar e imaginar o que ela poderia fazer para fugir. Pensei que ela poderia entender de eletricidade, nunca se pode ter certeza com essas garotas de hoje, então eu sempre usava solados de borracha, nunca tocava num interruptor sem dar uma boa olhada antes. Comprei um incinerador especial para queimar todo o seu lixo. Sabia que nada que fosse dela poderia jamais sair da casa. Nem as roupas sujas. Sempre podia haver um detalhe.

Bem, finalmente voltei a Londres para o Cremorne. Por muitos dias, procurei por ela mas não a vi. Foi um período de angústia, mas eu perseverei. Não levei a câmera, sabia que era muito arriscado, estava atrás de um troféu maior do que apenas um retrato. Fui duas vezes ao café. Um dia, perdi quase duas horas fingindo ler um livro, mas ela não apareceu. Comecei a ter ideias malucas, talvez ela tivesse morrido, talvez tivesse abandonado os estudos de arte. Então, um dia (não queria que o furgão se tornasse muito familiar), enquanto saía do metrô na Warren Street, eu a vi. Ela estava saindo de um trem que vinha do norte na outra plataforma. Foi fácil. Eu a segui até fora da estação, e a vi seguir em direção à faculdade. Nos dias seguintes, eu observei a estação de metrô. Talvez ela não fosse de metrô todos os dias para casa, não a vi por dois dias, mas aí, no terceiro dia, a vi atravessar a rua e ir até a estação. Foi assim que descobri de onde ela vinha. Era de Hampstead. Fiz a mesma coisa aí. Esperei ela chegar no dia seguinte e ela apareceu, e eu a segui por uns dez minutos, atravessando muitas ruas pequenas até onde ela morava. Passei pela casa em que ela entrou e descobri o número e então, finalmente, o nome da rua.

Foi um bom dia de trabalho.

Fechei minha conta no Cremorne três dias antes, e toda noite eu fazia check-in num novo hotel e check-out na manhã seguinte, para evitar ser rastreado. No furgão, eu deixei a cama preparada, e as amarras e mordaças. Ia usar clorofórmio, como usei uma vez no recipiente de coletar insetos. Um cara lá da Administração Pública me deixou ficar com o clorofórmio. Não é pouca coisa, mas só para ter certeza, decidi misturar com um pouco de tetracloreto de carbono, que eles chamam de CCl4 e você pode comprar em qualquer canto.

    Dirigi pelo distrito de Hampstead, aprendi tudo sobre o local, de A a Z, e decorei como escapar rapidamente em direção a Fosters. Tudo estava pronto. Então agora eu podia vigiar e, quando visse a oportunidade, agir. Estava muito estranho naqueles dias, pensava em tudo, como se já fizesse essas coisas a minha vida inteira. Como se eu fosse um agente secreto ou um detetive.

Finalmente, depois de dez dias, aconteceu como às vezes ocorre com as borboletas. Quer dizer, você vai ao local onde poderia encontrar uma espécie rara mas não encontra nada, mas na próxima vez, quando não estiver procurando, vai encontrá-la pousada numa flor bem na sua frente, entregue a você de bandeja, como dizem por aí.

    Nessa noite, estava fora do metrô, como de costume, com o furgão numa rua de pouco movimento. Aquele foi um dia bonito, mas nublado; e terminou com chuva e trovões. Eu estava na porta de uma loja do outro lado da saída, e a vi subir os degraus bem na hora que a chuva apertou. Vi que ela não usava capa de chuva, somente um suéter. Ela logo dobrou a esquina correndo e entrou na parte principal da estação. Eu atravessei, havia uma multidão de pessoas vagando por ali. Ela estava numa cabine telefônica. Então ela saiu, e em vez de subir a ladeira, como costumava fazer, seguiu por outra rua. Eu a segui, pensando que aquilo não estava certo, não conseguia entender o que ela estava fazendo. Então ela parou, correu para uma rua secundária, onde havia um cinema, e entrou lá. Eu entendi o que era aquilo, ela ligou para onde morava para dizer que estava chovendo forte e que iria entrar no cinema para esperar o tempo melhorar. Sabia que essa era a minha chance, a menos que alguém viesse para encontrá-la. Quando ela entrou, fui ver quanto tempo a sessão demorava.

Duas horas. Arrisquei, talvez quisesse dar uma oportunidade ao destino de me interromper. Entrei num café e jantei. Então fui até o furgão e estacionei onde conseguia ver o cinema. Não sabia o que esperar, talvez ela fosse encontrar com um amigo. Quer dizer, senti como se estivesse sendo arrastado por uma forte correnteza, eu poderia bater em algo, ou poderia sair ileso.

Ela saiu sozinha, exatamente duas horas depois, já havia mais ou menos parado de chover e estava quase escuro, o céu turvo. Eu a vi seguir o caminho ladeira acima. Então passei por ela de furgão até um lugar onde eu sabia que ela tinha que passar. Era ali que a rua onde ela morava fazia a curva. Havia árvores e arbustos de um lado; do outro, uma casa colossal num terreno imenso. Acho que estava vazia. Mais acima, havia outras casas, todas grandes. A primeira parte da caminhada dela era em ruas bem iluminadas.

Mas havia aquele lugar.

Eu tinha uma sacola plástica especial costurada no bolso do meu sobretudo, na qual guardei um pouco de clorofórmio e do tetracloreto e um pano para que permanecesse encharcado e fresco. Mantive a tampa para baixo, para deixar o cheiro ativo, e pronto para ser usado em um segundo, assim que necessário.

Duas senhoras com guarda-chuvas (começara a chuviscar novamente) apareceram e subiram a rua na minha direção. Era exatamente o que eu não queria, eu sabia que ela chegaria logo, e por pouco não desisti ali mesmo. Mas me encolhi, elas passaram tagarelando, acho que nem sequer notaram a mim ou ao furgão. Havia muitos carros estacionados naquele bairro. Um minuto se passou. Eu saí e abri a porta traseira. Estava tudo planejado. E lá estava ela. Ela apareceu e contornou sem que eu a visse, a menos de vinte metros, andando apressada. Se aquela fosse uma noite iluminada, não sei como eu conseguiria. Mas havia aquele vento entre as árvores. Tempestuoso. Pude ver que não havia ninguém atrás dela. Então ela estava bem ao meu lado, na calçada. Graciosa, cantando sozinha.

Eu disse: com licença, você entende de cachorros?

Ela parou, surpresa. "Por quê?", disse ela.

É horrível, eu acabo de atropelar um, disse. Ele apareceu do nada. Não sei o que fazer com ele. Não morreu. Olhei para a traseira do furgão, com ar de preocupação.

"Ai, coitado", disse ela.

Ela se aproximou de mim, para olhar. Exatamente como eu esperava.

Não tem sangue, eu disse, mas ele não se move.

Então ela se virou para a porta aberta do furgão, e eu fui para trás como se fosse deixá-la ver. Ela se abaixou para espiar lá dentro, eu olhei rapidamente para a rua, ninguém, então eu a peguei. Ela não soltou um pio, parecia surpresa, eu peguei o pano que estava guardando no bolso e o pressionei bem sobre sua boca e seu nariz, eu a segurei firme, podia cheirar os vapores, ela lutou feito o diabo, mas não era forte, mais baixinha do que havia imaginado. Ela soltou um murmúrio. Olhei para a rua novamente, pensava: é isso aí, ela vai brigar e eu vou ter que machucá-la ou fugir. Estava pronto para agir. E então ela desabou, eu a sustentei de pé. Coloquei metade do seu corpo para dentro do furgão, então empurrei a outra porta, entrei e a puxei para dentro, e então fechei as portas sem fazer barulho. Rolei seu corpo para cima da cama. Ela era minha, me senti muito excitado, sabia que conseguira. Primeiro, coloquei a mordaça, depois a amarrei, sem pressa, sem pânico, como havia planejado. Então saltei para o banco do motorista. Tudo em menos de um minuto. Dirigi, não muito rápido, mas sem pressa e calmo, e fui até um local que já havia notado em Hampstead Heath. Lá, voltei para os fundos do furgão e a amarrei com mais calma, com os lenços e tudo mais, para que ela não se machucasse, e para que ela não pudesse gritar ou bater em nada. Ainda estava inconsciente, mas suspirava, podia ouvir a respiração, como se tivesse catarro, então vi que estava tudo bem com ela.

Perto de Redhill, saí da estrada principal como planejado, e segui por uma estrada vicinal, e depois voltei ao fundo para olhar para ela. Apoiei uma lanterna de modo a iluminar o interior e me permitir vê-la. Estava acordada. Seus olhos pareciam muito grandes, não pareciam assustados, pareciam quase orgulhosos, como se ela tivesse decidido não se assustar a nenhum preço.

Eu disse: não se preocupe, não vou te machucar. Ela continuou me encarando.

Foi constrangedor, não sabia o que dizer. Eu disse, você está bem, quer alguma coisa, mas soou bobo. Deu para perceber que ela queria sair dali.

Ela começou a sacudir a cabeça. Pude ver que ela queria dizer que a mordaça a machucava.

Eu disse, estamos no meio do nada, não adianta gritar, e se você gritar, eu coloco a mordaça de volta, entendeu?

Ela concordou, então eu soltei o lenço. Antes que eu pudesse fazer qualquer coisa, ela se levantou o mais alto que conseguiu, virou para o lado e vomitou. Foi horrível. Podia sentir o cheiro do clorofórmio e do vômito. Ela não disse nada. Só murmurou. Perdi a cabeça, não sabia o que fazer. De repente, percebi que precisávamos chegar à casa o mais rápido possível, então pus a mordaça de novo. Ela lutou, ouvi ela dizer debaixo do pano: não, não, era horrível, mas eu me obriguei a continuar porque sabia que, no fim das contas, era o melhor a se fazer. Então sentei no banco do motorista e nós seguimos em frente.

Chegamos lá logo após às dez e meia. Estacionei na garagem, saí e olhei para ter certeza de que nada acontecera durante minha ausência, não que esperasse encontrar alguma coisa. Mas não queria trocar os pés pelas mãos. Desci até seu quarto, tudo estava certo, não muito abafado, pois eu deixara a porta aberta. Dormira no quarto uma noite para ver se havia ventilação suficiente, e havia, sim. Tinha deixado tudo necessário para que ela preparasse chá e coisas assim. Tudo parecia bastante confortável e aconchegante.

Bem, finalmente o grande momento havia chegado. Fui até a garagem e abri a porta traseira do furgão. Como no resto da operação, tudo seguiu de acordo com o plano. Ainda mantive suas amarras, fiz com que sentasse, suas pernas e pés ainda saltitando, claro. Ela esperneou por um instante, fui obrigado a lhe dizer que se ela não ficasse quieta eu teria que apelar para mais clorofórmio (que lhe mostrei), mas se ela ficasse calma eu não a machucaria. Funcionou. Eu a levantei, ela era mais leve do que pensei; eu a desci com facilidade; nós lutamos um pouco em frente a porta do quarto dela, mas não havia muito o que ela pudesse fazer. Eu a deitei na cama. Estava feito.

Seu rosto estava pálido, um pouco do vômito sujara seu suéter, uma visão e tanto; mas seus olhos não estavam apavorados. Foi engraçado. Ela apenas me encarava, esperando.

Eu disse: esse é o seu quarto. Se você fizer o que eu digo, não vai se machucar. Não adianta gritar. Não dá pra ouvir nada do lado de fora, e, de qualquer maneira, não tem mais ninguém para te ouvir. Vou te deixar agora, ali tem uns biscoitinhos e uns sanduíches (eu os comprara em Hampstead) e se quiser pode fazer chá ou chocolate quente. Volto amanhã de manhã, disse.

Podia ver que ela queria que eu retirasse sua mordaça, mas eu não faria isso. O que fiz foi soltar seus braços e aí, imediatamente, ela se afastou; lutou para tirar a mordaça, mas eu primeiro fechei a porta e coloquei os trincos. Eu a ouvi gritar: volte! Depois, novamente, mais baixinho. Então ela tentou a fechadura, mas não insistiu. Então, começou a bater na porta com algo pesado. Acho que era a escova de cabelo. Não fez muito barulho, mesmo assim, tapei a porta com a prateleira falsa e sabia que não se poderia ouvir nada do lado de fora. Fiquei por uma hora no porão, não custava nada. Não era necessário, não havia nada no quarto que ela pudesse usar para derrubar a porta, mesmo que fosse forte o bastante, só comprei copos e pratos de plástico, chaleiras e talheres de alumínio etc.

    Acabei subindo e indo para a cama. Finalmente ela era minha hóspede, e isso era tudo o que me importava. Fiquei acordado por um bom tempo, pensando em coisas. Senti um certo receio do furgão ter sido rastreado, mas existem centenas de furgões como aquele, e as únicas pessoas que me preocupavam eram as duas mulheres por quem passei. Bem, fiquei lá deitado, pensando nela lá embaixo, também acordada. Tive bons sonhos, sonhos onde eu descia e a confortava; estava excitado, talvez eu tivesse ido longe demais no que me permitia sonhar, mas não estava preocupado de verdade, eu sabia que meu amor era digno dela. E então dormi.

Depois, ela sempre me dizia que coisa horrível eu tinha feito e como eu devia me esforçar para perceber. Só posso dizer que naquela noite eu estava muito feliz, como disse antes, e era como se eu tivesse feito algo muito audacioso, como escalar o Everest ou invadir um território inimigo. Meus sentimentos eram felizes porque minhas intenções eram as melhores. Isso foi o que ela nunca entendeu.

    Para resumir, aquela noite foi a melhor coisa que fiz na minha vida (exceto ganhar na loteria). Foi como capturar novamente a *falsa-limbada* ou uma *fritilária rainha-da-espanha*. Quer dizer, era algo que só se faz uma vez na vida, e talvez nem isso; algo que você sonha muito mais do que pode esperar que aconteça de verdade.

Não precisei do despertador, acordei antes. Desci, trancando a porta do porão. Tinha planejado tudo, bati na porta dela e gritei por favor, acorde, e esperei dez minutos, e soltei os trincos, e entrei. Levei comigo a bolsa dela, que já havia inspecionado, é claro. Não havia nada que ela pudesse usar, exceto uma lixa de unhas e um estilete, que retirei da bolsa.

A luz estava acesa, ela estava de pé ao lado da poltrona. Ela estava totalmente vestida e me encarava novamente, sem sinal de medo, valente como era. É engraçado, não se parecia com a maneira como eu sempre me lembrava dela. Claro que eu nunca a tinha visto de tão perto, assim.

Eu disse: espero que tenha dormido bem.

"Onde estamos, quem é você, por que você me trouxe aqui?" Ela disse isso de um jeito muito frio, nem um pouco agressivo.

Não posso te dizer.

Ela disse: "Exijo que você me solte agora. Isso é monstruoso".

Ficamos ali, olhando um para o outro.

"Saia da minha frente. Eu vou sair." E ela veio na minha direção, em direção à porta. Mas eu não me mexi. Pensei por um instante que ela iria me atacar, mas ela deve ter percebido que isso seria uma tolice. Eu estava determinado, ela não conseguiria me vencer. Ela parou bem perto de mim e disse "Saia já da minha frente".

Eu disse, você ainda não pode ir. Por favor, não me obrigue a usar a força novamente.

Ela me encarou com olhar frio e penetrante, e então se virou. "Não sei se você sabe quem eu sou. Se pensa que eu sou filha de algum milionário e que você vai conseguir uma bolada de resgate, vai quebrar a cara."

Sei quem você é, disse. Não é pelo dinheiro.

Não sabia o que dizer, estava tão excitado, ela aqui finalmente em carne e osso. Tão nervoso. Queria olhar seu rosto, seus cabelos lindos, tudo nela era tão pequeno e bonito, mas eu não conseguia, ela me encarava. Houve um silêncio engraçado.

De repente, ela disse, me reprovando, "E por acaso eu não sei quem você é?".

Fui ficando vermelho, não consegui evitar, nunca pensei na hipótese, nunca pensei que ela poderia me reconhecer.

Ela disse, sem pressa, "Anexo da Prefeitura".

Eu disse, Não sei do que você está falando.

"Você não tinha um bigode", ela disse.

Ainda não entendia como ela sabia. Ela me viu umas poucas vezes em Londres, imagino, talvez tenha me visto das janelas da casa dos pais algumas vezes; não tinha pensado nisso, minha cabeça estava em parafuso.

Ela disse "Sua foto saiu nos jornais".

Sempre odiei ser descoberto, não sei bem o porquê, sempre tentei explicar, quer dizer, inventar histórias para me safar. De repente, vi uma saída.

Apenas obedeço ordens.

"Ordens?", ela disse. "Ordens de quem?"

Não posso dizer.

Ela continuou me encarando. Mantendo distância, também. Suponho que ela imaginou que eu pudesse atacá-la.

"Ordens de quem?", perguntou novamente.

Tentei pensar em algo. Não sei por quê, o único nome que consegui pensar que ela talvez conhecesse era o do sr. Singleton. Ele era o gerente do Barclays. Sabia que o pai dela tinha conta lá. Eu o vi diversas vezes quando estive lá, e sempre conversando com o sr. Singleton.

Ordens do sr. Singleton, eu disse.

Ela me olhou surpresa, então fui rápido. Não devia ter te contado, disse, ele me mataria se soubesse.

"O sr. Singleton?", ela disse, como se não tivesse ouvido direito.

Ele não é quem você pensa, falei.

De repente, sentou-se no braço da poltrona, como se aquilo fosse demais para ela. "Quer dizer que o sr. Singleton mandou você me sequestrar?"

Fiz que sim.

"Mas eu conheço a filha dele. Ele... ai, que loucura", ela disse.

Você se lembra da garota da Penhurst Road?

"Que garota da Penhurst Road?"

Aquela que desapareceu três anos atrás.

Eu inventei aquilo. Minha cabeça estava tinindo naquela manhã. Pelo menos, era o que eu pensava.

"Eu devia estar na escola. O que aconteceu com ela?"

Não sei. Só sei que foi ele.

"Ele fez o quê?"

Não sei. Não sei o que aconteceu com ela. Mas foi ele, seja lá o que for. Nunca mais ouviram falar dela.

De repente, ela disse: "Você tem um cigarro?".

Eu me sentia esquisito, peguei um maço do bolso e meu isqueiro, e fui e dei para ela. Não sabia se devia acender o cigarro, mas me pareceu meio bobo.

Você ainda não comeu nada.

Ela segurou o cigarro, como uma dama, entre os dedos. Ela limpara o suéter. O ar estava abafado.

Ela não prestou atenção. Era engraçado. Eu sabia que ela sabia que eu estava mentindo.

"Está me dizendo que o sr. Singleton é um tarado e rapta garotas, e que você o ajuda?"

Não tenho escolha, falei. Roubei dinheiro do banco, eu iria preso se eles descobrissem, ele me tem nas mãos, percebe?

O tempo todo ela estava me encarando. Ela tinha grandes olhos claros, muito curiosos, sempre procurando descobertas (não eram bisbilhoteiros, é claro).

"Você ganhou muito dinheiro, não ganhou?"

Sabia que o que eu tinha dito era muito confuso. Fui ficando nervoso.

"Por que você não devolveu o dinheiro? Quanto foi — setenta mil libras? Você não roubou tanto assim? Ou quem sabe você o ajuda apenas por diversão?"

Tem outras coisas que não posso te contar. Ele manda em mim.

Ela ficou parada com as mãos nos bolsos da saia. Olhou para si mesma no espelho (metal, é claro, nada de vidro) para variar.

"E o que ele vai fazer comigo?"

Não sei.
"Onde ele está agora?"
Ele está chegando, imagino.
Ela não disse nada por um minuto. Então ela pareceu ter pensado em algo terrível, o que eu lhe dissera poderia ser verdade.
"É claro. Esta deve ser a casa dele em Suffolk."
Sim, eu disse, pensando ser muito esperto.
"Ele não tem casa nenhuma em Suffolk", disse ela, impassível.
Você não sabe, eu disse. Mas sem convicção.
Ela ia começar a falar, mas senti que precisava interromper suas perguntas, não sabia que ela era tão afiada. Não como as pessoas normais são.
Vim perguntar o que você quer para o café da manhã, tem cereal, ovos e tudo mais.
"Não quero nada", ela disse. "Este quarto é horrível. E aquele sonífero. O que era aquilo?"
Não sabia que você ficaria enjoada. De verdade.
"O sr. Singleton deveria ter lhe dito." Dava pra ver que ela não acreditou naquela história. Estava sendo sarcástica.
Logo emendei, você gostaria de chá ou café, e ela disse café, se você provar antes, então eu a deixei e saí para a outra parte do porão. Estava fechando a porta quando a ouvi, "Esqueceu seu isqueiro".
Tenho outro (não tinha).
"Obrigada", ela disse. Foi engraçado, ela quase sorriu.

Fiz o Nescafé e o levei até ela, que me viu beber um pouco, então ela bebeu um pouco. O tempo todo ela fazia perguntas, não, o tempo todo eu senti que ela poderia perguntar algo, que ela logo viria com uma pergunta para me testar e me pegar mentindo. Sobre quanto tempo ela teria que ficar, por que eu estava sendo tão bom para ela. Inventei respostas, mas sabia que eram fracas, não era fácil improvisar com ela. No final, disse que iria às compras e que ela poderia me pedir o que quisesse. Disse que traria qualquer coisa que ela quisesse.

"Qualquer coisa?"
Se for razoável, eu disse.
"O sr. Singleton disse para você fazer isso?"
Não. Dessa vez é comigo.
"Só quero sair daqui", disse ela. Não consegui fazer com que ela dissesse mais nada. Foi horrível, de repente ela parou de falar, então tive que deixá-la.

Ela continuou sem dizer nada no almoço. Fiz a comida na cozinha do porão e levei até ela. Mas quase nada foi comido. Ela tentou me iludir novamente para sair de lá, sempre fria como gelo, mas não me deixei enganar.

À noite, após a ceia, quando ela tampouco comeu muita coisa, fui e sentei próximo à porta. Por um tempinho, ela sentou para fumar, com seus olhos fechados, como se a minha presença cansasse os seus olhos.

"Estive pensando. Tudo o que você me contou sobre o sr. Singleton é uma lorota. Não acreditei. Ele não é esse tipo de homem, pra começo de conversa. E se fosse, não contrataria você para esse trabalho. Ele não teria feito todos esses preparativos fantásticos."

Não disse nada, não conseguia olhar para ela.

"Você teve muito trabalho. Todas essas roupas aqui, todos esses livros de arte. Fiz um estimativa de custo esta tarde. Quarenta e três libras." Era como se ela estivesse falando sozinha. "Sou sua prisioneira, mas você quer que eu seja uma prisioneira feliz. Então tem duas possibilidades: você quer cobrar resgate, você faz parte de uma gangue, ou algo assim."

Não. Já disse.

"Você sabe quem eu sou. Deve saber que meu pai não é rico nem nada. Então não pode ser pelo resgate."

Era esquisito, ouvi-la pensando alto.

"A única outra alternativa é sexo. Você quer fazer coisas comigo."

Ela me observava.

Era uma pergunta. Que me chocou.
Não é isso de maneira nenhuma. Sei manter o devido respeito. Não sou desses. Falei de um jeito bem ríspido.
"Então você deve ser maluco", ela disse. "De um jeito simpático, é claro." Ela se virou de costas.
"Você admite que a história do sr. Singleton é falsa?"
Queria ir com calma, eu disse.
"Com calma para quê?", perguntou. "Para me estuprar? Me matar?"
Nunca disse isso, respondi. Ela sempre parecia me pegar na defensiva. Nos meus sonhos, acontecia sempre o contrário.
"Por que estou aqui?"
Quero que seja minha hóspede.
"Sua hóspede!"
Ela se levantou, andou em volta da poltrona e se apoiou contra o espaldar, olhos sempre em cima de mim. Havia tirado o suéter azul, estava ali, parada, usando um vestido xadrez verde-escuro, como um uniforme escolar, com uma blusa branca aberta no colarinho. Seus cabelos presos num rabo de cavalo. Seu lindo rosto. Parecia estar brava. Não sei por que, pensei nela sentada sobre meus joelhos, muito quieta, e eu escovando seus sedosos cabelos louros, totalmente soltos, como eu veria mais tarde.
De repente eu disse: Eu te amo. Está me deixando louco.
Ela disse "Sei", com uma voz estranhamente grave.
Ela não olhou mais para mim.
Sei que é antiquado dizer eu te amo a uma mulher, nunca foi a minha intenção. Nos meus sonhos, sempre nos olhávamos nos olhos um dia e então nos beijávamos, e nada era dito depois disso. Um conhecido chamado Nobby, do Exército, que sabia tudo sobre mulheres, sempre disse que você nunca deveria dizer a uma mulher que a amava. Mesmo se fosse verdade. Se precisasse dizer "eu te amo", que fosse brincando — ele dizia que dessa maneira elas ficariam sempre atrás de você. Era preciso se fazer de difícil. O mais bobo é que eu

disse a mim mesmo uma dúzia de vezes antes que não deveria dizer a ela que eu a amava, mas deixar acontecer naturalmente de ambos os lados. Entretanto ao estar com ela naquele momento, minha cabeça dava voltas, e eu com frequência dizia coisas que não queria.

Não quer dizer que eu tenha lhe dito tudo. Contei a ela sobre trabalhar no Anexo, e vê-la, e pensar nela, e sobre o jeito que ela se comportava e andava, e tudo que ela significava para mim, e sobre conseguir o dinheiro, e saber que ela nunca olharia para mim apesar disso, e sobre me sentir sozinho. Quando parei, ela estava sentada na cama, olhando para o carpete. Não falamos nada por um tempo que pareceu ser bem longo. Só havia o chiado do ventilador vindo do outro porão.

Eu me senti envergonhado. Ruborizado.

"Acha que vai me fazer amá-lo me mantendo prisioneira?"

Quero que você me conheça.

"Enquanto eu estiver aqui, você será apenas um sequestrador para mim. Sabia?"

Eu levantei. Não queria mais ficar ali com ela.

"Espere", disse ela, vindo em minha direção, "eu prometo. Eu entendo. Sério. Me deixe ir. Não vou contar pra ninguém, e nada vai acontecer."

Foi a primeira vez que ela me deu um olhar afetuoso. Ela estava dizendo confie em mim, tão claro como se tivesse dito as palavras. Ela me olhava, um ligeiro sorriso nos olhos. Cheia de ansiedade.

"Você pode. Nós podemos ser amigos. Eu posso te ajudar."

Ela me encarava.

"Não é tarde demais."

Não consegui dizer o que sentia, eu tive que deixá-la; ela estava me magoando de verdade. Então fechei a porta e a deixei. Nem cheguei a dar boa-noite.

Ninguém entenderia, eles achariam que eu só estava atrás do óbvio. Às vezes, antes de ela chegar, quando eu folheava os livros, era no que eu pensava, ou nem sabia. Mas quando ela chegou foi diferente, eu não pensei nos livros ou nela fazendo poses, coisas que me enojavam, porque eu sabia que ela também se sentiria assim. Havia algo tão bom sobre ela que você precisava ser bom também, dava para ver que ela meio que esperava por isso. Quer dizer, estar com ela pra valer fazia com que as outras coisas parecessem erradas. Ela não era do tipo de mulher que você não respeita, então você não se preocupa com mais nada, você a respeita e precisa ser muito cuidadoso.

Não dormi muito aquela noite, porque estava chocado com o jeito como as coisas estavam indo, de como eu revelei tantas coisas logo no primeiro dia e de como ela me fez sentir um bobo. Houve momentos em que pensei que deveria descer e levá-la de volta a Londres, como ela queria. Eu poderia ir embora do país. Mas então pensei em seu rosto e em como seu rabo de cavalo ficava preso um pouquinho para os lados, enrolado, e em como ela ficava de pé e andava, e pensei em seus adoráveis olhos claros. Sabia que não conseguiria.

Depois do café — naquela manhã ela comeu um pouco de cereal e tomou um pouco de café; não conversamos nada —, ela estava de pé e vestida, mas a cama estava feita de um jeito diferente, então ela deve ter dormido um pouco. De qualquer maneira, ela me fez parar quando estava de saída.

"Queria conversar com você." Parei.

"Sente-se", ela disse. Sentei na cadeira perto dos degraus.

"Olha, isso é uma maluquice. Se você me ama no sentido verdadeiro da palavra amor, não pode me manter presa aqui. Não vê que estou sofrendo? O ar, nem dá para respirar de noite, acordei com uma dor de cabeça. Vou morrer se você me mantiver aqui mais tempo." Ela parecia preocupada de verdade.

Não vai demorar muito. Eu prometo.

Ela se levantou, parou perto da cômoda e me encarou.

"Qual é o seu nome?", ela disse.

Clegg, respondi.

"Seu primeiro nome?"

Ferdinand.

Ela me olhou meio de lado.

"Não é verdade", ela disse. Lembrei que estava com minha carteira que eu comprara no bolso do casaco, com minhas iniciais em dourado, e lhe mostrei. Ela não saberia que F era de Frederick. Sempre gostei de Ferdinand, é engraçado, mesmo antes de conhecê-la. Há algo de estrangeiro e distinto nesse nome. Tio Dick costumava me chamar assim, às vezes, de brincadeira. Lorde Ferdinand Clegg, Marquês dos Insetos, ele costumava dizer.

É só uma coincidência, disse.

"Imagino que te chamem de Ferdie. Ou Ferd."

Sempre Ferdinand.

"Olha, Ferdinand, não sei o que você vê em mim. Não sei por que você está apaixonado por mim. Talvez eu pudesse me apaixonar por você em algum outro lugar. Eu...", ela não parecia saber o que dizer, o que era incomum. "... eu gosto mesmo de homens gentis. Mas eu não poderia me apaixonar por você neste quarto, não poderia me apaixonar por ninguém aqui. Nunca."

Respondi: eu só quero te conhecer melhor.

Durante o tempo em que esteve sentada perto da cômoda, ela me observava tentando ver que efeito as coisas que estava dizendo surtia em mim. Por isso eu estava desconfiado. Sabia que era um teste.

"Mas você não pode sequestrar pessoas para conhecê-las melhor!"

Eu quero muito conhecer você melhor. Não teria uma chance em Londres. Não sou tão esperto assim. Não somos da mesma classe. Você não seria vista ao meu lado em Londres.

"Isso não é justo. Não sou uma esnobe. Odeio esnobes. Eu não prejulgo os outros."

Não estou acusando *você*, eu disse.

"Odeio esnobismo." Ela foi um pouco rude. Tinha um jeito forte de dizer algumas palavras, muito enfática. "Alguns dos meus melhores amigos em Londres são da — bem, o que algumas pessoas chamam de classe operária. De origem. Não pensamos nessas coisas."

Como Peter Catesby, eu disse. (Esse era o nome do cara com o carro esporte.)

"Ele! Não o vejo há meses. Ele é apenas um tolo suburbano de classe média."

Ainda podia vê-la de carona no espalhafatoso MG dele. Não sabia se confiava nela ou não.

"Suponho que tenha saído em todos os jornais."

Ainda não vi.

"Você pode ir para a prisão por muitos anos."

Valeria o risco. Valeria a prisão perpétua, eu disse.

"Eu prometo, juro que se você me libertar não conto a ninguém. Inventarei alguma história. Vou arrumar um jeito de encontrar com você quando quiser, sempre que puder quando não estiver no trabalho. Ninguém saberá disso, somente nós."

Não posso, eu disse. Agora, não. Eu me sentia como um rei tirano, enquanto ela implorava daquele jeito.

"Se você me deixar ir agora, vou começar a te admirar. Vou pensar assim: ele me teve a sua mercê, mas foi nobre, se comportou como um autêntico cavalheiro."

Não posso, eu disse. Não insista. Por favor, não insista.

"Pensaria assim: alguém como ele valeria a pena conhecer." Ela sentou-se empoleirada, me observando.

Preciso ir agora, eu disse. Saí tão rápido que tropecei no primeiro degrau. Ela se levantou e ficou ali me encarando na porta com uma expressão estranha.

"Por favor", ela disse. Muito gentil e simpática. Era difícil resistir.

Era como não ter uma rede e prender um espécime que você queria com os dedos indicador e médio (sempre fui bom nisso), chegando bem devagar por trás e pronto, mas você tinha que cutucar o tórax, e ela se agitaria um pouco. Não era tão fácil como usar o jarro de insetos. E era duas vezes mais difícil com ela, porque não queria matá-la, era a última coisa que eu poderia querer.

Com frequência, ela falava sobre como odiava as distinções de classe, mas nunca me convenceu. É o jeito que as pessoas falam que as entregam, não é o que elas dizem. Bastava ver seu jeito delicado para entender como ela havia sido criada. Ela não era afetada, como muitos, mas ainda assim dava para notar do mesmo jeito. Você via quando ela ficava sarcástica e impaciente comigo porque eu não conseguia me explicar direito ou fazia coisas erradas. Pare de pensar em classes, diria ela. Como um rico dizendo a um pobre: pare de pensar em dinheiro.
    Não usei isso contra Miranda, ela provavelmente disse e fez algumas das coisas absurdas que fez para me mostrar que não era realmente sofisticada, mas ela era. Quando estava nervosa, podia subir em seu salto alto e vir para cima de mim com força total.
    Sempre houve distinção de classe entre nós.

Fui a Lewes naquela manhã. Em parte porque queria ver os jornais, comprei um de cada. Todos diziam algo. Alguns tabloides traziam bastante coisa, dois deles tinham fotos. Era engraçado, ler as reportagens. Havia coisas que até então eu não sabia.

> A estudante de arte Miranda Grey, 20, loura e de cabelos compridos, que no ano passado ganhou uma bolsa na conceituada Escola de Arte Slade, de Londres, está desaparecida. Ela vivia temporariamente na Hamnett Road, 29, N.W. 3, com sua tia, senhorita C. Vanbrugh-Jones, que ontem à noite alertou a polícia.

Na terça-feira, depois das aulas, Miranda telefonou para lhe dizer que estava indo ao cinema e chegaria em casa logo após as oito.
Essa foi a última vez em que foi vista.

Havia uma grande foto dela e, ao lado, a legenda que dizia: *Você viu esta garota?*
Outro jornal me deu boas risadas.

Os moradores de Hampstead estão cada vez mais preocupados nos meses recentes com os "lobos predadores" que dirigem por ali. Piers Broughton, um colega de faculdade e amigo próximo de Miranda, me contou no café a que costumava levá-la, que ela parecia perfeitamente feliz no dia de seu desaparecimento e que tinha combinado de ir a uma exposição com ele no dia de hoje. Ele disse: "Miranda sabe que Londres é assim. Ela seria a última pessoa a aceitar uma carona de um estranho ou qualquer coisa do tipo. Estou terrivelmente preocupado com tudo isso".
Um porta-voz da Slade disse: "Ela é uma de nossas mais promissoras alunas do segundo ano. Estamos confiantes de que há uma explicação inofensiva para seu desaparecimento. Jovens artistas têm seus caprichos".
Aí repousa o mistério.
A polícia pede a quem tiver visto Miranda na noite de terça, ou ouvido ou percebido algo suspeito na área de Hampstead, que entre em contato.

Disseram as roupas que ela estava usando e tudo mais, e havia uma foto. Outro jornal disse que a polícia iria drenar os pântanos de Hampstead. Um deles falava sobre Piers Broughton e como ele e ela eram noivos, secretamente. Imaginei se ele seria o beatnik que eu tinha visto com ela. Outro dizia: "Ela é uma das alunas mais populares, sempre disposta a ajudar". Todos diziam que ela era linda. Havia fotos. Se ela fosse feia, sairiam apenas duas linhas na última página.

Sentei no furgão no acostamento da estrada de volta pra casa, e li todos os jornais. Aquilo me deu uma sensação de poder, não sei por quê. Todas aquelas pessoas procurando, e eu sabendo a resposta. Enquanto dirigia, decidi que não diria nada a ela.

Como esperava, a primeira coisa que ela me perguntou quando voltei foi sobre os jornais. Saiu alguma coisa sobre ela? Eu disse que não tinha visto e que não iria ver. Disse que não estava interessado nos jornais, tudo o que imprimiam era sensacionalismo. Ela não insistiu.

Nunca deixei que ela visse os jornais. Nunca a deixei ouvir o rádio ou assistir à televisão. Um dia antes dela chegar aqui, estava lendo um livro chamado *Os Segredos da Gestapo* — sobre as torturas e o que elas representavam durante a guerra, e sobre como uma das primeiras coisas que você tinha que lidar enquanto prisioneiro era com não saber o que estava acontecendo do lado de fora da prisão. Quer dizer, eles não deixavam os prisioneiros saberem de nada, nem sequer deixavam que conversassem uns com os outros, de modo que eram extirpados de suas vidas prévias. E isso arrasava com eles. Claro, eu não queria arrasar com ela como a Gestapo queria arrasar seus prisioneiros. Mas pensei que seria melhor se cortasse o contato dela com o mundo exterior, ela teria que pensar mais em mim. Então, apesar das várias tentativas da parte dela para que lhe trouxesse os jornais ou a deixasse ouvir rádio, eu nunca permitiria. Nos primeiros dias, não queria que ela lesse sobre o que a polícia estava fazendo e assim por diante, porque só serviria para irritá-la. Era quase uma gentileza, pode-se dizer.

Naquela noite, eu fiz para o jantar ervilhas congeladas frescas e frango congelado no molho branco, e ela comeu e pareceu gostar. Depois, eu disse: Posso ficar um pouco?

"Se quiser", disse ela. Estava sentada na cama, com a coberta dobrada às suas costas, como uma almofada, apoiada na parede, seus pés dobrados debaixo dela. Por um tempo, apenas fumou e olhou um dos livros de arte que eu havia comprado para ela.

"Você entende alguma coisa de arte?", perguntou ela.

Nada que você chamaria de erudito.

"Sabia que não. Você não aprisionaria uma pessoa inocente se entendesse."

Não vejo a conexão, eu disse.

Então ela fechou o livro. "Me conte algo sobre você. Me conte o que você faz nas suas horas livres."

Sou um entomologista. Coleciono borboletas.

"Claro", ela disse. "Eu me lembro que disseram isso nos jornais. E agora você me coletou."

Ela parecia estar achando graça, então eu disse: É uma figura de linguagem.

"Não, não é uma figura de linguagem. Literalmente. Você me alfinetou nesse quartinho e pode ir e vir quando quiser para me observar."

Não vejo dessa maneira, de forma alguma.

"Sabia que eu sou budista? Eu odeio qualquer coisa que tire vidas. Mesmo vidas de insetos."

Você comeu o frango, eu disse. Peguei ela dessa vez.

"Mas eu não me orgulho disso. Se fosse uma pessoa melhor, eu seria vegetariana."

Eu disse: Se você me pedir para parar de colecionar borboletas, eu paro. Faço tudo o que você me pedir.

"Menos me deixar voar."

Preferia não falar sobre isso. Não vai nos levar a lugar algum.

"De qualquer maneira, não posso respeitar ninguém, especialmente um homem, que faz coisas só para me agradar. Eu quero que ele faça as coisas porque acredita que elas são corretas." O tempo todo ela costumava me criticar, você pensava que estávamos conversando sobre algo inocente, e de repente ela estava me ofendendo. Não respondi.

"Quanto tempo eu vou ficar aqui?"
Não sei, eu disse. Depende.
"Do quê?"
Não disse nada. Não podia.
"De que eu me apaixone por você?"
Ela não parava.
"Por que se for assim, eu ficarei até morrer."
Não respondi.
"Vá embora", disse ela. "Vá embora e pense a respeito."

Na manhã seguinte, ela fez a primeira tentativa de fugir. Não me pegou desprevenido, exatamente, mas me ensinou uma lição. Ela terminara seu café da manhã e me disse que sua cama estava bamba, era a perna direita de trás, bem no canto. Pensei que ia despencar, ela disse, tem um parafuso solto. Feito um bobo, fui ajudá-la, e de repente ela me empurrou com força, e assim que perdi o equilíbrio, ela correu. Subiu os degraus feito um raio. Eu permitira que isso acontecesse, havia um gancho de segurança mantendo a porta aberta e uma cunha que ela tentou chutar quando fui atrás dela. Bem, ela se virou e correu, gritando socorro, socorro, socorro, e subiu os degraus para a porta de fora, que obviamente estava trancada. Ela a empurrou, e bateu nela, e começou a gritar, mas eu a peguei. Odiei fazer isso, mas era necessário agir. Peguei-a pela cintura e pus uma mão sobre sua boca e a arrastei de volta lá para baixo. Ela esperneou e lutou, mas é claro que era muito pequena, e eu posso não ser o Mr. Universo, mas tampouco sou um fracote. No final, ela amoleceu, e eu a soltei. Ficou parada um instante, e de repente saltou e me bateu no rosto. Não me machucou de verdade, mas a surpresa foi desagradável, vindo de onde eu menos esperava e após eu ter sido tão razoável quando outros poderiam ter perdido a cabeça. Então ela voltou ao quarto batendo a porta. Pensei em ir até lá e discutir com ela, mas sabia que estava furiosa. Havia ódio de verdade em seu olhar. Então eu tranquei a porta e coloquei a porta falsa.

Na manhã seguinte, ela não quis falar. Naquele almoço seguinte, não disse uma palavra quando eu falei com ela e disse que o que passou, passou. Ela só me deu um olhar de desprezo. A mesma coisa à noite. Quando vim fazer a faxina, ela me entregou a bandeja e se virou. Ela deixou claro que não queria que eu ficasse. Pensei que ela fosse superar, mas no dia seguinte foi pior. Não apenas ela não falou como não comeu.

Por favor, não faça isso. Não adianta.

Mas ela não dizia uma só palavra, nem mesmo chegava a olhar para mim.

No dia seguinte, foi igual. Ela não comia, não falava. Esperava que vestisse algumas das roupas que eu comprara, mas ela continuava usando a blusa branca e a túnica verde quadriculada. Comecei a ficar preocupado de verdade, não sabia quanto tempo alguém consegue ficar sem comer, ela parecia estar pálida e fraca. Passava o tempo todo sentada voltada para a parede na sua cama, de costas viradas, parecendo tão infeliz que eu não sabia o que fazer.

No dia seguinte, tomei café e comi uma bela torrada com cereais e geleia de laranja. Esperei um pouco para que ela pudesse sentir o aroma.

Então eu disse, não espero que você me entenda, não espero que você me ame como todo mundo, eu só quero que você tente me entender o tanto quanto for possível, e gostar de mim se puder.

Ela não se mexeu.

Eu disse, quero fazer uma proposta. Direi quando você pode ir, mas apenas sob certas condições.

Não sei por que disse aquilo. Sabia que eu nunca poderia deixá-la ir de verdade. Mesmo assim, não era uma mentira deslavada. Com frequência eu pensava que ela poderia ir quando concordássemos, uma promessa era uma promessa e tal. Outras vezes, eu sabia que não poderia deixá-la ir.

Ela se virou e me encarou. Foi o primeiro sinal de vida que ela mostrou em três dias.

As condições são que você coma sua comida e converse comigo como fazia no começo e que não tente fugir daquele jeito.

"Não posso concordar com essa última condição."

E quanto às duas primeiras, eu disse. (Pensei que mesmo que ela prometesse não fugir, eu teria que me precaver, então essa condição era inútil.)

"Você não disse quando", ela disse.

Em seis semanas, eu disse.

Ela se virou novamente.

Cinco semanas, então, eu disse após um instante.

"Ficarei aqui uma semana e nem mais um dia."

Bem, eu disse que não poderia concordar com aquilo e ela se virou novamente. Estava chorando. Podia ver seus ombros se mexerem, quis ir até ela, cheguei perto da cama, mas ela se virou com tanta pressa que achei que ela tivesse pensado que eu iria atacá-la. Cheios de lágrimas estavam seus olhos. As bochechas molhadas. Eu me sentia muito mal por vê-la daquele jeito.

Por favor, seja razoável. Você já sabe o que você significa pra mim; não vê que eu não teria me preparado tanto para que você só ficasse aqui mais uma semana?

"Eu te odeio, eu te odeio."

Te dou a minha palavra, eu disse. Quando a hora chegar, você pode sair assim que quiser.

Ela não acreditou. Era engraçado, ela sentou lá, chorando e me encarando, seus rosto estava todo rosado. Pensei que iria me agredir novamente, ela me olhou como se quisesse. Mas então ela começou a secar os olhos. Acendeu um cigarro. E disse: "Duas semanas".

Eu disse: Você diz duas, eu digo cinco. Concordarei em um mês. Isso cai no dia 14 de novembro.

Ela fez uma pausa e disse: "Quatro semanas cai em 11 de novembro".

Estava preocupado com ela, queria encerrar o assunto, então disse: Quis dizer, um mês corrido, mas que sejam vinte oito dias. Eu te concedo esses três dias.

"Muito obrigada." Sarcástica, obviamente.

Eu lhe ofereci uma xícara de café, que ela aceitou.

"Tenho algumas condições também", disse antes de beber. "Não posso ficar aqui embaixo o tempo todo. Devo tomar ar fresco e pegar sol. Eu preciso tomar banho de vez em quando. Preciso de material de desenho. Preciso de um rádio ou de uma vitrola. Preciso de coisas da farmácia. Eu tenho que comer frutas frescas e saladas. Preciso fazer algum tipo de exercício."

Se eu te deixar ir lá fora, você vai fugir, eu disse.

Sentou-se. Ela devia estar representando um pouquinho antes, então mudou rapidamente. "Sabe o que significa estar em condicional?"

Respondi que sim. "Você poderia me deixar sair em condicional. Dou minha palavra que não vou gritar nem tentar fugir."

Eu disse, tome seu café e eu pensarei a respeito.

"Não! Não é pedir muito. Se essa casa fica realmente num lugar isolado, não tem perigo."

Sim, ela fica, eu disse. Mas não conseguia decidir.

"Vou voltar pra greve de fome novamente." Ela se virou, estava pressionando, como dizem por aí.

É claro que você pode ter seu material de desenho, eu disse. Só precisava pedir. E uma vitrola. E os discos que quiser. Livros. E a mesma coisa com a comida. Eu te disse que você só precisa pedir. Qualquer coisa, está bem.

"Ar fresco?" Ela ainda estava de costas.

É muito perigoso.

Bem, houve um silêncio, mas ela deixou claro como se usasse palavras, e no final eu desisti.

Talvez à noite. Veremos.

"Quando?" Ela se virou.

Tenho que pensar. Teria que amarrar você.

"Mas eu lhe dou minha palavra de honra."

É pegar ou largar, eu disse.

"O banho?"

Posso arranjar.

"Quero um banho decente, numa banheira decente. Deve haver uma lá em cima."

Algo em que eu pensava bastante era em como eu gostaria de lhe mostrar a minha casa e a mobília. Em parte porque eu queria vê-la ali, naturalmente. Nos meus sonhos, ela estava lá em cima comigo, não aqui no porão. Sou assim, impulsivo, corro riscos que outros não correriam.

Vou ver, eu disse. Preciso preparar algumas coisas.

"Se eu lhe der minha palavra, não a quebrarei."

Estou certo que não, disse.

Então assim foi.

A atmosfera ficou mais limpa, digamos. Eu a respeitei, e ela me respeitou mais depois daquilo. A primeira coisa que fez foi escrever uma lista de coisas que queria. Tive que achar uma loja de materiais artísticos em Lewes, e comprar papel especial e todo o tipo de lápis e coisas: tinta sépia, e tinta, e pincéis chineses, de pelo e tamanhos e fabricantes especiais. E as compras da farmácia: removedores de cheiro e coisas assim. Era perigoso comprar artigos femininos que eu não haveria de usar, mas assumi o risco. Então ela fez a lista de compras de mercado, ela tinha que ter café fresco, e muitas frutas, legumes e verduras — ela foi muito enfática em relação a isso. De qualquer maneira, depois de escrever quase todos os dias o que precisávamos comprar, ela costumava me dizer como cozinhar, também, era parecido com ter uma esposa, uma inválida para quem você precisaria fazer compras. Fui cuidadoso em Lewes, nunca fui à mesma loja duas vezes seguidas, para que não pensassem que eu estava comprando demais para uma pessoa. Por algum motivo, eu sempre pensava que as pessoas saberiam só de me ver que eu vivia sozinho.

Naquele primeiro dia eu comprei uma vitrola também. Uma pequenina, mas posso dizer que ela ficou bem satisfeita, não queria que ela soubesse que eu não sabia nada sobre música, mas vi um disco com música de orquestra de Mozart, então o comprei. Foi uma boa compra, ela gostou do disco e de mim por comprá-lo. Um dia, muito depois, quando estávamos escutando música, ela chorou. Quer dizer, seus olhos estavam cheios d'água. Depois, ela disse que Mozart estava morrendo quando escreveu aquela música e que ele sabia que estava morrendo. Parecia igualzinha ao resto para mim, mas é claro que ela era musical.

Bem, no dia seguinte ela trouxe novamente à tona a história de precisar de um banho e de ar fresco. Não sabia o que fazer; fui ao banheiro para pensar, sem prometer nada. A janela do banheiro ficava acima do alpendre em volta da porta do porão. Na parte de trás da casa, o que era mais seguro. No fim das contas, bloqueei a janela com umas tábuas, presas com parafusos de três polegadas, então ela não podia fazer sinais luminosos nem escapar pela janela. Não que alguém fosse aparecer lá atrás tarde da noite.

Isso resolveu o assunto do banheiro.

O que fiz em seguida foi fingir que ela estava comigo e subia atrás de mim, para ver onde poderiam existir focos de perigo. Os cômodos lá de baixo tinham persianas internas de madeira, seria fácil arrancá-las dali (depois coloquei uns cadeados) para impedi-la de chamar atenção, e nenhum bisbilhoteiro conseguiria espionar através da janela. Na cozinha, me certifiquei de que todas as facas etc. estivessem bem fora de alcance. Pensei em tudo que ela poderia fazer para tentar fugir e, no final das contas, senti que era seguro.

Bem, depois do jantar, ela veio de novo para cima de mim com a história do banho, e eu a deixei ficar rabugenta de novo e então disse: Tudo bem, vou correr o risco, mas se você quebrar sua promessa, vai ficar aqui.

"Nunca quebro promessas."

Você me dá sua palavra de honra?

"Dou minha palavra de honra que não tentarei escapar."

Nem fazer sinais.

"Nem fazer sinais."

Vou te amarrar.

"Mas isso é ultrajante."

Não culparia você se faltasse com sua palavra, eu disse.

"Mas, eu...", ela não continuou, apenas deu de ombros e se virou e segurou as mão atrás das costas. Tinha um lenço pronto para aliviar a pressão da corda, dei um nó bem apertado, mas não a ponto de machucar, então fui amordaçá-la, mas antes ela me fez recolher as coisas que precisavam ser levadas e (fiquei muito contente de ver) escolheu algumas das roupas que eu comprara.

Carreguei as coisas dela e fui na frente, subindo os degraus até o primeiro porão, e ela esperou até que eu destravasse a segunda porta e subisse quando eu mandasse, tendo primeiro escutado para ter certeza de que não havia ninguém por ali.

Era um caminho muito escuro, mas claro, dava para ver algumas estrelas. Eu a segurei pelo braço com força e a deixei parada lá por cinco minutos. Podia ouvi-la respirar profundamente. Foi muito romântico, sua cabeça veio bem na altura do meu ombro.

Dá pra ouvir que estamos no meio do nada, eu disse.

Quando o tempo acabou (precisei empurrá-la), entramos pela cozinha e a sala de jantar, e subimos as escadas até o banheiro.

Não há fechadura na porta, eu disse, nem tem como fechá-la, eu preguei uma trava, mas vou respeitar sua privacidade desde que você mantenha sua palavra. Vou ficar ali.

Deixei uma cadeira do lado de fora, perto da escada.

Agora, vou tirar suas amarras se você me der sua palavra de que vai manter a mordaça. Acene com a cabeça.

Bem, ela acenou, e eu soltei suas mãos. Ela as esfregou por um instante, só para me maltratar, imagino, e em seguida entrou no banheiro.

Tudo saiu sem problemas, eu ouvi ela se banhar, a água escorrendo, tudo natural, mas levei um susto quando ela saiu. Não estava usando a mordaça. Esse foi um susto. O outro foi o jeito como ela estava mudada com suas novas roupas e seus cabelos lavados, molhados e soltos sobre os ombros. Pareciam deixá-la mais suave, ainda mais jovem; não que alguma vez ela estivesse abrutalhada ou feia. Devo ter parecido um estúpido, olhando com raiva por causa da mordaça, e logo não sendo capaz de me manter assim já que ela estava tão linda.

Falou rapidamente.

"Olha, isso estava me machucando demais. Eu dei minha palavra. E vou repetir. Você pode colocar a mordaça de novo se quiser — toma. Mas eu já teria gritado se quisesses."

Ela me entregou a mordaça e havia algo no seu olhar, não pude amordaçá-la novamente. Eu disse: bastam as mãos. Ela estava com sua túnica verde, mas vestia uma das camisetas que eu comprei e imagino que também usava novas roupas de baixo.

Amarrei suas mãos atrás das costas.

Desculpe se sou tão desconfiado, disse. É que você é tudo o que eu tenho nessa vida que vale a pena. Aquele era o momento errado para dizer uma coisa dessas, eu sei, mas estar ao seu lado daquele jeito era demais para mim.

Eu disse: Se você se fosse, acho que eu me matava.

"Você precisa de um médico."

Soltei um gemido.

"Gostaria de te ajudar."

Você pensa que estou louco por tudo o que eu fiz. Não sou louco. É só que, bem, não tenho mais ninguém. Nunca houve ninguém que eu gostaria de conhecer além de você.

"Esse é o pior tipo de doença", disse. Ela se virou, tudo isso foi enquanto eu a amarrava. Ela olhou para baixo. "Sinto pena por você."

Então ela mudou, e disse: "E quanto à roupa suja? Eu lavei algumas peças. Posso pendurá-las lá fora? Ou quem sabe uma lavanderia?".

Disse: Eu vou secá-las na cozinha. Você não vai mandar nada para a lavanderia.

"O que foi?"

E ela virou o rosto para me ver. Havia algo de malicioso nela de vez em quando, dava para ver que ela procurava confusão, de um jeito calmo. Quase uma provocação.

"Não vai me mostrar a sua casa?"

Ela abriu um sorriso verdadeiro, o primeiro que eu vi; não pude fazer mais nada além de sorrir de volta.

Está tarde, eu disse.

"Ela é muito antiga?" Ela disse como se não tivesse me escutado.

Há uma pedra que diz 1621 sobre a porta.

"Esse carpete é da cor errada. Você devia comprar um tapete de sisal ou coisa parecida. E esses quadros — que horror!"

Ela andou no hall da escada para vê-los. Manhosa.

Não foram baratos, eu disse.

"Você não deve se guiar pelo preço."

Não sei explicar como aquilo foi estranho, nós dois ali. Ela fazendo críticas como uma mulher qualquer.

"Posso ver os quartos?"

Não fui eu mesmo, não resisti ao prazer, então fui com ela até a porta e lhe mostrei os quartos, o quarto que estava pronto para tia Annie, e Mabel, se elas algum dia fossem para lá, e o meu. Miranda olhou com muita atenção para cada um deles. É claro que as cortinas estavam fechadas, e eu espiei bem do lado dela para ter certeza de que não tentaria nenhuma gracinha.

Arrumei uma firma para decorar tudo, eu disse, quando estávamos à porta do meu quarto.

"Você é muito arrumadinho."

Ela viu umas fotos antigas de borboletas que eu comprei num antiquário. Essas eu escolhi, eu disse.

"São as únicas que prestam aqui."

Bem, lá estávamos nós, ela fazendo elogios, e eu admito que estava feliz.

Então, ela disse: "Como isso aqui é quieto. Não se escutam carros. Acredito que deva ser North Essex". Sabia que era um teste, ela estava me observando.

Acertou em cheio, eu disse. Fingindo estar surpreso.

De repente, ela disse: "Engraçado, eu devia estar morrendo de medo. Mas me sinto segura com você".

Jamais vou caçar você. A menos que você me obrigue.

Foi repentino como sempre eu sonhara, estávamos começando a nos conhecer, ela começava a me enxergar do jeito que eu realmente era.

Ela disse: "Esse ar é maravilhoso. Não dá pra imaginar. Até mesmo esse ar. É livre. É tudo o que eu não sou".

E se afastou, então tive que segui-la descendo a escada. Lá embaixo, no hall, ela disse: "Posso olhar aqui dentro?". Quem está na chuva é pra se molhar, pensei, de qualquer maneira as persianas estavam fechadas, assim como as cortinas. Ela entrou na sala de estar e olhou ao redor, fuçou pelos cantos e espiou cada detalhe com suas mãos presas nas costas, era cômico, na verdade.

"É uma sala linda, linda. É um pecado que esteja cheia desses farrapos. Um lixo!" Ela chegou a chutar uma das cadeiras. Suponho que eu devia aparentar como me sentia (ofendido), porque ela disse: "Mas você deve ver que não presta! Essas luminárias horríveis de parede e" — ela de repente os avistou — "patos de porcelana, não!". Ela olhou para mim com raiva, depois de volta para os patos.

"Meus braços estão doendo. Você se importaria em me amarrar com as mãos pra frente, para variar?"

Não queria estragar o clima, como dizem, eu não conseguia ver nenhum risco, e assim que soltei as cordas de suas mãos (estava preparado para qualquer problema), ela se virou e estendeu as mãos na frente do corpo para que eu pudesse amarrá-la, o que fiz. Então ela me surpreendeu. Foi até a lareira, onde os patos estavam, os três ali, pendurados, trinta xelins cada um, e, antes que você conseguisse falar "canivete", ela já os tinha tirado dos ganchos e espatifado os três na lareira. Em pedaços.

Muito obrigado, eu disse, bem sarcástico.

"Uma casa tão velha quanto esta tem alma. E você não pode fazer coisas assim num lugar tão bonito quanto este salão antigo, tão antigo, em que tantas pessoas já viveram. Não percebe?"

Não tinha nenhuma experiência em decoração, eu disse.

Ela me deu um olhar engraçado e passou por mim para ir à outra sala, que chamava de sala de jantar, ainda que o pessoal da decoração chamasse de sala de dupla função; estava parcialmente equipada para que eu pudesse trabalhar. Lá estavam meus três mostruários, que ela viu de cara.

"Não vai me mostrar minhas colegas de coleção?"

Claro que era tudo o que eu queria. Puxei uma ou duas das mais atraentes gavetas — gavetas com espécimes de um mesmo gênero, nada sério, só para demonstração, claro.

"Você as comprou?"

Claro que não, eu disse. Todas capturadas ou criadas por mim, e preparadas e arranjadas por mim. O lote.

"É um trabalho muito bonito."

Mostrei a ela uma gaveta com azul-comum e *Polyommatus bellargus*, eu tinha uma linda variedade de *ceroneus* Adônis e algumas variedades *tithonus*, e as apontei. A variedade *ceroneus* é melhor do que qualquer uma do Museu de História Natural. Senti orgulho de ser capaz de explicar alguma coisa para ela. Nunca tinha ouvido falar de anomalias.

"São lindas. Mas é triste."

Tudo é triste se você fizer com que seja, falei.

"Mas foi você quem fez assim!" Ela me encarava do outro lado da gaveta. "Quantas borboletas você já matou?"

Você pode ver.

"Não, não posso. Estou pensando em todas as borboletas que poderiam nascer delas se vocês as tivesse deixado viver. Estou pensando em toda a beleza viva a que você deu fim."

Não dá para saber.

"Você sequer as compartilha. Quem as vê? Você é um sovina, você acumula toda a beleza nessas gavetas.

Estava muito desapontado, pensei que aquela conversa toda era muito boba. Que diferença uma dúzia de espécimes fariam a uma espécie?

"Odeio cientistas", disse ela. "Odeio gente que coleciona coisas, e classifica coisas, e dá nome a elas e depois as esquece.

É o que as pessoas estão fazendo o tempo todo com a arte. Chamam um pintor de impressionista, ou cubista, ou qualquer coisa, e então colocam ele numa gaveta e não veem mais o pintor como um ser vivo individual. Mas eu vejo que elas estão lindamente arranjadas."

Ela estava tentando ser simpática, novamente.

E daí eu disse Eu também fotografo.

Tinha umas fotos do bosque detrás da casa, e algumas do mar lambendo um muro em Seaford, fotos muito bonitas. Eu mesmo as ampliei. Coloquei-as sobre a mesa onde ela poderia vê-las.

Ela olhou para elas, mas não disse nada.

Não são muitas, eu disse. Não faz muito tempo que fotografo.

"Estão todas mortas." Ela me olhou de lado, de um jeito engraçado. "Não essas em particular. Todas as fotos. Quando você desenha algo, isso vive, e quando você fotografa, isso morre."

É como um disco, eu disse.

"Sim. Tudo seco e morto." Bem, eu estava pronto para discutir, mas ela continuou, e disse: "Essas são espertas. São boas fotos, considerando o que as fotos podem ser".

Passado um instante, eu disse: Gostaria de tirar umas fotos suas.

"Por quê?"

Você é o que chamam de fotogênica.

Ela olhou para baixo, então levantou os olhos para me ver e disse: "Tudo bem. Se você quer. Amanhã".

Isso me deixou animado. As coisas estavam mesmo mudando.

Decidi que estava na hora de ela descer. Ela não contestou pra valer, só deu de ombros, me deixou atar a mordaça, e tudo ocorreu bem, como antes.

Bem, quando estávamos lá embaixo, ela quis uma xícara de chá (um chá especial chinês que ela me fez comprar). Tirei a mordaça, e ela veio ao primeiro porão (suas mãos ainda amarradas) e viu onde eu preparava suas refeições e tudo mais. Não falamos nada, foi legal. A chaleira fervendo e ela ali. Claro que mantive o olho nela. Quando ficou pronto, perguntei se podia fazer as honras da casa.

"Que expressão *horrível*."

O que há de errado com ela?

"É como aqueles patos. É suburbana, é bolorenta, é morta, é... Ai, tudo de mais careta que jamais existiu. Sabia?"

Acho que você deveria fazer as honras, eu disse.

Então foi estranho, ela sorriu como se estivesse pronta para gargalhar, e então parou, virou-se e foi para o quarto, para onde a segui com a bandeja. Ela serviu o chá, mas alguma coisa a irritou, dava pra ver. Ela não olhava pra mim.

Não quis ofender, eu disse.

"Pensei na minha família. Eles não vão rir tomando xícaras de chá hoje à noite."

Quatro semanas, eu disse.

"Não me lembre disso!"

Ela era apenas uma mulher. Imprevisível. Sorrindo num minuto e rancorosa no próximo.

Ela disse: "Você é desprezível. E você me faz ser desprezível".

Já vai acabar.

Então ela disse algo que eu nunca ouvi uma mulher dizer antes. Aquilo foi um choque.

Eu disse: Não gosto de palavreados como esse. É nojento.

Então ela disse de novo, e berrou de verdade.

Não conseguia acompanhar seu humor de vez em quando.

Ela estava calma na manhã seguinte, ainda que não tenha se desculpado. Além disso, quando entrei, vi os dois vasos do seu quarto quebrados nos degraus. Como sempre, ela estava de pé esperando por mim quando cheguei com seu café da manhã.

Bem, a primeira coisa que ela quis saber era se eu lhe iria permitir ver a luz do dia. Disse a ela que estava chovendo.

"Por que não posso sair para o andar de cima do porão, e subir e descer? Quero me exercitar."

Tivemos mais uma boa briga sobre isso. No final das contas, concluímos que se ela quisesse sair durante o dia, precisaria usar a mordaça. Não poderia me arriscar com a possibilidade de alguém estar ali por perto — não que fosse muito provável, é claro que o portão da frente e o portão da garagem estavam sempre trancados. À noite, bastaria amarrar as mãos. Disse que não prometeria mais do que um banho por semana. E nada de banho de sol. Pensei por um momento que ela fosse ficar de mau humor novamente, mas ela já começara a entender que o mau humor não a levaria a lugar nenhum, então ela aceitou minhas regras.

Talvez estivesse sendo rigoroso demais, eu seguia pelo caminho do rigor. Mas é preciso ser cuidadoso. Por exemplo, nos fins de semana o trânsito era muito maior. Nos domingos de sol, carros passavam a cada cinco minutos. Em geral, eles diminuíam quando passavam por Fosters, alguns davam marcha ré para dar uma segunda olhada, alguns ainda tinham o descaramento de sacar suas câmeras no portão da frente e tirar fotos. Então, nos fins de semana, eu nunca a deixava sair do quarto.

Um dia eu estava de saída para Lewes e um homem num carro me parou. Eu era o proprietário? Ele era um desses homens-cheios-de-cultura, com o nariz empinado. Do tipo sou-amigo-do-patrão. Ele falou muitas coisas sobre a casa e sobre como estava escrevendo um artigo para uma revista e que gostaria que eu o deixasse dar uma volta e tirar fotos, ele tinha um interesse em particular na capela do padre.

Não há capela nenhuma aqui, eu disse.

Mas, meu caro, isso é fantástico, ele disse, ela é mencionada na História do Condado. Em dezenas de livros.

Você quer dizer aquele canto no porão, eu disse, como se só naquele momento caísse a ficha. Está bloqueado. Foi emparedado.

Mas é um prédio tombado. Você não pode fazer essas coisas.

Eu disse: bem, ainda está aí. Mas não dá para ver. Foi feito antes de mim.

Então ele quis olhar dentro de casa. Disse a ele que eu estava com pressa, não poderia esperar. Ele voltaria — "Só me diga quando". Eu não saberia dizer. Disse que tinha muitos pedidos. Ele foi metendo o nariz, chegou a tentar me ameaçar com uma ordem judicial, que o pessoal do departamento dos Monumentos Antigos (seja lá quem fossem) lhe daria apoio, foi muito ofensivo e pegajoso ao mesmo tempo. No final ele se mandou. Estava blefando, mas era sobre esse tipo de coisa que eu precisava ficar atento.

Tirei as fotos naquela tarde. Fotos comuns, dela sentada, lendo. Elas ficaram muito boas.

Num daqueles dias, ela desenhou meu retrato, como que retornando a gentileza. Eu tive que sentar numa poltrona e olhar para o canto do quarto. Após meia hora ela rasgou o desenho antes que eu pudesse evitar. (Ela costumava rasgar os desenhos. Temperamento artístico, suponho.)

Eu teria gostado, eu disse. Mas ela nem deu bola para o que falei, só disse "fique parado".

De tempos em tempos ela conversava. A maior parte, comentários pessoais.

"Você é muito difícil de retratar. É tão inexpressivo. Tudo é inclassificável. Estou pensando em você como um objeto, não como uma pessoa."

Depois ela disse: "Você não é feio, mas seu rosto tem todos os traços de maus hábitos. Seu lábio inferior é o pior. Ele te entrega". Olhei no espelho lá em cima, mas não consegui entender o que ela quis dizer.

Às vezes, ela vinha do nada com perguntas estranhas.

"Você acredita em Deus?", foi uma delas.

Não muito, respondi.

"Tem que ser sim ou não."

Não penso nisso. Não acho importante.

"É você quem está preso num porão", ela disse.

Você acredita?, perguntei.

"Mas é claro que sim. Sou um ser humano."

Ela disse cale-se quando eu comecei a falar.

Ela reclamou da luz. "É luz artificial. Nunca consigo desenhar com ela. Ela mente."

Sabia onde ela queria chegar, então eu mantive minha boca fechada.

Então, novamente — pode não ter sido naquela primeira manhã em que me desenhou, não consigo lembrar em que dia foi —, ela de repente soltou: "Você tem sorte de não ter pais. Os meus só ficaram juntos até hoje por mim e pela minha irmã".

Como você sabe?, eu disse.

"Porque minha mãe me contou", ela disse. "E meu pai. Minha mãe é uma megera. Uma megera de classe média, nojenta e ambiciosa. Ela bebe."

Ouvi falar, eu disse.

"Nunca podia levar amigos pra dormir em casa."

Sinto muito, eu disse. Ela me deu um olhar penetrante, mas eu não estava sendo sarcástico. Contei a ela sobre as bebedeiras de meu pai, e sobre minha mãe.

"Meu pai é um fraco, ainda que eu o ame muito. Você sabe o que ele me disse um dia? Ele disse, não sei como dois pais tão ruins podem ter produzido duas filhas tão boas. Ele estava pensando na minha irmã, na verdade. Ela é a mais inteligente."

Você é a mais inteligente. Ganhou uma bolsa importante.

"Sou uma boa desenhista", ela disse. "Posso me tornar uma artista muito hábil, mas nunca serei uma grande artista. Pelo menos, acho que não."

Não dá pra saber, eu disse.

"Não sou egocêntrica o suficiente. Sou uma mulher. Preciso me apoiar em algo." Não sei por que, mas ela de repente mudou de assunto e disse: "Você é bicha?".

Claro que não, eu disse. Fiquei vermelho, é claro.

"Não é motivo para se envergonhar. Muitos homens são." Então ela disse: "Você quer se apoiar em mim. Posso sentir. Imagino que seja sua mãe. Você está procurando por sua mãe".

Não acredito nessas coisas, eu disse.

"Nós não daríamos certo, nunca. Ambos buscamos apoio."

Você pode se apoiar em mim financeiramente, eu disse.

"E você em mim para todo o resto? Deus me livre."

Veja, aqui, ela disse e estendeu o desenho. Estava bom de verdade, aquilo me surpreendeu, a semelhança. Parecia me deixar mais digno, mais bonito do que eu realmente era.

Você consideraria vendê-lo?, perguntei.

"Não pensei nisso, mas vendo. Duzentos guinéus?"

Ótimo, eu disse.

Ela me deu um novo olhar penetrante.

"Você pagaria duzentos guinéus por isso?"

Sim, eu disse. Porque foi você que fez.

"Me dá." Eu lhe devolvi o desenho e, antes que eu percebesse, ela o estava rasgando.

Não, por favor, eu disse. Ela parou, mas já estava rasgado pela metade.

"Mas é ruim, ruim, ruim." Então ela meio que jogou o desenho em cima de mim. "Aqui está. Ponha numa gaveta junto com as borboletas."

Da outra vez que estive em Lewes, comprei para ela mais alguns discos, tudo o que eu pude achar de Mozart, porque ela gostava dele, aparentemente.

Outro dia ela desenhou uma cesta de frutas. Ela fez o mesmo umas dez vezes, e então prendeu todos os desenhos no biombo e me pediu para escolher o melhor. Eu disse que todos eram bonitos, mas ela insistiu, então eu escolhi um.

"É o pior de todos", disse ela. "Esse é um quadro espertinho de um estudante de arte." Ela disse: "Um deles é bom. Eu sei que é bom. Ele vale cem vezes mais do que todos os outros juntos. Você tem três chances, se escolher o correto pode ficar com ele de graça quando eu for embora. Se eu for embora. Se não, você deve me pagar dez guinéus por ele".

Bem, ignorando sua ironia, eu dei três palpites, todos errados. Aquele que era tão bom, para mim parecia estar pela metade, mal dava para dizer que frutas eram aquelas e elas estavam todas tortas.

"Neste aqui estou no limite de dizer algo a respeito das frutas. Não chego a dizer, mas você fica com a impressão de que eu poderia. Você percebe?"

Disse que não percebia.

Ela foi pegar um livro com quadros de Cézanne.

"Aqui", ela disse, apontando para uma pintura de um prato de maçãs. "Ele não está apenas dizendo tudo o que há para dizer sobre maçãs, mas tudo sobre todas as maçãs e todas as formas e cores."

Acredito na sua palavra, eu disse. Todos os seus desenhos são bonitos, eu disse.

Ela apenas olhou para mim.

"Ferdinand", ela disse. "Deveriam te chamar de Caliban."

Um dia, três ou quatro após seu primeiro banho, ela estava inquieta. Andou pra cima e pra baixo no porão após o jantar, sentou na cama, se levantou. Eu estava olhando os desenhos que ela fizera naquela tarde. Todos eram cópias de livros de arte, muito bem-feitos, eu pensei, e muito parecidos.

De repente, disse: "Podíamos dar uma volta? Em condicional?"

Mas está molhado, eu disse. E frio. Era a segunda semana de outubro.

"Estou ficando louca enfurnada aqui. Não podemos apenas dar uma volta no jardim?"

Ela se aproximou de mim, uma coisa que normalmente evitava, e esticou os pulsos. Tinha se acostumado a usar os cabelos longos, amarrados com uma fita azul-escura, que foi uma das coisas da lista que me deu para comprar. Seus cabelos estavam sempre lindos. Nunca vi cabelo mais bonito. Frequentemente tinha vontade de tocá-los. Só para acariciá-los, senti-los. Tive essa chance quando coloquei a mordaça nela.

Então nós saímos. Foi uma noite curiosa, havia uma lua atrás da nuvem, e a nuvem se movia, mas aqui embaixo quase não ventava. Quando saímos da casa, ela perdeu alguns instantes respirando fundo. Então eu peguei seu braço respeitosamente e a guiei pelo caminho entre o muro que corria de um lado e o gramado. Passamos pela cerca viva e andamos até a horta mais acima, perto das árvores frutíferas. Como eu disse, nunca tive desejos impuros de me aproveitar da situação, sempre fui perfeitamente respeitoso com ela (até ela fazer o que fez), mas talvez tenha sido a escuridão, nós dois andando ali e eu sentindo seu braço por baixo do tecido, eu quis muito tomá-la em meus braços e beijá-la, a verdade é que eu estava tremendo. Precisava dizer algo ou perderia minha cabeça.

Você não acreditaria em mim se eu dissesse que estou muito feliz, não é?, eu disse. Claro que ela não podia responder.

Porque você pensa que eu não sinto nada da maneira correta, você não sabe que eu tenho sentimentos profundos, mas não consigo expressá-los como você consegue, eu disse.

Só porque você não consegue expressar seus sentimentos, não significa que eles não sejam profundos. O tempo todo estávamos andando debaixo das copas sombrias das árvores.

Tudo o que estou pedindo, eu disse, é que você entenda o quanto eu te amo, o quanto eu preciso de você, o quanto isso é profundo.

É um esforço — eu disse —, às vezes. Não queria me gabar, mas que ela pensasse um pouco no que outros homens teriam feito com ela, se a tivessem em suas mãos.

Voltamos ao gramado do outro lado, e então para a casa. Ouvimos o som de um carro se aproximando pelo caminho além da casa. Precisei segurá-la com força.

Passamos pela porta do porão. Disse: você quer dar mais uma volta?

Para minha surpresa, ela sacudiu a cabeça.

Naturalmente, eu a levei lá pra baixo. Quando tirei a mordaça e as cordas, ela disse: "Gostaria de tomar chá. Prepare um pouco pra mim, por favor. Tranque a porta. Eu fico aqui".

Fiz o chá. Assim que o levei e a servi, ela falou.

"Quero dizer uma coisa", disse. "Precisa ser dito."

Eu estava escutando.

"Você quis me beijar lá fora, não foi?"

Desculpe, eu disse. Como de costume, fui ficando vermelho.

"Primeiro eu gostaria de agradecer por você não ter forçado nada, porque eu não quero que você me beije. Entendo que estou à sua mercê, percebo que tenho muita sorte de você ser tão decente nesse aspecto."

Não vai acontecer de novo, eu disse.

"Era isso o que eu queria dizer. Se acontecer de novo — ou algo pior. E se você não conseguir se controlar. Quero que prometa uma coisa."

Não vai acontecer de novo.

"Não faça de uma maneira violenta. Isso é, não me bata até desmaiar, nem use clorofórmio de novo, nada assim. Eu não vou lutar, vou deixar você fazer o que quiser."

Não vai acontecer de novo, eu disse. Eu me descontrolei, não sei explicar.

"A única coisa é que, se você fizer alguma coisa assim, eu nunca, nunca vou te respeitar, eu nunca, nunca mais vou falar com você. Você entende?"

Eu não poderia esperar nada diferente, disse. Eu estava roxo feito uma beterraba.

Ela estendeu o braço, apertamos as mãos. Não sei como saí do quarto. Ela me deixou desbaratado naquela noite.

Bem, todo dia era o mesmo: eu descia entre às oito e às nove, levava o café da manhã dela, esvaziava os baldes, às vezes conversávamos um pouco, ela me dava a lista das compras de que precisava (às vezes eu ficava em casa, mas saía na maioria das vezes por causa dos vegetais frescos e do leite de que ela gostava), quase todas as manhãs eu limpava a casa depois de voltar de Lewes, então ela almoçava, então geralmente sentávamos e conversávamos um pouco, ou ela tocava os discos que eu levara, ou eu sentava e a via desenhar; ela tomava seu chá sozinha, não sei por que, nós chegamos a um acordo de não ficarmos juntos naqueles momentos. Então, era o jantar e depois do jantar nós costumávamos conversar um pouco mais. Às vezes, ela me deixava à vontade, geralmente ela queria dar uma caminhada no porão. Às vezes, ela me fazia ir embora assim que o jantar terminasse.

    Tirava fotos sempre que ela me deixava. Ela me fotografou algumas vezes. Eu a capturei em muitas poses, todas ótimas, é claro. Queria que ela vestisse roupas especiais, mas não gostava de pedir. Não sei por que você quer todas essas fotos, ela sempre dizia. Você me vê todos os dias.

    Então nada acontecia de verdade. Só havia aquelas noites em que sentávamos juntos e não parece possível que isso se repita novamente. Era como se fôssemos as únicas duas pessoas no mundo. Ninguém jamais entenderá o quanto éramos felizes — somente eu, na verdade, mas havia momentos em que acho que ela não se incomodava, apesar de tudo o que dizia, se ela pensasse no assunto. Podia sentar lá, a noite toda, olhando para ela, admirando o formato de sua cabeça e o jeito que seus cabelos caíam fazendo uma curva diferente, tão graciosa, como a cauda de uma andorinha. Era como um véu ou uma nuvem, as mechas caíam como fios de seda desarrumados e soltos, porém lindos, sobre seus ombros. Queria conhecer as palavras para descrevê-los como faria um poeta ou um artista. Ela tinha um jeito de jogar os cabelos para trás, quando eles caíam muito sobre o rosto, era um movimento bem natural. Às vezes, queria dizer a ela: por favor, faça de novo, deixe seus cabelos caírem no rosto e jogue-os para trás. Só que é claro que seria estúpido. Tudo o que ela fazia era delicado assim. Até virar uma página. Ficar em pé ou sentada, bebendo, fumando, qualquer coisa. Mesmo quando fazia coisas consideradas feias, como bocejar ou se espreguiçar, ela ficava linda. A verdade é que ela não poderia fazer nada feio. Ela era muito bonita.

Ela também estava sempre muito limpa. Nunca tinha cheiro de nada que não fosse doce e fresco, diferente de muitas mulheres que eu conseguiria mencionar. Ela odiava sujeira, tanto quanto eu, ainda que costumasse rir de mim por causa disso. Uma vez, me disse que era um sinal de loucura que eu quisesse que tudo estivesse limpo. Se era verdade, então nós dois deveríamos estar loucos.

Claro que nem tudo era perfeito, várias vezes ela tentou fugir, o que ficava evidente. Por sorte, eu estava sempre atento.

Um dia, ela quase me enganou. Foi muito astuta, quando eu cheguei, ela estava doente, e parecia muito mal. Eu perguntava o que houve, o que houve, mas ela não se levantava, como se estivesse sofrendo.

"É apendicite", ela acabou falando.

Como você sabe?, perguntei.

"Achei que ia morrer essa noite", disse. Mal conseguia falar.

Eu disse que poderiam ser outras coisas.

Mas ela só virou o rosto para a parede e disse: "Meu Deus".

Bem, assim que me recuperei do choque, vi que poderia ser apenas um de seus truques.

Logo depois ela estava toda contorcida sofrendo espasmos, e depois se sentou e olhou para mim e disse que ela prometia qualquer coisa, mas que precisava de um médico. Ou de ir ao hospital, disse ela.

Seria o meu fim, eu disse. Você contaria a eles.

"Prometo, eu prometo", ela disse. Realmente convincente. Ela certamente sabia atuar.

Vou te preparar um chá, eu disse. Preciso de tempo para pensar. Mas ela se contorceu de novo.

Lá estava ela, caída no chão. Lembrei que tia Annie contara que apendicite podia matar, um ano atrás, nosso vizinho demorou demais para ser atendido — tia Annie soube desde o início, e foi um milagre ele não ter morrido. Então eu precisava fazer alguma coisa.

Eu disse: Tem uma casa com um telefone no final da estrada. Vou até lá.

"Me leve pro hospital", disse ela. "É mais seguro pra você."

Que diferença faz, eu disse, como se estivesse desesperado de verdade. É o fim. É adeus, eu disse. Até o tribunal de justiça. Eu também sabia atuar.

Então saí correndo, como se estivesse muito preocupado. Deixei a porta aberta, e a porta de fora também, e fiquei lá esperando.

E ela saiu, num minuto. Tão doente quanto eu. Sem problemas, ela me viu e voltou lá para baixo. Fiz cara de mau só para assustá-la.

Seu humor mudava tão rápido que eu não conseguia acompanhar. Ela gostava de me deixar aos tropeços atrás dela (triste Caliban, sempre tropeçando por Miranda, ela disse um dia), às vezes ela me chamava de Caliban, às vezes, de Ferdinand. Às vezes, ela era má e ríspida. Zombava de mim e me imitava, e me deixava desesperado e fazia perguntas que eu não sabia responder. Então, outras vezes, ela era muito compreensiva, sentia que ela me entendia como mais ninguém, desde o tio Dick, e eu podia suportar tudo.

Eu me lembro muito das pequenas coisas.

Um dia, ela estava sentada me mostrando os segredos de uma pinturas — segredos eram as coisas nas quais você precisava pensar a respeito para conseguir enxergar, os segredos da proporção e da harmonia, como ela os chamava. Sentamos com o livro entre nós e ela falou sobre as pinturas. Sentamos na cama (ela me fez pôr almofadas e uma colcha sobre a cama naquele dia), próximos, mas sem nos tocarmos. Fazia questão disso, depois do que aconteceu no jardim. Mas uma noite ela disse: não seja tão formal, não vou te matar se a manga de sua camisa tocar na minha.

Tudo bem, eu disse, mas não me mexi.

Então, ela se mexeu, e nossos braços se encostaram, nossos ombros. O tempo todo em que ela ficou falando e falando sobre a pintura nós olhamos para o livro, e achei que ela não estava pensando sobre o toque, mas umas poucas páginas depois, ela virou para mim.

"Você não está escutando."

Estou, sim, eu disse.

"Não, não está. Você está preocupado porque estamos encostados. Você parece um robô. Relaxe."

Não deu certo, ela me deixou tenso. Ela se levantou. Vestia uma saia azul apertada que eu comprei para ela, um suéter preto largo e uma blusa branca, as cores lhe caíam muito bem. Ela ficou de frente para mim e depois de um tempo, disse: "Meu Deus".

Ela foi e deu um murro na parede. Ela costumava fazer isso, às vezes.

"Tenho um amigo que me beija toda vez que me vê e não quer dizer nada — seus beijos são insignificantes. Ele beija todo mundo. Ele é o seu oposto. Você não tem contato com ninguém e ele tem com todo mundo. Vocês são igualmente doentes."

Eu sorria, costumava sorrir quando ela me atacava, como uma forma de defesa.

"Não dê esse seu sorriso assustador."

Não sei mais o que eu posso fazer. Você está sempre com a razão.

"Mas eu não quero estar sempre com a razão. Me diz que eu estou errada!"

Ah, você está com a razão, eu disse. Você sabe que está.

"Ai, Ferdinand!", ela disse. E mais duas vezes, Ferdinand, Ferdinand, e ela meio que rezou aos céus e agiu como alguém que estivesse sofrendo muito, e então eu tive que rir, mas de repente ela ficou muito séria, ou fingiu que estava.

"Não é besteira. É horrível que você não possa me tratar como uma amiga. Esqueça o meu sexo. Só relaxa."

Vou tentar, eu disse. Mas aí ela não sentou mais ao meu lado. Ela se apoiou contra a parede para ler outro livro.

Outro dia, lá embaixo, ela gritou. Sem motivo algum, eu estava pendurando uma pintura que ela havia feito na parede, e de repente ela sentou na cama e gritou, foi horripilante, e eu saltei e deixei cair o rolo de fita, e ela começou a rir.

O que houve, eu disse.

"Fiquei com vontade de dar um grito daqueles", disse ela.

Ela era imprevisível.

Estava sempre criticando meu jeito de falar. Um dia, me lembro que ela disse: "Sabe o que você faz? Sabe como a chuva descolore tudo? É o que você faz com a língua inglesa. Ela se torna opaca toda a vez que você abre a boca".

Essa é só uma amostra entre muitas, de como ela me tratava.

Outro dia, ela voltou com o assunto dos pais dela. Não se calou por dias, dizendo o quanto eles deviam estar doentes e preocupados e o quão mau eu era por não entrar em contato com eles. Disse que não podia correr o risco. Mas um dia depois do jantar ela disse: "Vou dizer como você faz, sem correr risco algum. Você compra papel e uns envelopes na Woolworths. Você dita uma carta para que eu escreva. Você vai à cidade mais próxima e a coloca no correio. Não tem como rastreá-la. Você poderia ir a qualquer Woolworths no país".

Bem, ela não mudou de assunto, então um dia eu fiz o que ela sugeriu e comprei papel e envelopes. Naquela noite, eu lhe dei uma folha e a mandei escrever.

"Estou em segurança e não corro perigo", eu disse.

Ela escreveu, dizendo: "Que estilo mais pobre, mas deixa pra lá".

Você escreve o que eu disser, respondi, e continuei: "Não tentem me achar, é impossível".

"Nada é impossível", ela disse. Debochada, como sempre.

"Estou sendo bem tratada por um amigo", continuei. Então eu disse: isso é tudo, só assine seu nome.

"Que tal se eu disser: o sr. Clegg manda lembranças?"

Muito engraçada, eu disse. Ela escreveu algo mais e me deu a folha de papel. Dizia: Vejo vocês em breve, com amor, Nanda, no final.

O que é isso?, perguntei.

"Meu nome de bebê. Eles saberão que sou eu."

Prefiro Miranda, eu disse. Era o mais bonito para mim. Quando ela terminou de escrever no envelope, eu pus a folha e por sorte olhei para dentro dele. No fundo do envelope havia um pedaço de papel menor do que metade de uma papel de cigarro. Não sabia como ela conseguiu prepará-lo e escondê-lo ali dentro. Eu o desdobrei e olhei para ela. Estava na maior cara de pau. Ela apenas se recostou na cadeira e me encarou. Escrevera numa letra mínima, com o lápis bem apontado, mas as letras estavam nítidas. Não era como a outra nota, e dizia:

> Pai e Mãe. Raptada por louco. F. Clegg. Balconista do Anexo que ganhou na loteria. Prisioneira no porão de um chalé revestido de madeira, datado do lado externo em 1621. Local montanhoso, duas horas de Londres. A salvo, por enquanto. Assustada.
> M.

Fiquei com muita raiva e ofendido, não sabia o que fazer. No final das contas, eu disse: Você está assustada? Ela não disse nada, só fez que sim.

Mas o que eu fiz?, perguntei.

"Nada. É por isso que estou assustada."

Não entendo.

Ela olhou para baixo.

"Estou esperando que você apronte alguma."

Havia prometido, e vou prometer novamente, eu disse. Você se julga toda importante porque eu não acredito no que você fala, não sei por que deveria ser diferente comigo.

"Desculpe."

Confiei em você, eu disse. Pensei que você tinha percebido que eu estava sendo gentil. Bem, não vou ser usado. Não me importo com sua carta.

Eu a guardei no bolso.

Houve um longo silêncio, sabia que ela estava me encarando, mas eu não olharia para ela. Então ela se levantou, parou na minha frente e pôs suas mãos nos meus ombros, e eu tive que olhar para ela, ela me fez olhar bem fundo nos seus olhos. Não sei explicar, quando era sincera, ela conseguia drenar minha alma, eu me derretia em suas mãos.

Ela disse "Agora você está se comportando como um menininho. Esqueceu que você me mantém aqui à força? Admito que é uma força gentil, mas é assustador".

Contanto que você cumpra sua palavra, vou cumprir a minha. Fiquei vermelho de vergonha, claro.

"Mas eu não prometi que não tentaria escapar, não foi?"

Tudo o que você espera é se ver livre de mim, eu disse. Ainda sou um zé-ninguém, não sou?

Ela se virou. "Quero me ver livre dessa casa. Não de você."

E louco, eu disse. Você acha que um louco teria tratado você do jeito que eu trato? Vou dizer o que um louco teria feito. Ele já teria matado você. Como aquele cara, Christie. Suponho que você ache que vou te atacar com uma faca de cozinha, ou algo assim. (Estava de saco cheio dela naquele dia.) Como você é tola! Está bem, você acha que não sou normal por te manter aqui desse jeito. Talvez eu não seja. Mas eu te digo: haveria muito mais casos assim se mais gente tivesse dinheiro e tempo de sobra. Seja como for, tem mais casos desses hoje em dia do que você imagina. A polícia sabe, eu disse, são tão numerosos que eles não ousam contar ao público.

Ela me encarava. Era como se fôssemos desconhecidos por completo. Eu devo ter parecido um bobo, nunca havia falado tanto.

"Não fique assim", disse ela. "O que me assusta em você é algo que você não sabe que existe dentro de si."

O quê?, perguntei. Ainda estava com raiva.

"Não sei. Está se espreitando em algum canto dessa casa, desse quarto, dessa situação, esperando desabrochar. De uma certa forma, nós estamos no mesmo lado, contra isso."

Papo furado.

"Nós queremos coisas que não podemos ter. Ser uma pessoa decente é aceitar isso."

Nós pegamos o que conseguimos. E se não tivemos muito durante a maior parte de nossas vidas, corremos atrás enquanto ainda é tempo, eu disse. Claro que você não sabe nada disso.

Então ela começou a sorrir para mim, como se fosse muito mais velha do que eu.

"Você precisa de tratamento psiquiátrico."

O único tratamento de que eu preciso é que você me trate como um amigo.

"Eu trato, eu trato", ela disse. "Você não percebe?"

Houve um enorme silêncio, que ela mesma quebrou.

"Você não entende que isso já foi longe demais?"

Não, eu disse.

"Você não vai me deixar ir agora?"

Não.

"Você poderia me amordaçar, e me amarrar, e me levar de volta até Londres. Eu não contaria a ninguém."

Não.

"Mas deve haver algo que você queira fazer comigo."

Só quero ficar com você. O tempo todo.

"Na cama?"

Já disse que não.

"Mas você gostaria?"

Prefiro não falar a respeito disso.

Então, ela se calou.
Não me permito pensar naquilo que sei que é errado, eu disse. Não considero certo.
"Você *é* extraordinário."
Obrigado, eu disse.
"Se me deixar partir, eu devo querer vê-lo de novo, porque você me interessa muito."
Como se fosse ao zoológico?, perguntei.
"Para tentar te entender."
Você nunca vai me entender. (Devo admitir que gostei da personagem misteriosa que encarnei em nossa conversa. Senti que havia mostrado que ela não sabia tudo.)
"Não acredito que um dia eu consiga."
E de repente ela se ajoelhou na minha frente, com suas mãos levantadas, tocando o topo de sua cabeça, como uma oriental. Fez isso três vezes.
"Será que o grande e misterioso mestre aceitaria as desculpas de uma mui humilde escrava?"
Vou pensar a respeito, eu disse.
"*Esclava* humilde muito *alependida*."
Tive que rir, uma atriz e tanto.
Ela ficou ali, ajoelhada com as mãos no chão ao seu lado, mais séria, me encarando.
"Então, você vai mandar a carta?"
Fiz com que perguntasse de novo, mas então desisti. Aquele seria quase o maior erro da minha vida.

No dia seguinte, dirigi até Londres. Disse a ela que estava indo, como um tolo, e ela me deu uma lista de coisas para comprar. Um monte. (Depois, soube que era para me manter ocupado.) Tive que comprar um queijo importado especial e ir a um lugar no Soho onde eles vendiam as salsichas alemães de que ela gostava, e tinham os discos, e as roupas, e outras coisas. Ela queria quadros de um artista, só podiam ser dele. Estava muito feliz naquele dia, nenhuma nuvem no céu. Pensei que ela esqueceria das quatro semanas, bem, não esquecer, mas aceitar que eu precisaria de mais. Estava sonhando acordado.

Não voltei antes da hora do chá, e é claro que desci imediatamente para vê-la, mas logo percebi que havia alguma coisa errada. Ela não estava satisfeita em me ver, e nem sequer olhou as coisas que eu comprara.

Logo vi o que era, eram quatro pedras que ela havia soltado, para fazer um túnel, imagino. Havia terra nos degraus. Tirei um deles com facilidade. O tempo todo ela se sentou na cama sem olhar para mim. Atrás do buraco, uma grande rocha, então não havia risco. Mas entendi seu jogo — as salsichas e os quadros especiais e tudo aquilo. O sabonete cremoso.

Você tentou fugir, eu disse.

"Ah, cale-se!", gritou ela. Comecei a procurar a ferramenta com que havia soltado o degrau. De repente, algo voou ao meu lado e tilintou no assoalho. Era um prego velho de quinze centímetros, não sei como ela conseguiu um desses.

Essa é a última vez que eu deixo você sozinha por tanto tempo assim, eu disse. Não posso mais confiar em você.

Ela só se virou, ela não diria nada, e eu estava morrendo de medo que começasse uma greve de fome novamente, então não insisti. Eu a deixei sozinha. Mais tarde, trouxe seu jantar. Ela não falava, então a deixei.

No dia seguinte, ela estava bem novamente, ainda que não tocasse no assunto, nem uma palavra, sobre sua quase fuga; ela nunca mencionou nada sobre isso novamente. Mas eu vi que tinha um arranhão feio em seu pulso, e que fez uma careta quando tentou segurar o lápis para desenhar.

Não enviei a carta. A polícia é muito astuta com certas coisas. O irmão de um sujeito que conheci na Prefeitura trabalhava na Scotland Yard. Eles só precisavam de uma pitada de poeira e podiam dizer de onde você veio e tudo mais.

Claro que quando ela me perguntou eu fiquei vermelho; disse que era porque eu sabia que ela não confiava em mim etc. O que ela pareceu aceitar. Pode não ter sido gentil com os pais dela, mas pelo o que ela disse eles não eram lá grandes coisas, e não dá para pensar em todo mundo. As coisas mais importantes em primeiro lugar, como dizem por aí.

Fiz o mesmo a respeito do dinheiro que ela queria que eu mandasse ao movimento contra a Bomba H. Assinei um cheque e mostrei para ela, mas não mandei. Ela queria uma prova (o recibo), mas eu disse que enviara anonimamente. Fiz para que ela se sentisse melhor (assinar o cheque), mas não vi sentido em gastar dinheiro em algo que não acredito. Sei que ricos doam montantes, mas na minha opinião eles fazem isso para terem seus nomes publicados ou para se esquivar dos impostos.

A cada banho, eu precisava aparafusar as pranchas novamente. Não as deixava ali o tempo todo. Tudo saiu bem. Uma vez, era muito tarde (onze horas), então eu tirei sua mordaça quando ela entrou. Ventava muito naquela noite, um vendaval respeitável. Quando ela desceu para a sala de estar (fui repreendido por chamar aquilo de *lounge*), as mãos amarradas, é claro, tudo parecia tranquilo, então acendi a lareira elétrica (ela me disse que as imitações de lenha eram o fim, eu deveria acender uma lareira de verdade, o que depois eu arrumei). Sentamos ali por um momento, ela sentou-se sobre o carpete, secando seus cabelos molhados e, é claro, eu fiquei ali, olhando para ela. Vestia calças que eu a havia comprado, muito elegante toda de preto, exceto por um pequeno cachecol vermelho. Deixou os cabelos soltos o dia inteiro antes de lavá-los e prendê-los em duas tranças, um dos meus maiores prazeres era ver como ela arrumava seus cabelos a cada dia. Antes da lareira, entretanto, estavam soltos e jogados, do jeito que eu mais gostava.

Depois de um tempo, ela se levantou e deu uma volta na sala, inquieta. Ela ficava repetindo a palavra "tédio". De novo e de novo. Foi engraçado, com aquele vento uivando lá fora e tudo mais.

De repente, ela parou na minha frente.

"Faça algo divertido. Vamos."

Bem, o quê?, perguntei. Fotos? Mas ela não queria fotos.

"Não sei. Cante, dance, qualquer coisa."

Não sei cantar. Ou dançar.

"Conte as piadas que você conhece."

Não conheço nenhuma, eu disse. Era verdade, não conseguia pensar em nenhuma.

"Mas você tem que conhecer. Pensei que todos os homens soubessem piadas picantes."

Não contaria para você, se soubesse alguma.

"Por que não?"

São para homens.

"O que você acha que as mulheres conversam? Aposto que sei mais piadas picantes do que você."

Não ficaria surpreso, eu disse.

"Ah, você é que nem mercúrio. Todo escorregadio."

Ela se afastou, mas de repente apanhou uma almofada da cadeira, se virou e a chutou na minha direção. É claro que eu levei um susto; me levantei, e ela fez a mesma coisa com outra almofada, e depois mais uma, que perdeu a direção e derrubou uma chaleira de cobre de uma mesinha lateral.

Calma lá, eu disse.

"Vem, tartaruga!", ela gritou (uma citação literária, imagino). E continuando ela pegou de supetão uma jarra de cima da lareira e atirou em cima de mim, acho que disse "agarra", mas não agarrei, e a jarra se espatifou contra a parede.

Vai com calma, eu disse.

Mas logo veio outra jarra. O tempo todo, ela ria, mas não havia nada de cruel, na verdade, ela só parecia estar doida, feito uma criança. Tinha um prato verde muito bonito, com um chalé moldado em relevo, pendurado perto da janela, e ela o retirou da parede e o quebrou em pedaços. Não sei por que, sempre gostei daquele prato, e não gostei que ela o quebrasse daquele jeito, então eu gritei, bem esganiçado: pare!

Tudo o que ela fez foi pôr o polegar sobre o nariz e fazer um gesto feio e colocar a língua de fora. Parecia um moleque de rua.

Eu disse, é melhor você ter juízo.

"É melhor você ter juízo", ela disse, tirando sarro da minha cara. Então, falou: "Por favor, venha para este lado para que eu possa pegar esses lindos pratos atrás de você". Havia dois pratos perto da porta. "A menos que você mesmo queira quebrá-los."

Pare, eu disse novamente, já chega.

Mas de repente ela veio por trás do sofá, indo atrás dos pratos. Fiquei entre ela e a porta, ela tentou se esquivar por debaixo do meu braço, mas agarrei o dela.

Então, ela mudou o tom de voz.

"Me solta", disse ela, bem calma. Claro que não a soltei, pensei que ainda estava de brincadeira.

Mas na mesma hora ela disse: "Me solta", com uma voz tão antipática que eu a soltei na hora. Então ela se sentou perto da lareira.

Depois de um tempo, falou: "Pegue uma vassoura. Eu vou varrer os cacos".

Faço isso amanhã.

"Eu *quero* limpar." Bem *milady*.

Eu limpo.

"A culpa é sua."

Claro que sim.

"Você é o mais perfeito espécime da caretice pequeno-burguesa que eu já conheci."

Sou?

"Sim, você *é*. Você despreza as verdadeiras classes burguesas por causa do jeito esnobe delas, e de suas vozes esnobes e seus modos. É verdade, não é? Ainda assim, tudo o que você faz em troca é uma pequena e sórdida recusa em ter pensamentos impuros, fazer coisas impuras ou ser impuro de algum jeito. Sabia que todos os grandes feitos na história da arte e todas as coisas belas na vida são na verdade tudo aquilo que você chama de impuro, ou que foi consequência de sentimentos que você chamaria de impuros? Por paixão, por amor, por ódio, pela verdade. Sabia disso?"

Não sei do que você está falando, eu disse.

"Sim, você sabe. Por que você continua usando essas palavras estúpidas — impuro, legal, apropriado, direto? Por que você está tão preocupado com o que é apropriado? Você é como uma velha donzela que acredita que o casamento é sujo e que tudo, exceto xícaras de chá numa velha sala entulhada, é sujo. Por que você mata tudo o que é belo?"

Nunca tive seus privilégios. Eis o porquê.

"Você pode mudar, você é jovem, você tem dinheiro. Você pode aprender. E o que você fez? Você tinha um sonho, o tipo de sonho que eu suponho que faz os meninos mais novinhos se masturbarem, e você se esforça em ser bonzinho comigo para não ter que admitir a si mesmo que o verdadeiro motivo de eu estar aqui é algo sujo, sujo, sujo..."

Ela parou de repente. "Não adianta", ela disse. "Parece que estou falando grego."

Eu entendo, disse. Não estudei.

Ela quase gritou. "Você é estúpido. Perverso.

"Você tem dinheiro — pra falar a verdade, você não é estúpido, você poderia ser o que bem entendesse. Só que você precisa se livrar do passado. Precisa matar sua tia, a casa em que viveu e as pessoas com quem viveu. Você precisa ser um novo ser humano."

Ela meio que esticou o rosto na minha direção, como se aquilo fosse algo que eu poderia fazer facilmente, mas não tinha coragem.

Quem sabe, eu disse.

"Veja o que você podia fazer. Você podia... podia colecionar quadros. Eu lhe diria o que procurar, eu o apresentaria para pessoas que saberiam te ensinar a colecionar arte. Pense em todos os artistas pobres que você poderia ajudar. Em vez de massacrar borboletas, como um aluno de escola estúpido."

Algumas pessoas muito inteligentes colecionam borboletas, eu disse.

"Espertas... inteligentes para quê? Elas são seres humanos?"

O que você quer dizer?, perguntei.

"Se você precisa perguntar, não posso te responder."

Então ela disse: "Sempre pareço tratar você como inferior. Odeio isso. A culpa é sua. Você sempre se contorce num degrau abaixo do que eu consigo chegar".

Ela agia assim comigo às vezes. Claro que eu a perdoava, ainda que magoasse na hora. O que ela me pedia era para ser alguém diferente do que eu sou, alguém que eu nunca poderia ser. Por exemplo, naquela noite, depois que ela disse que eu poderia colecionar quadros, pensei a respeito; sonhei que era um colecionador de arte, tinha uma casa enorme com quadros famosos pendurados nas paredes, e as pessoas vinham para vê-los. Miranda também estava lá, é claro. Mas eu soube o tempo todo que aquilo era uma tolice; eu nunca colecionara nada além das borboletas. Quadros não significam nada para mim. Não estaria fazendo isso por vontade própria, então não fazia sentido. Ela nunca entenderia.

Ela fez muitos outros desenhos meus que eram muito bons, mas havia algo neles de que eu não gostava, ela não se preocupava em dar um toque de simpatia, como ela descrevera minha personalidade, então às vezes ela desenhava meu nariz tão pontudo que poderia espetar quem segurasse o papel, e minha boca tão fina e sem graça, quer dizer, mais do que ela realmente é, porque eu sei que não sou bonito. Não me importava em pensar nas quatro semanas terminando, eu não sabia o que aconteceria, eu só pensava que haveria uma discussão e que ela ficaria uma fera e que eu conseguiria que ela ficasse mais quatro semanas — quer dizer, pensava que eu tinha algum tipo de poder sobre ela, que ela faria o que eu quisesse. Vivo dia após dia, na verdade. Quer dizer, não fazia planos. Só esperava. Até meio que esperava a chegada da polícia. Tive um sonho terrível uma noite dessas, quando eles vinham e eu precisava matá-la antes que entrassem no quarto. Parecia uma obrigação e eu só tinha uma almofada com que matá-la. Eu a acertava e acertava, e ela ria, e então eu saltava sobre ela e a sufocava, e ela ficava imóvel, e quando eu erguia a almofada ela estava deitada, rindo, só fingido estar morta. Acordei suando, aquela foi a primeira vez em toda minha vida que sonhei em matar alguém.

Ela começou a falar sobre partir muitos dias antes do fim. Dizia que nunca contaria a ninguém, e é claro que eu precisava acreditar nela, mas eu sabia que mesmo que falasse sério, a polícia ou seus pais iriam arrancar isso dela no fim das contas. E ela falava sobre como seríamos amigos e como ela me ajudaria a escolher quadros, me apresentaria a pessoas e tomaria conta de mim. Ela foi muito simpática comigo naqueles dias; não que ela não tivesse seus motivos, é claro.

 Finalmente, chegou o dia fatal (10 de novembro, dia 11 seria sua libertação). A primeira coisa que ela disse quando eu levei seu café foi se faríamos uma festa à noite.

 E os convidados, eu disse, brincando, não que me sentisse leve, devo acrescentar.

 "Só você e eu. Porque... ah, bem, nós passamos por tudo isso, não passamos?"

 Então ela disse: "E lá em cima, na sua sala de jantar?".

 Ao que concordei. Não tive escolha.

 Ela me deu uma lista de coisas para comprar na mercearia chique em Lewes, e então me perguntou se eu compraria xerez e uma garrafa de champanhe, e é claro que disse que compraria. Acho que fiquei ansioso, também. Mesmo ali. O que ela sentia, eu senti.

 Para fazê-la sorrir, eu disse: vestido de festa, é claro. E ela disse "Claro, eu queria um vestido bonito. E preciso de água quente para lavar os cabelos".

Eu disse Vou comprar um vestido pra você. Só me diga a cor e eu verei o que encontro em Lewes.

Engraçado, havia sido tão cuidadoso, e lá estava eu, ficando vermelho. Ela me devolveu um sorriso, no entanto.

"Já sabia que era Lewes. Há uma etiqueta em uma das almofadas. E eu gostaria ou de um vestido preto, ou não, algo pastel, rochoso — espere aí"... e ela foi à sua caixa de tintas e misturou as cores como fizera antes quando quis um lenço de uma cor especial quando fui a Londres. "Essa cor, e isso deve ser bem simples, altura do joelho, nada longo, com mangas assim (ela desenhou), ou sem mangas, algo assim ou assim." Eu sempre adorava quando ela desenhava. Era tão rápida, esvoaçante, dava pra ver que ela não se continha para desenhar o que fosse.

Naturalmente, meus pensamentos estavam bem distantes da felicidade naquele dia. Era típico eu não ter um plano. Não me lembro do que pensei que aconteceria. Não me lembro sequer se eu não imaginei manter o acordo, ainda que ele havia sido forçado e promessas forçadas não são promessas, como dizem.

Na verdade fui a Brighton e lá, após procurar bastante, acabei achando o vestido numa pequena butique; dava para dizer que era chique de verdade, a princípio não queriam me vender sem uma prova ainda que fosse do tamanho certo. Bem, voltando para onde havia estacionado o furgão, passei por outra loja, uma joalheria, e de repente tive a ideia de que ela gostaria de um presente, e também que isso facilitaria as coisas quando chegássemos ao assunto. Havia um colar de safiras e diamantes repousado sobre um veludo preto, em forma de coração, me lembro — quer dizer, eles arrumaram o colar no formato de um coração. Entrei e ele custava trezentas libras, e eu quase saí de lá imediatamente, mas então minha natureza mais generosa triunfou. Afinal, eu tinha o dinheiro. A mulher na loja o experimentou, e ele realmente parecia lindo e muito caro. Eram apenas pedras pequenas, ela disse, mas todas eram de primeira qualidade e com aqueles designs vitorianos. Eu me lembrei de um dia de Miranda falando sobre como ela gostava de coisas vitorianas, então foi perfeito. Houve um problema em relação ao cheque, é claro. A vendedora não quis aceitá-lo a princípio, mas eu fiz com que ligasse para meu banco, e ela mudou de atitude prontamente. Se eu falasse de modo afetado e me apresentasse como Lorde Estrume, ou algo do tipo, aposto... não tenho tempo para isso.

É engraçado como uma ideia leva a outra. Enquanto comprava o colar, vi uns anéis e aquilo me deu o plano de que poderia pedir sua mão em casamento, e se ela dissesse não, isso significaria que eu não poderia deixá-la ir. Seria uma saída. Sabia que ela não aceitaria. Então comprei o anel. Era bem bonito, mas não tão caro. Só pelas aparências.

Quando cheguei em casa, lavei o colar (não gostava de pensar nele tocando a pele daquela outra mulher) e o escondi para que pudesse pegar na hora certa. Então preparei tudo do jeito que ela disse: havia flores, e eu pus as garrafas na mesa de serviço, e arrumei tudo como num grande hotel, com todas as precauções necessárias, é claro. Combinamos que eu desceria para buscá-la às sete. Depois de levar as encomendas, não deveria vê-la, era como antes de um casamento.

O que decidi foi que eu a deixaria subir sem a mordaça e sem as amarras dessa vez, aceitaria o risco, mas a vigiaria como um guarda e deixaria o clorofórmio e o CC14 à mão, só para o caso de haver algum problema. Imagine que alguém batesse à porta, eu poderia usar o lenço para subjugá-la e amordaçá-la em muito pouco tempo, e então abrir a porta.

Bem, às sete eu vesti meu melhor terno e camisa e uma gravata nova que havia comprado, e desci para vê-la. Chovia, o que era muito bom. Ela me fez esperar uns dez minutos, e então saiu. Você poderia me nocautear com uma pluma. Por um instante, pensei que não era ela, parecia tão diferente. Ela usava a colônia francesa que eu lhe dera; estava com o vestido novo e ele lhe caía muito bem, era de uma cor creme bem simples, mas elegante, deixando seus braços e seu pescoço nus. Não era o vestido de uma garota, ela parecia uma mulher de verdade. Seus cabelos estavam presos num coque muito elegante, pela primeira vez. Imperial, ela disse. Ela parecia uma dessas modelos que você vê nas revistas; me impressionava como ela podia se arrumar quando estava com vontade. Eu me lembro que seus olhos estavam diferentes, também, ela desenhara linhas pretas em volta deles, para deixá-los sofisticados. Sofisticados, essa é a palavra exata. É claro, ela me fez sentir desajeitado e esquisito. Senti a mesma coisa quando vi uma *imago* emergir e logo precisei matá-la. Quer dizer, a beleza nos confunde, você não sabe mais o que quer fazer, o que deve fazer.

"Que tal?", ela disse, dando uma volta para se exibir.

Muito bom, eu disse.

"Isso é tudo?" Ela me olhou de sobrancelhas erguidas. Estava uma deslumbrante.

Linda, eu disse. Não sabia o que dizer, queria olhar para ela o tempo todo, mas não conseguia. Sentia certo medo, também.

Quer dizer, nós parecíamos mais distantes do que nunca. E eu sabia mais e mais que não poderia deixá-la partir.

Bem, eu disse, vamos subir?

"Sem cordas, nem mordaça?"

É tarde demais pra isso, eu disse. Isso já acabou.

"Acho que o que você está fazendo hoje, e amanhã, vai ser uma das melhores coisas que já aconteceram na sua vida."

Uma das mais tristes, não consegui evitar.

"Não, não é. É o começo de uma nova vida. E de um nova pessoa."

E ela pegou minha mão e me guiou pelos degraus acima.

Estava chovendo e ela respirou fundo antes de entrar na cozinha e ir até a sala de jantar no salão.

"Legal", ela disse.

Pensei ter ouvido você dizer que essa palavra não significa nada, eu disse.

"Algumas coisas são legais. Posso tomar uma taça de xerez?" Eu servi uma taça para cada um. Bem, ficamos ali, ela me fez rir, insistia em fingir que a sala estava cheia de gente, acenando para elas e me contando coisas sobre elas, e depois sobre minha nova vida, e pôs um disco no gramofone, era música calma, e ela estava linda. Estava tão mudada, seus olhos pareciam vivos, sem falar naquele perfume francês com que enchera a sala e o xerez e o calor da lareira, com lenha de verdade; consegui esquecer o que eu precisaria fazer mais tarde. Cheguei até a contar algumas piadas bobas. Mesmo assim, ela riu.

Bem, ela havia tomado uma segunda taça e nós fomos à outra sala, onde eu colocara meu presente no seu lugar, o que ela viu de primeira.

"Para mim?"

Veja você mesma, eu disse. Ela tirou do papel e lá estava aquele estojo de couro azul-escuro, e ela apertou o botão e então não disse nada. Só olhou para elas.

"São de verdade?" Ela ficou atônita, atônita de verdade.

É claro. São só pequenas pedras, mas são de altíssima qualidade.

"São fantásticas", disse. Então, ela me entregou o estojo. "Não posso ficar com elas. Eu entendo, acho que entendo porque você quer me dar essas joias, e eu agradeço imensamente, mas... não posso aceitá-las."

Eu quero que você aceite, eu disse.

"Mas... Ferdinand, se um jovem dá um presente desses a uma garota, só pode significar uma coisa."

O quê?, eu perguntei.

"Outras pessoas têm a mente suja."

Quero que você fique com elas. Por favor.

"Vou usá-las agora. Vou fingir que são minhas."

São suas, eu disse.

Ela se aproximou da mesa com o estojo.

"Por favor, coloque para mim", ela disse. "Se você dá uma joia a uma garota, você mesmo deve colocá-la para ela."

Ela ficou lá me observando, bem perto de mim, então se virou enquanto peguei as pedras e as coloquei em volta do seu pescoço. Não foi fácil fechar o colar, minhas mãos tremiam, era a primeira vez que eu tocava em sua pele, exceto sua mão. Ela cheirava tão bem que eu poderia ficar ali parado a noite toda. Era como se um daqueles anúncios criasse vida. Finalmente, ela se virou e lá estava ela, olhando para mim.

"São bonitas?" Fiz que sim, não conseguia falar. Queria dizer algo bonito, um elogio.

"Você gostaria que eu te beijasse no rosto?"

Não disse nada, mas ela pôs sua mão em meus ombros, levantou um pouquinho e beijou meu rosto. Devia estar muito quente, eu estava vermelho o suficiente para acender uma fogueira.

Bem, comemos frango e outras coisas; eu abri o champanhe e foi tudo muito bom, fiquei surpreso. Desejei ter comprado outra garrafa, pareceu tão fácil de beber, não muito intoxicante. Nós ainda rimos bastante, ela foi muito espirituosa, conversando com outras pessoas que não estavam lá e coisas do tipo.

Depois do jantar, fizemos café juntos na cozinha (fiquei de olho, é claro) e o levamos até o salão e ela pôs uns discos de jazz que eu havia lhe comprado. Nós chegamos a sentar juntos no sofá.

Então brincamos de mímica; ela imitava coisas, sílabas de palavras, eu precisava imaginar o que elas eram. Não fui muito bom nisso, nem em fazer mímica nem em dar palpite. Eu me lembro que uma palavra que ela escolheu foi "borboleta". Ela ficava repetindo de novo e de novo, e eu não conseguia acertar. Disse avião e todas as aves que consegui pensar, e no final ela se jogou numa cadeira e disse que eu era um caso perdido. Então foi a hora da dança. Ela queria me ensinar a sacudir e sambar, mas eu precisaria tocar nela, fiquei tão confuso, e nunca acerto o tempo da música. Ela deve ter pensado que eu era muito lento.

Então ela precisou se ausentar por um minuto. Não gostei, mas sabia que não poderia esperar que ela descesse as escadas. Deixei que saísse, e fiquei na escada, onde eu poderia ver se ela tentasse algum truque com a luz (as pranchas não estavam nas janelas, eu vacilei aí). A janela era alta, sabia que ela não poderia sair sem que eu escutasse, e seria uma queda e tanto. De qualquer maneira, ela saiu da sala, me vendo na escada.

"Dá pra confiar em mim?" Ela foi um tanto ríspida.

Eu disse: Sim, não é isso.

Ela voltou ao salão.

"O que é, então?"

Se você escapasse agora, ainda poderia dizer que eu a prendi. Mas se eu te levar em casa, posso dizer que a soltei. Sei que é besteira, falei. Claro que eu estava atuando um pouquinho. Era uma situação muito difícil.

Bem, ela olhou pra mim, e então disse: "Vamos conversar. Venha, sente-se do meu lado".

Fui e me sentei.

"O que você vai fazer quando eu me for?"

Não penso nisso, eu disse.

"Vai querer continuar me vendo?"

É claro que vou.

"Você vai mesmo morar em Londres? Vamos transformar você em alguém moderno de verdade. Alguém muito interessante de se conhecer."

Você teria vergonha de mim na frente dos seus amigos.

Era tudo irreal. Sabia que ela estava fingindo, assim como eu. Fiquei com dor de cabeça. Tudo estava dando errado.

"Tenho muitos amigos. Sabe por quê? Porque nunca tenho vergonha deles. Todo tipo de gente. Você não é o mais estranho, nem de longe. Um dele é muito imoral. Mas é um belo pintor, então nós o perdoamos. E ele não se sente envergonhado. Com você vai ser igual. Nada de vergonha. Vou te ajudar. É fácil se você tentar."

Pareceu ser o momento certo. De qualquer forma, não podia esperar mais tempo.

Por favor, case comigo, eu disse. Já estava com o anel no meu bolso, pronto.

Houve um silêncio.

Tudo o que é meu é seu, eu disse.

"Casamento significa amor", ela disse.

Não espero nada, eu disse. Não espero que você faça nada que não queira. Você pode fazer o que gosta, estudar arte e tudo mais. Não vou pedir nada, nada a você, exceto ser minha esposa no papel e viver na mesma casa comigo.

Ela se sentou olhando o carpete.

Você pode ter seu próprio quarto e trancá-lo toda noite, eu disse.

"Mas isso é terrível. É inumano! Nunca nos entenderíamos. Nossos corações estão em ritmos diferentes."

Eu tenho um coração, se quer saber, eu disse.

"Só penso nas coisas como belas ou não. Você não entende? Não penso em bom ou mau. Só em belo ou feio. Acho que muitas coisas boas são feias e muitas coisas ruins são belas."

Você está brincando com palavras, eu disse. Tudo o que ela fez foi me encarar, então ela sorriu e se levantou e ficou perto da lareira, linda de verdade. Mas tinha sacado suas armas. Superior.

Suponho que você esteja apaixonada por aquele Piers Broughton, eu disse.

Quis dar uma sacudida nela. Ficou muito surpresa, também.

"Como você sabe sobre ele?"

Disse que estava nos jornais. Dizem que você e ele estavam noivando, não oficialmente, eu disse.

Vi na hora que era mentira. Ela apenas riu. "Ele é a última pessoa com quem eu casaria. Prefiro casar com você."

Então por que não pode ser comigo?

"Por que não posso casar com um homem a quem eu não pertença de todas as formas. Minha mente deve ser dele, meu coração deve ser dele, meu corpo deve ser dele. Assim como eu devo sentir que ele me pertence."

Eu pertenço a você.

"Não, não pertence! Pertencer é uma mão dupla. Uma que dá e outra que aceita o que lhe é dado. Você não me pertence porque eu não posso aceitá-lo. Não posso dar nada a você em troca."

Não quero muito.

"Sei que não quer. Só as coisas que eu preciso dar mesmo. Minha aparência e o jeito que eu falo e ando. Mas sou outras coisas. Eu tenho outras coisas para dar. E não posso dá-las a você porque não te amo."

Eu disse: isso muda tudo então, não é? Eu me levantei, minha cabeça latejava. Ela entendeu na hora o que eu quis dizer, pude ver em seu rosto, mas ela fingiu não entender.

"O que você quer dizer?"

Você sabe o que eu quero dizer, eu disse.

"Eu caso com você. Caso assim que você quiser."

Ha ha, eu disse.

"Não é isso que você quer que eu diga?"

Você pensa que eu não sei que precisaremos de testemunhas e tudo mais, eu disse.

"Então?"

Não confio em você nem um tiquinho, eu disse.

O jeito que ela estava olhando para mim me deixou enojado de verdade. Como se eu mal fosse um ser humano. Sem piada. Como se eu fosse algo do espaço sideral. Quase fascinante.

Acha que eu não consigo ver o que está por trás do seu jeito delicado, eu disse.

Ela só disse: "Ferdinand". Estava suplicando. Mais um de seus truques.

Não me venha com Ferdinand, eu disse.

"Você prometeu. Você não pode quebrar sua promessa."

Posso fazer o que eu quiser.

"Mas eu não sei o que você quer de mim. Como eu *posso* provar que sou sua amiga se você nunca me dá uma chance?"
Calada, eu disse.

Então, de repente, ela atuou, sabia que seria assim, já estava esperando, o que eu não esperava era o som de um carro do lado de fora. Assim que chegou perto da casa, ela aproximou um pé da lareira, como se quisesse aquecê-lo, mas de supetão chutou uma lenha em chamas para o carpete, no mesmo instante ela gritou e correu para a janela, e vendo que elas estavam trancadas, para a porta. Mas eu peguei ela antes. Não peguei o clorofórmio, que estava numa gaveta, a rapidez foi crucial. Ela se virou e me arranhou, ainda gritando, mas eu não estava no clima de ser gentil, arriei seus braços e tapei sua boca com minha mão. Ela mordeu, e arranhou, e chutou, mas eu já estava em pânico. Eu a agarrei pelos ombros e a puxei até a gaveta que estava com o saco plástico. Ela viu o que era, tentou se desvencilhar, sacudindo a cabeça de um lado pro outro, mas eu retirei o lenço e o usei nela. O tempo todo escutando, é claro. E vendo a lenha arder pra valer, a sala cheia de fumaça. Bem, assim que tratei dela, a soltei e fui apagar o fogo. Joguei água de um vaso. Tive que agir bem rápido, decidi descer com ela enquanto dava tempo, o que fiz, a deitei em sua cama, então subi novamente para ter certeza de que o fogo se apagara e de que não havia ninguém por perto.

Abri a porta da frente de maneira casual, não havia ninguém, então tudo estava ok.

Bem, então eu desci novamente.

Ainda estava apagada, na cama. Uma figura e tanto, o vestido caído sobre o ombro. Não sei o que era, mas aquilo me deixou excitado, me deu ideias, vê-la deitada daquele jeito. Era como se eu mostrasse quem é que mandava. O vestido caído sobre o ombro, eu consegui ver a barra de uma das meias. Não sei o que aquilo parecia, me lembrei de um filme americano a que assisti uma vez (ou talvez foi uma revista) sobre um homem que levou uma garota bêbada pra casa e tirou a roupa dela e a levou pra cama, nada imoral, ele só fez isso e nada mais, e ela acordou com o pijama dele.

Então eu fiz isso. Tirei o vestido dela e suas meias e deixei certos artigos, apenas o sutiã e o resto, só para não ir até o final. Ela parecia uma pintura deitada ali com o que tia Annie chamaria de trapos que não cobriam nada. (Ela dizia que era por isso que tantas mulheres sofriam de câncer.) Era como se estivesse vestindo um biquíni.

Era a chance que eu tanto havia esperado. Peguei minha velha câmera e tirei umas fotos, poderia ter tirados mais, só que ela começou a se mexer um pouco, e eu tive que arrumar tudo e sair logo.

Comecei a revelar o filme e ampliar as fotos imediatamente. Ficaram muito boas. Não eram artísticas, mas interessantes.

Não preguei os olhos naquela noite, do jeito que estava. Em alguns momentos pensei que deveria descer, sedá-la novamente e tirar mais fotos, era mais forte do que eu. Na verdade, não sou desses, e só fiquei assim naquela noite por causa de tudo o que aconteceu e da tensão que eu sentia. Sem falar que o champanhe não me caiu bem. E tudo o que ela disse. É o que chamam de chegar ao auge das circunstâncias.

As coisas nunca mais foram as mesmas, apesar de tudo o que aconteceu. De uma certa maneira, aquilo provou que nunca ficaríamos juntos, ela nunca me entenderia, imagino que ela diria que eu nunca poderia, ou conseguiria, entendê-la mesmo.

Sobre o que eu fiz, despi-la, quando pensei melhor, vi que não foi tão mal; poucos manteriam o controle e só tirariam fotos, e aquilo era quase um ponto a meu favor.

Considerei o que fazer, e decidi que uma carta seria a melhor opção. Foi isso o que escrevi:

> Sinto muito pela noite de ontem, ouso dizer que você deve estar pensando que jamais conseguirá me perdoar.

Já havia dito que nunca usaria a força a menos que fosse obrigado. Acho que você haverá de admitir que me obrigou fazendo o que fez.

Por favor, entenda que eu só fiz o necessário. Tirei seu vestido porque pensei que você poderia passar mal novamente.

Demonstrei todo o respeito que pude sob tais circunstâncias. Por favor, conceda-me o crédito por não ter passado dos limites, como alguns teriam feito.

Não tenho mais o que dizer. Exceto que precisarei mantê-la aqui por mais um tempo.

Atenciosamente etc.

Não escrevi nenhuma introdução. Não conseguia decidir como chamá-la: Querida Miranda parecia íntimo.

Bem, desci e levei o café da manhã dela. Foi exatamente como eu pensei. Ela estava sentada na cadeira, me encarando. Eu disse bom dia, ela não respondeu. Eu disse alguma coisa — você quer flocos de arroz ou de milho? —, ela só me encarou. Então deixei seu café da manhã com a carta na bandeja e esperei do lado de fora, e quando voltei nada havia sido tocado, a carta estava fechada, e ela ainda estava sentada ali, me encarando. Sabia que não adiantaria conversar, ela estava absolutamente furiosa comigo.

Ficou assim por muitos dias. Até onde eu sei, tudo o que ela tomou foi água. Pelo menos uma vez por dia, quando levava a comida que ela sempre recusava, eu tentava discutir com ela. Levei a carta de novo e ela a leu dessa vez, pelo menos estava rasgada, então teve que tocar nela. Tentei de tudo: falei gentilmente, fingi estar com raiva, amargurado, implorei, mas nada funcionou. Na maioria das vezes, ela só sentava de costas para mim como se não me ouvisse. Levei coisas especiais como chocolate importado, caviar, a melhor comida que o dinheiro podia comprar (em Lewes), mas ela não tocava em nada.

Estava começando a ficar preocupado de verdade. Mas aí, uma manhã, quando entrei, ela estava de pé ao lado da cama, de costas para mim; porém, ela se virou assim que entrei e disse bom dia. Mas num tom engraçado. Cheio de ódio.

Bom dia, eu disse. É bom ouvir sua voz novamente.

"É mesmo? Mas não vai ser. Você vai desejar que nunca a tivesse escutado."

Isso é o que veremos, respondi.

"Vou te matar. Percebi que você ia me deixar morrer de fome. É típico da sua parte."

Quer dizer que eu não trouxe comida nenhuma pra você nos últimos dias?

Ela não tinha o que responder, tudo o que fez foi me encarar daquela velha forma.

"*Eu* não sou mais a sua prisioneira. A morte é a sua prisioneira."

Coma seu café da manhã mesmo assim, eu disse.

Bem, a partir daquele momento, ela comeu normalmente, mas não foi mais como antes. Ela mal falava, e, se falava, era sempre com alfinetadas sarcásticas, seu mau humor era tamanho que não dava para ficar ao seu lado. Se eu ficasse mais do que um minuto quando não era necessário, ela começava a cuspir em mim para me expulsar. Um dia logo depois, levei um prato de feijão perfeitamente cozido com torradas e ela o pegou e arremessou em cima de mim. Senti vontade de lhe dar um bom puxão de orelha. Eu já estava ficando de saco cheio com aquilo tudo, não fazia mais sentido, eu tentava de tudo, mas ela continuava jogando tudo na minha cara. Era como se chegássemos a um beco sem saída.

Então um dia ela me pediu algo. Eu estava acostumado a deixá-la assim que terminasse de jantar, antes que gritasse comigo, mas dessa vez ela disse: Espere um minuto.

"Preciso tomar banho."

Hoje à noite não é conveniente, eu disse. Não estava esperando por isso.

"Amanhã?"

Não vejo por que não. Se me der sua palavra.

"Eu te dou minha palavra", disse ela com a voz ríspida. Eu sabia muito bem do que valia a palavra dela.

"E quero andar pelo porão." Ela esticou as mãos, e eu as amarrei. Era a primeira vez em dias que eu a tocava. Bem, como de costume, saí e sentei nos degraus do lado de fora da porta, e ela saiu andando pra cima e pra baixo daquele jeito engraçadinho que ela tinha. Ventava muito, podia se ouvir lá de baixo, só o barulho dos seus pés e o vento lá em cima. Ela ficou calada por um bom tempo, não sei por que, mas eu sabia que ela queria falar alguma coisa.

"Você está curtindo a vida?", ela mandou de supetão.

Não muito, respondi. Cauteloso.

Ela andou em círculos mais umas quatro ou cinco vezes. Então começou a cantar com os lábios fechados.

É uma música bonita, eu disse.

"Você gosta dessa?"

Sim, eu disse.

"Então eu não gosto mais."

Deu mais duas ou três voltas pra cima e pra baixo.

"Fale comigo."

Sobre o quê?

"Borboletas."

O que têm as borboletas?

"Por que você as coleciona. Onde você as encontra. Vamos. Fale."

Bem, aquilo era estranho, mas eu falei, e toda vez que eu parava, ela dizia: vamos, fale. Devo ter falado por uma meia hora, até que ela parou e disse: já chega. Ela voltou lá pra dentro e eu tirei as amarras e ela foi direto se sentar na cama, de costas pra mim. Perguntei se queria chá, ela não respondeu, mas de repente percebi que chorava. Eu me senti péssimo quando ela chorou, não conseguia suportar vê-la tão infeliz. Cheguei perto e falei: me diga o que é que você quer, eu compro o que for. Mas ela se virou para mim, estava chorando de verdade, mas seus olhos brilhavam, ela se levantou e andou até mim dizendo fora, fora, fora. Foi horrível. Parecia furiosa de verdade.

No dia seguinte, ela ficou bem quieta. Não disse uma palavra. Prendi as tábuas e deixei tudo pronto e logo ela deixou claro que estava pronta quando começou a andar (em silêncio dessa vez). Então eu a amordacei e a amarrei e a levei para o andar de cima, e ela tomou seu banho, depois saiu e esticou as mãos para ser amarrada novamente e amordaçada.

Sempre saía da cozinha primeiro segurando ela com minha mão, por via das dúvidas, mas havia um degrau lá, tropecei nele uma vez, talvez tenha sido isso, quando ela caiu pareceu natural, e foi natural que as escovas, os frascos e as coisas que ela carregava na toalha (suas mãos estavam amarradas na frente, para que ela conseguisse carregá-las) caíssem fazendo barulho no trajeto. Ela se levantou toda inocente, se contorcendo e esfregando os joelhos, e como um verdadeiro tolo eu me ajoelhei para pegar suas coisas. É claro que eu mantive uma das minhas mãos em seu roupão, mas desviei meus olhos dela, o que foi fatal.

A próxima coisa que senti foi um tremendo golpe na lateral da minha cabeça. Por sorte ela errou minha cabeça, e meu ombro ou talvez a gola do meu casaco absorveu o baque. De qualquer forma, eu caí de lado, em parte tentando escapar do próximo ataque. Estava desequilibrado e não consegui agarrar seus braços, apesar de ainda segurar seu roupão. Podia vê-la com algo não mão, e logo entendi que era minha velha machadinha; eu a usara no jardim apenas naquela manhã, quando um galho de uma das velhas macieiras havia caído com o vento da noite anterior. Soube num lampejo que eu finalmente cometera um deslize. Deixara a machadinha no peitoril da janela da cozinha e ela deve ter visto. Um único erro, e você perde tudo.

Por um segundo, ela me teve à sua mercê, e foi um milagre ela não ter me acertado. Ela atacou novamente, e eu mal consegui erguer meu braço e senti um golpe terrível esmagando minha têmpora, que fez minha cabeça zunir e o sangue pareceu jorrar todo de uma vez. Não sei como consegui, instinto, suponho, mas a chutei na lateral e me contorci, e ela caiu de lado, perto de mim, e ouvi a machadinha acertar a pedra.

Pus minha mão sobre ela e a arranquei e a joguei na grama, e então agarrei as mãos dela antes que conseguisse retirar a mordaça, que era o que ela queria. Bem, nós brigamos mais uma vez, uns poucos segundos apenas, ela deve ter percebido que não daria certo, teve sua chance e a desperdiçou, ela parou de lutar imediatamente, e eu a puxei pra dentro da porta e a levei lá pra baixo. Fui rude, me sentia muito mal, o sangue escorrendo pelo meu rosto. Eu a empurrei para dentro, e ela me deu um olhar muito esquisito antes que eu batesse a porta e fechasse os trincos. Não me preocupei com as amarras e a mordaça. Isso vai lhe ensinar uma lição, eu pensei.

Bem, subi as escadas e lavei a ferida, pensei que iria desmaiar quando vi meu rosto, havia sangue por todo lado. Entretanto, tive muita sorte, a machadinha não estava tão afiada, e ela resvalou na minha cabeça, parecia um corte terrível, mas não era muito profundo. Sentei por um bom tempo pressionando um pano na cabeça. Nunca pensei que conseguiria suportar sangue daquele jeito, fiquei realmente surpreso comigo mesmo naquela noite.

Claro que fiquei amargo com aquela história. Não tivesse sentido um semidesfalecimento, não sei o que teria feito. Aquela foi a gota d'água, como dizem por aí, e certas ideias surgiram na minha cabeça. Não sei do que eu seria capaz se ela continuasse daquele jeito. Bem, não vai ser aqui nem agora.

Na manhã seguinte eu desci, ainda com dor de cabeça, estava pronto para lhe tratar do jeito que ela merecia, mas você poderia me derrubar com uma pluma — a primeira coisa que ela fez foi se levantar e perguntar como estava minha cabeça. Soube pelo jeito que ela perguntou que estava tentando ser diferente. Gentil.

Tenho sorte de não estar morto, eu disse.

Ela ficou pálida, também muito séria. Ela ergueu as mãos, já havia tirado a mordaça, mas teve que dormir com as amarras (ainda vestia seu roupão). Eu a desamarrei.

"Deixe-me ver."

Dei um passo para trás, ela me deixou agitado.

"Não tenho nada nas minhas mãos. Você lavou o ferimento?"

Sim.

"Com desinfetante?"

Está tudo bem.

Bem, foi buscar um frasco de Dettol que ela tinha, diluiu um pouco no algodão e voltou.

Qual é o jogo agora, eu disse.

"Quero esfregar um pouquinho. Sente-se. Sente-se." Pelo jeito que ela falou você percebia que estava preocupada. Engraçado, às vezes você sabia que ela não podia estar mentindo.

Ela tirou a gaze e esfregou, com muito cuidado, senti ela estremecer quando viu o machucado, não era bonito de se ver, mas ela lavou suavemente, e pôs a gaze novamente.

Muito obrigado, eu disse.

"Me desculpe pelo... o que eu fiz. E eu deveria agradecer por você não ter retaliado. Você teria todo o direito."

Não é fácil quando você age do jeito que você agiu.

"Não quero falar sobre nada. Só quero pedir desculpas."

Aceito suas desculpas.

"Obrigada."

Foi tudo muito formal, ela se virou e tomou seu café da manhã, e eu esperei do lado de fora. Quando bati na porta para ver se poderia limpar o quarto, ela estava vestida e já arrumara a cama, perguntei se ela queria alguma coisa, mas ela disse que não. Disse que eu deveria passar pomada antibacteriana, e ela me devolveu a bandeja com o esboço de um sorriso.

Não parecia grandes coisas, mas aquilo marcou uma grande mudança. Quase fazia com que aquilo na cabeça valesse a pena. Fiquei muito feliz naquela manhã. Como se o sol saísse novamente.

Depois daquilo, por uns dois ou três dias não fomos uma coisa nem outra. Ela não falava muito, mas não estava amarga e nem um pouco ríspida. Então, um dia, após o café da manhã ela me pediu para sentar como eu fazia no começo, para que ela me desenhasse. Era só para lhe dar uma desculpa para conversar.

"Quero que você me ajude", disse ela.

Prossiga, eu respondi.

"Tenho uma amiga, uma garota, tem um rapaz que está apaixonado por ela."

Continue, eu disse. Ela parou. Para me ver cair em sua conversa, eu imagino.

"Ele está tão apaixonado por ela que ele a sequestrou. Ele a mantém prisioneira."

Que coincidência.

"Não é mesmo? Bem, ela quer ser livre novamente, e ela não quer machucá-lo. E ela simplesmente não sabe o que fazer. Qual seria o seu conselho?"

Paciência, eu disse.

"O que precisa acontecer antes que o rapaz a liberte?"

Tudo pode acontecer.

"Claro. Vamos parar com o joguinho. Me diga o que eu tenho que fazer para você me libertar."

Não saberia responder, pensei que se dissesse viva comigo para sempre nós voltaríamos à estaca zero.

"Casamento não funciona. Você não confia em mim."

Ainda não.

"E se eu fosse pra cama com você?"

Ela parou de desenhar. Eu não responderia.

"Então?"

Não achei que você fosse dessas, eu disse.

"Só estou tentando achar o seu preço." Como se fosse uma nova máquina de lavar que ela estava pesquisando para saber os prós e contras.

Você sabe o que eu quero, eu disse.

"Mas é simplesmente o que eu não sei!"

Você sabe muito bem.

"Ah, meu Deus. Olha. Só responda sim ou não. Você quer ir pra cama comigo?"

Não do jeito que estamos agora.

"De que jeito nós estamos agora?"

Pensei que você fosse a esperta da dupla.

Ela respirou fundo. Gostei de pegar no pé dela. "Você acha que eu só estou tentando encontrar um jeito de escapar? O que quer que eu faça seria só por isso? É isso?"

Eu disse sim.

"Se você achasse que era por algum outro motivo. Porque eu gosto de você. Só pela diversão. Você gostaria se fosse assim?"

Posso comprar o que você está sugerindo em Londres a hora que quiser, eu disse.

Isso a calou por um momento. Ela começou a desenhar novamente.

Depois de um instante, ela disse: "Você não me trouxe aqui porque me acha sexualmente atraente".

Acho você muito atraente, eu disse. A melhor.

"Você é como uma caixinha chinesa", ela disse. Então ela continuou desenhando e não disse mais nada. Eu tentei falar, mas ela disse que estragaria a pose.

Sei o que algumas pessoas achariam, elas achariam meu comportamento peculiar. Sei que a maioria dos homens só teria pensado em tirar vantagem desleal e havia muitas oportunidades. Eu poderia ter usado o clorofórmio. Feito o que bem entendesse, mas não sou desses, definitivamente não sou desses. Ela era como uma lagarta que leva três meses se alimentando para tentar se transformar em poucos dias. Sei que nada bom viria desse jeito, ela estava sempre com muita pressa. As pessoas hoje em dia sempre querem conseguir as coisas, elas logo deixam de pensar naquilo em que querem pôr as mãos, mas eu sou diferente, sou antiquado, eu gosto de pensar no futuro, e deixar as coisas se desenvolverem a seu tempo. Com calma se chega lá, como meu tio Dick costumava dizer quando estava com um problema daqueles.

O que ela nunca entendeu foi que aquilo me bastava. Tê-la comigo era o suficiente. Nada precisava ser feito. Só queria que fosse minha, e a salvo, finalmente.

Dois ou três dias se passaram. Ela nunca disse muita coisa, mas então um dia depois do almoço, falou: "Sou sua prisioneira perpétua, não sou?".
Podia ver que ela falou por falar, então não respondi nada.
"Não seria melhor se voltássemos a ser amigos, novamente?"
Por mim, ok, eu disse.
"Quero tomar um banho hoje à noite."
Ok.
"Aí nós podíamos sentar lá em cima. É esse quarto, está me deixando louca. Uma mudança cairia muito bem."
Eu disse que veríamos.
Na verdade, eu acendi a lareira e preparei tudo. Me certifiquei de que não havia nada que ela pudesse recolher e esmagar a minha cabeça. Não era uma boa fingir que havia recuperado minha confiança nela.
Bem, ela subiu e tomou seu banho e foi tudo como esperado. Quando saiu, eu amarrei suas mãos, sem mordaça, e a segui escada abaixo. Percebi que ela tinha um pouco de perfume francês, ela arrumou o cabelo como fizera antes, vestia um casaco roxo e branco que eu lhe havia comprado. Ela quis um pouco do xerez que nunca terminamos (ainda havia meia garrafa), e eu a servi, e ela ficou perto da lareira, olhando para dentro dela, esticando seus pés descalços em turnos para aquecê-los.

Ficamos ali bebendo; não dissemos nada, mas ela me deu um ou dois olhares engraçados, como se soubesse de alguma coisa que eu não sabia, e aquilo me deixou nervoso.

Bem, ela tomou mais uma taça, e bebeu tudo num minuto, e logo quis outra.

"Sente-se", ela disse, então eu sentei no sofá, onde ela apontou. Por um instante, ela me observou sentar. Então, parou na minha frente, muito engraçada, me encarando de cima a baixo, movendo de um pé para o outro. Então ela chegou, virou, *bang*, se sentou sobre os meus joelhos. Aquilo me pegou de surpresa. De alguma maneira, ela envolveu seus braços pela minha cabeça e quando eu percebi ela estava me beijando a boca. Então deitou a cabeça no meu ombro.

"Não seja tão careta", ela disse.

Eu estava atordoado. Era só o que faltava.

"Me abrace", disse ela. "Viu, não é bom assim? Estou pesada demais?" Ela inclinou sua cabeça novamente sobre o meu ombro, enquanto eu tinha minhas mãos em sua cintura. Ela estava toda quente e perfumada, e eu tive que dizer que seu casaco estava desabotoado lá embaixo e se abria sobre os joelhos, mas ela não parecia se importar, só esticou as pernas sobre o sofá.

O que houve?, eu disse.

"Você está tão tenso. Relaxe. Não há nada com o que se preocupar." Bem, eu tentei, ela ficou imóvel, mas eu sabia que havia algo de errado naquela situação.

"Por que você não me beija?"

Sabia que algo estava rolando ali. Não sabia o que fazer, beijei o topo da cabeça dela.

"Assim não."

Eu não quero, eu disse.

Ela levantou o rosto, ainda sentada sobre meus joelhos, e me olhou.

"Você não quer?"

Olhei para o outro lado, era difícil com suas mãos amarradas em volta do meu pescoço, não sabia o que dizer para fazê-la parar.

"Por que não?"

Ela estava rindo de mim.

Eu posso perder o controle, eu disse.

"Eu também."

Eu sabia que ela estava rindo, tirando sarro da minha cara novamente.

Sei bem o que eu sou, eu disse.

"O que você é?"

Não sou desses.

"Você não sabe que tem horas em que todo homem é atraente? Hein?" Ela meio que me deu um empurrão na cabeça, como se eu estivesse sendo estúpido.

Não sabia, eu disse.

"Bem, então."

É onde isso pode parar.

"Não me importa onde isso pode parar. Você é lento." E de repente ela estava me beijando novamente, cheguei a sentir sua língua.

"Não é gostoso?"

É claro que tive que dizer: sim, era. Eu não sabia qual era o jogo dela pra valer, e isso me deixou nervoso, bem mais do que todos aqueles beijos e tudo mais me deixavam nervoso.

"Venha, vamos. Tente."

Ela puxou minha cabeça. Tive que beijá-la e sua boca era muito boa. Muito suave.

Eu sabia que era fraco. Eu devia mandar que ela se comportasse imediatamente. Eu estava muito fraco. Era como se fosse sugado contra minha vontade.

Ela deitou a cabeça novamente, e não consegui ver seu rosto.

"Eu sou a primeira garota que você já beijou?"

Não seja boba.

"Relaxe. Não fique nervoso, não fique envergonhado."

Então ela se virou e começou a me beijar novamente, seus olhos fechados. É claro que ela tinha tomado três taças de xerez. O que aconteceu depois foi muito embaraçoso, comecei a me sentir muito excitado e sempre entendi (por algo que ouvi no Exército) que um cavalheiro se controla até o momento certo, e então eu simplesmente não soube o que fazer. Pensei que ela ficaria ofendida e então tentei fazê-la se sentar direito quando ela afastou sua boca.

"O que houve? Estou te machucando?"

Sim, eu disse.

Ela saiu dos meus joelhos, desenganchou seus braços de minha cabeça, mas ainda sentou-se muito perto.

"Não vai soltar minhas mãos?"

Eu me levantei, envergonhado, tive que ir à janela e fingir que estava fazendo algo na cortina, o tempo todo ela me espiou sobre o espaldar do sofá, ajoelhada nele.

"Ferdinand. Algum problema?"

Nenhum problema, eu disse.

"Não precisa ficar com medo."

Não estou com medo.

"Então volte pra cá. Apague a luz. Vamos deixar só a luz do fogo."

Eu fiz o que ela disse, apaguei as luzes, mas fiquei perto da janela.

"Venha." Muito lisonjeira, ela era.

Eu disse: não está certo. Você só está fingindo.

"Estou?"

Você sabe que sim.

"Por que você não vem aqui pra ver?"

Não me mexi, o tempo todo eu sabia que era um erro fatal. Quando eu vi ela foi até a lareira. Não me senti mais excitado, me senti frio por dentro. Foi a surpresa.

"Venha se sentar aqui."

Estou bem aqui, eu disse.

Bem, de repente ela veio até mim, pegou minha mão entre as suas e me puxou até a lareira, eu deixei. Quando chegamos lá ela soltou minhas mãos, deu um olhar daqueles, então eu a desamarrei. Na hora, ela chegou perto e me beijou novamente, o que a obrigou a ficar quase na ponta dos pés.

Então ela fez algo realmente chocante.

Mal pude acreditar nos meus olhos, ela deu um passo para trás e abriu seu casaco e ela não vestia nada por baixo. Ela estava decidida. Eu não dei mais do que uma rápida espiada, ela ficou ali, sorrindo e esperando, dava para sentir, que eu tomasse a iniciativa. Ela ergueu seus braços e começou a soltar os cabelos. Era uma provocação deliberada, nua, em pé, nas sombras e sob a luz da lareira. Não conseguia acreditar que aquilo estava mesmo acontecendo.

Foi horrível, aquilo me deixou enjoado e tremendo, desejei estar do outro lado do mundo. Foi pior do que com a prostituta; eu não a respeitava, mas com Miranda eu soube que não suportaria a vergonha.

Nós ficamos lá, ela estava na minha frente, sacudindo os cabelos soltos e eu me senti cada vez mais envergonhado. Quando vi ela se aproximou e começou a tirar meu paletó, depois foi minha gravata, e ela abriu os botões da minha camisa, um após o outro. Eu era como massa de modelar em suas mãos. Então ela começou a tirar minha camisa.

Eu ficava pensando: pare, pare, é errado, mas eu estava muito fraco. Quando vi, estava nu e ela encostava em mim e me segurava, mas eu estava muito tenso, como se eu e ela fôssemos pessoas diferentes. Sei que eu não agia normalmente ali, não fazia o que deveria, ela fez algumas coisas que não vou contar, exceto que eram coisas que eu nunca a imaginaria fazendo. Ela se deitou ao meu lado no sofá e tudo mais, mas eu estava todo retorcido por dentro.

Ela me fez parecer um idiota completo. Sabia no que ela estava pensando, ela estava pensando que era essa a razão por que eu sempre fora tão respeitador. Eu queria ir até o fim, eu queria mostrar a ela que eu era capaz, então poderia provar a ela o quanto eu a havia respeitado. Queria que ela visse que eu conseguia, então eu lhe diria que não iria fazer nada, que eu não me rebaixaria, que ela não se rebaixaria, que aquilo era nojento.

Bem, nós ficamos deitados por um tempo e eu senti que ela me desprezava, eu era uma aberração.

No final, ela se levantou do sofá e se ajoelhou ao meu lado e me fez um cafuné.

"Acontece com muitos homens, não é nada de mais." Você pensaria que ela tinha toda a experiência do mundo ao escutá-la.

Ela foi de volta à lareira e vestiu seu casaco e sentou-se ali, me observando. Eu vesti minhas roupas. Disse a ela que eu jamais poderia fazer aquilo. Inventei uma longa história para que ela sentisse pena de mim, eram só mentiras, não sei se ela acreditou; sobre como eu sentia amor, mas não seria nunca capaz de fazer aquilo. Como aquela era a razão de eu a manter comigo.

"Mas você não achou nem um pouquinho excitante tocar em mim? Você pareceu gostar de me beijar."

Eu disse: foi quando foi além dos beijos.

"Eu não deveria ter deixado você ficar tão apavorado."

Não é sua culpa, eu disse. Não sou como as outras pessoas. Ninguém entende.

"Eu entendo."

Eu sonho com isso, eu disse. Não pode jamais ser real.

"Como Tântalo." Ela explicou quem foi ele.

Ela ficou quieta por um bom tempo. Fiquei com vontade de sedá-la. Levá-la até lá embaixo, tirá-la daqui. Queria ficar sozinho.

"Que tipo de médico falou que você nunca conseguiria?"

Um médico. (Era uma das mentiras que eu lhe contava. Eu nunca vi médico nenhum, é claro.)

"Um psiquiatra?"

Do Exército, eu disse. Um psiquiatra.

"Que tipo de sonhos você tem comigo?"

Todo tipo.

"Nenhum sexual?"

Ela continuava com essa história. Não deixava pra lá.

Eu a abraçaria, eu disse. É isso. Nós dormiríamos juntinhos, com o vento e a chuva do lado de fora ou algo assim.

"Você quer tentar fazer isso agora?"

Não servia pra nada.

"Eu faço se você quiser."

Não quero, eu disse.

Queria que você nunca tivesse começado, eu disse.

Ela ficou em silêncio, pareceu uma eternidade.

"Por que você acha que eu fiz isso? Só pra fugir?"

Não por amor, eu disse.

"Preciso dizer?" Ela levantou. "Você precisa entender que eu sacrifiquei todos os meus princípios hoje à noite. Ah, sim, para fugir. Estava pensando nisso. Mas eu *quero* te ajudar. Você precisa acreditar nisso. Tentei mostrar a você que sexo — sexo é só uma atividade, como qualquer outra. Não é sujo, são só duas pessoas brincando uma com o corpo da outra. É como dançar. Como um jogo." Ela parecia pensar que eu deveria dizer alguma coisa, mas eu a deixei falar. "Estou fazendo algo por você que eu nunca fiz por nenhum homem. E — bem, acho que você me deve essa."

Eu entendi seu jogo, é claro. Ela era muito habilidosa em persuadir com um punhado de palavras. Fazendo você sentir como se realmente devesse algo a ela, como se ela mesma não tivesse começado com tudo pra início de conversa.

"Por favor, diga alguma coisa."

O quê? eu disse.

"Que você pelo menos entende o que eu acabei de dizer."

Eu entendo.

"Isso é tudo?"

Não estou a fim de conversar, eu disse.

"Você poderia ter me contado. Você poderia ter me feito parar logo no comecinho."

Eu tentei, eu disse.

Ela se ajoelhou em frente à lareira.

"É incrível. Nunca estivemos tão distantes."

Eu disse: você me odiava antes. Agora imagino que você me despreze da mesma maneira.

"Tenho pena de você. Tenho pena do que você é e tenho pena de que você não veja quem eu sou."

Posso ver o que você é, eu disse. Não pense que não posso.

Aquilo soou mordaz, eu já tinha chegado ao limite. Ela deu uma rápida espiada ao redor, então se curvou, suas mãos cobrindo seu rosto. Acho que ela estava fingindo chorar um pouco. Bem no final, ela disse numa voz bem calma: "Por favor me leve lá pra baixo".

Então nós descemos. Ela se virou quando estava lá dentro e eu estava para sair, já tendo retirado suas amarras.

"Ficamos nus um na frente do outro", ela disse. "Não poderíamos estar mais distantes."

Eu estava feito um louco quando saí. Não sei explicar. Não dormi a noite toda. Aquilo ficava voltando, eu em pé e deitado sem roupas, o jeito como eu agi e o que ela deve ter pensado. Eu podia vê-la rindo de mim lá embaixo. Toda vez que eu pensava nisso, era como se meu corpo inteiro ficasse vermelho. Não queria que a noite acabasse. Queria ficar no escuro para sempre.

Fiquei dando voltas lá em cima por horas. No final, entrei no furgão e dirigi até o mar, bem rápido, não me importei com o que acontecesse.

Eu poderia ter feito qualquer coisa. Eu poderia tê-la matado. Tudo o que eu fiz depois foi por causa dessa noite.

Era quase como se ela fosse estúpida, totalmente estúpida. É claro que não era, é só que ela não entendia como me amar da maneira certa. Havia muitas maneiras de ela me agradar.

Ela era como as outras mulheres, tinha uma mente bitolada. Eu nunca mais a respeitei. Aquilo me deixou furioso por dias. Porque eu conseguia.

As fotografias (o dia em que eu a sedei), eu costumava olhar para elas de vez em quando. Eu sabia o que fazer com elas. Elas não me respondiam.

Aquilo era o que ela nunca soube.

Bem, desci na manhã seguinte, e era como se nada tivesse acontecido. Ela não tocou no assunto, nem eu. Levei o café da manhã, ela disse que não queria nada de Lewes, subiu ao porão para caminhar um pouco, então a tranquei e saí. Cheguei mesmo a dormir.

Aquela noite foi diferente.

"Quero conversar com você."

Sim, eu disse.

"Eu tentei de tudo. Só me resta tentar mais uma coisa. Vou entrar em greve de fome de novo. Não vou comer nada até que você me deixe ir."

Obrigado pelo aviso, eu disse.

"A menos..."

Ah, então tem um a menos, eu disse.

"A menos que nós cheguemos a um acordo."

Ela pareceu esperar. Não ouvi ainda, eu disse.

"Estou pronta para aceitar que você não me deixe ir de uma vez. Mas não estou pronta para continuar aqui embaixo. Quero ser uma prisioneira lá em cima. Quero luz do dia e um pouco de ar fresco."

Simples assim, eu disse.

"Simples assim."

Começando esta noite, suponho, eu disse.

"O mais cedo possível."

Imagino que deva chamar um marceneiro e os decoradores e tudo mais.

Ela suspirou, começando a entender a mensagem.

"Não seja assim. Por favor, não seja assim." Ela me deu um olhar engraçado. "Todo esse sarcasmo. Não quis magoar você."

Não adiantava, ela havia matado todo o romance, se transformara numa mulher como qualquer outra, eu não a respeitava mais, não havia mais nada para se respeitar. Conhecia suas artimanhas, assim que estivesse livre do quarto, ela sumiria na hora.

No entanto, eu não estava querendo aquele negócio de parar de comer de novo, então achei melhor brincar por um tempo.

Quão cedo?, eu disse.

"Você pode me manter num dos quartos. Ele poderia estar gradeado, com as janelas barradas por tábuas de madeira. Eu poderia dormir lá. Então, talvez você me amarrasse e me amordaçasse e me deixasse sentar de vez em quando perto de uma janela aberta. Isso é tudo o que eu peço."

Isso é tudo, eu disse. O que as pessoas vão pensar com as tábuas nas janelas por todo o lugar?

"Eu prefiro morrer de fome do que continuar aqui embaixo. Me mantenha lá em cima acorrentada. Qualquer coisa. Mas me deixe ter um pouco de ar fresco e luz do dia."

Vou pensar nisso, eu disse.

"Não. Agora."

Está se esquecendo de quem manda por aqui.

"Agora."

Não posso dizer agora. Preciso pensar.

"Muito bem. Amanhã de manhã. Ou você me diz que eu posso subir ou não vou mais tocar na comida. E isso será assassinato."

Ela parecia furiosa e enojada de verdade. Eu me virei e saí.

Pensei nisso naquela noite. Sabia que eu precisava de tempo, eu tinha que fingir que faria o que ela me pedia. Empurrar com a barriga, como dizem.

A outra coisa em que pensei foi algo que eu poderia fazer quando chegasse a hora.

Na manhã seguinte, eu desci, disse que tinha pensado melhor, que ela tinha um bom argumento, que eu ia cuidar do assunto etc. — um quarto pode ser convertido, mas me tomaria uma semana. Pensei que ela começaria a reclamar, mas ela não se alterou.

"Mas se esse for outro truque para ganhar tempo, eu vou jejuar. Você sabe, não é?"

Começo amanhã, eu disse. Mas precisarei de muita madeira e barras especiais. Posso levar um dia ou dois para consegui-las.

Ela me deu uma boa encarada, mas eu só peguei seu balde.

Depois disso, nós nos entendemos, exceto que eu estava fingindo o tempo todo. Não conversamos muito, mas ela não foi agressiva. Uma noite, ela quis tomar um banho e quis ver o quarto e o que eu havia feito. Bem, eu sabia que ela pediria isso; conseguira umas tábuas e fiz com que parecesse como se eu estivesse seriamente fazendo acertos nas janelas (era um quarto nos fundos). Ela disse que queria uma dessas velhas poltronas windsor (como nos velhos tempos, ela pedindo coisas), que eu consegui no dia seguinte e cheguei a levar para baixo para mostrar a ela. Ela não quis ficar com a poltrona lá embaixo, precisei subir com ela. Ela disse que não queria que nada do que tinha (nenhum dos móveis) lá embaixo fosse lá pra cima. Era fácil demais. Depois que ela viu o quarto e os buracos dos parafusos ela realmente pareceu acreditar que eu estava amolecendo e a deixaria subir.

A ideia era que eu desceria e a levaria para cima e nós jantaríamos na casa, e então ela teria sua primeira noite lá em cima, e, na manhã, ela veria a luz do dia.

Ela chegou a ficar alegre em alguns momentos. Tive que rir. Bem, eu disse rir, mas eu também estava nervoso quando aquele dia chegou.

A primeira coisa que ela disse quando desci às seis foi que ela tinha pego meu resfriado, o que eu pegara no barbeiro em Lewes.

Estava toda radiante e mandona, achando graça da minha cara, com certeza. Só que ela que seria motivo de piada.

"Essas são as minhas coisas para esta noite. Você pode levar o resto amanhã. Tudo pronto?" Ela já tinha me perguntado aquilo durante o almoço, e eu disse sim.

Eu disse: tudo pronto.

"Então vamos lá. Você vai me amarrar?"

Só tem uma coisa, eu disse. Uma condição.

"Condição?" Seu queixo caiu. Ela soube na hora.

Estive pensando, eu disse.

"Sim?" Como os olhos dela queimavam.

Eu gostaria de tirar umas fotos.

"Minhas? Mas você já tirou tantas."

Não desse tipo.

"Não estou entendendo." Mas eu podia ver que ela entendera.

Quero tirar fotos suas do jeito que você estava na outra noite, falei.

Ela se sentou na beirada da cama.

"Continue."

E você tem que olhar como se gostasse de posar, eu disse. Você faz as poses do jeito que eu disser.

Bem, ela se sentou ali, sem dizer uma só palavra. Pensei que pelo menos ela fosse ficar furiosa. Ela só se sentou lá, limpando o nariz.

"E se eu fizer?"

Eu cumpro a minha parte, eu disse. Preciso me proteger. Quero fotos suas que você teria vergonha que alguém pudesse ver.

"Você quer que eu pose para fotos obscenas porque se eu fugir eu não teria coragem de contar à polícia sobre você."

Essa é a ideia, eu disse. Não obscenas. Só fotos que você não gostaria que fossem publicadas. Fotos de arte."

"Não."

Só estou pedindo o que você fez sem que ninguém pedisse no outro dia.

"Não, não, não."

Conheço o seu jogo, eu disse.

"O que eu fiz foi errado. Eu fiz, fiz por desespero, já que não há nada entre nós além de maldade e suspeitas e ódio. Isso é diferente. É cruel."

Não vejo diferença.

Ela se levantou e foi até a parede dos fundos.

Você já fez antes, eu disse. Pode fazer de novo.

"Deus, Deus, é como estar num sanatório." Ela olhava em volta do quarto, como se eu não estivesse lá, como se houvesse alguém mais escutando ou ela estivesse prestes a derrubar as paredes.

Ou você faz o que mando ou não vai a lugar nenhum. Sem caminhadas lá fora. Sem banhos. Sem nada.

Eu disse, você acha que sou estúpido. Você teve uma ideia. Fugir de mim. Me fazer de bobo e me entregar à polícia.

Você não é melhor do que uma mulher-da-vida qualquer, eu disse. Eu costumava respeitar você porque eu pensava que você era superior ao que fez. Não como as outras. Mas você é igualzinha. Faz qualquer coisa nojenta só pra conseguir o que quer.

"Pare, pare", ela gritou.

Eu podia conseguir uma mulher muito mais experiente que você em Londres. A qualquer momento. E fazer o que eu quisesse.

"Seu filho da mãe nojento e imundo."

Isso, eu disse. É assim que você fala.

"Você está rompendo com todas as regras da decência humana, com cada relação humana decente, com tudo que há de decente que já aconteceu entre o seu sexo e o meu."

Ouçam o roto falando do esfarrapado, eu disse. Você tirou suas roupas, você pediu por isso. Agora, aguente.

"Saia daqui! Saia daqui!"

Foi um grito de verdade.

Verdade ou mentira.

Ela se virou, pegou um frasco de tinta sobre a mesa e o atirou em mim.

Então terminou. Eu saí e a tranquei. Não levei jantar para ela, deixei que colhesse o que plantou. Comi a galinha. Eu a comprara por via das dúvidas, e tomei um pouco do champanhe e joguei o resto na pia.

Eu me senti feliz, não sei explicar, percebi que estivera fraco, agora eu estava dando o troco por todas as coisas que ela disse e pensou sobre mim. Eu andei pela casa, e olhei no quarto dela, ri só de pensar nela lá embaixo, era ela quem iria ficar por baixo em todos os sentidos e, mesmo se não fosse o que ela merecia no começo, ela agora havia feito por merecer. Tinha motivos de verdade para ensinar a ela o que era certo.

Bem, fui dormir no fim das contas, olhei as fotos antigas e alguns livros e tive umas ideias. Um dos livros se chamava *Sapatos*, com fotos muito interessantes de garotas, de suas pernas na maioria, calçando sapatos de vários tipos, algumas fotos só com sapatos e cintos, elas eram realmente muito diferentes, artísticas.

Entretanto, quando desci pela manhã, bati na porta e esperei como sempre antes de entrar, mas quando entrei fiquei muito surpreso que ela ainda estivesse na cama, ela dormira sem trocar de roupa, sob o cobertor, e por um momento ela pareceu não saber onde estava ou quem eu era. Fiquei só esperando que ela se lançasse contra mim, mas ela apenas se sentou na beirada da cama e repousou seus braços sobre os joelhos e sua cabeça sobre as mãos, como se tudo aquilo fosse um pesadelo e ela não ousasse acordar.

Tossiu. Pareceu meio encatarrada. Ela estava muito abatida.

Então decidi não dizer nada, e fui e lhe dei o café da manhã. Ela bebeu o café quando eu trouxe e comeu o cereal, então não teve greve de fome, e então ela voltou à mesma posição, com a cabeça apoiada nas mãos. Eu conhecia seus jogos, ela tentava me deixar com pena. Ela parecia abatida de verdade, mas achei que era tudo uma pose para me deixar de joelhos implorando por perdão ou algo estúpido.

Quer uma aspirina, perguntei. Sabia que ela tinha pego um resfriado.

Bem, ela fez que sim, sua cabeça ainda sustentada pelas mãos, então eu fui buscar o remédio e quando voltei ela não tinha mudado de posição. Dava pra ver que era uma grande encenação. Estava emburrada. Então eu pensei, ótimo, que fique emburrada. Posso esperar. Perguntei se ela queria alguma coisa, ela sacudiu a cabeça, então eu a deixei.

Na hora do almoço ela estava na cama quando desci. Ela só olhou por baixo das cobertas, disse que queria mais um pouco de sopa e de chá, que eu trouxe, e saí. Foi mais ou menos a mesma coisa no jantar. Ela queria aspirinas. Ela quase não comeu nada. Mas esse era o jogo que ela já fizera antes. Não trocamos mais do que vinte palavras o dia todo.

No dia seguinte foi a mesma coisa, ela estava na cama quando entrei. Embora estivesse acordada, porque ela ficou lá me observando deitada.

Então?, perguntei. Ela não respondeu, só ficou lá.

Eu disse, Se você acha que vai me convencer com essa história de ficar o tempo todo na cama, está muito enganada.

Isso fez que sua boca se abrisse.

"Você não é um ser humano. Você é apenas um mísero verme imundo e punheteiro."

Eu agi como se não tivesse escutado, só fui pegar o café da manhã.

Quando trouxe para ela, ouvi "Não chegue perto de mim!". Puro veneno em sua voz.

Imaginando que eu simplesmente abandonasse você aqui, eu disse. O que você faria?

"Se pelo menos eu tivesse força pra te matar. Eu te mataria. Como um escorpião. Vou te matar, quando ficar melhor. Nunca iria à polícia. A prisão é boa demais para você. Eu viria te matar."

Sabia que ela estava com raiva porque seu jogo não estava funcionado. Eu peguei o resfriado, sabia que não era tudo isso.

Você fala demais, eu disse. Você esquece quem é que manda. Eu poderia simplesmente te esquecer. Ninguém saberia.

Ela só fechou os olhos depois dessa.

Eu saí, fui a Lewes e comprei comida. No almoço ela parecia estar dormindo quando eu disse que estava pronto, mas ela fez um gesto qualquer, então eu saí.

No jantar ela continuava na cama, porém sentada e lendo o Shakespeare que eu comprara.

Perguntei se ela estava melhor. Sarcasmo, claro.

Bem, ela continuou lendo, não responderia. Eu quase arranquei o livro para lhe ensinar uma lição, mas mantive o controle. Meia hora mais tarde, depois do meu próprio jantar, voltei e ela não havia comido e quando comentei que ela não comera, ela disse: "Estou doente. Acho que estou gripada".

De qualquer maneira, ela foi estúpida o suficiente para dizer em seguida: "E se eu precisar de um médico?".

Espere e verá, respondi.

"Dói muito quando tusso."

É só um resfriado.

"Não é um resfriado." Ela gritou pra valer comigo.

Claro que é um resfriado. E pare de fingir. Eu conheço seus truques.

"Não estou fingindo."

Ah, não. Você nunca fingiu em toda a sua vida, eu disse. Claro que não.

"Meu Deus, você não é um homem, se pelo menos você fosse um homem."

Diga isso de novo, eu disse. Tinha bebido um pouco mais de champanhe durante meu jantar, havia uma loja que eu encontrara em Lewes com meias garrafas, então eu não estava no clima para aguentar as bobagens dela.

"Eu disse que você não é um homem."

Muito bem, eu disse. Saia da cama. Vamos, levante-se. De agora em diante, eu dou as ordens.

Já não aguentava mais, a maioria dos homens teria desistido muito antes. Fui e puxei suas cobertas e segurei seu braço para puxá-la para fora da cama e ela começou a lutar, arranhando o meu rosto.

Eu disse, muito bem, vou te ensinar uma lição.

Estava com as cordas no meu bolso e depois de uma certa resistência eu a amarrei com elas e depois foi a mordaça, era culpa dela se estavam muito apertadas, eu a amarrei na cama e depois saí e busquei a câmera e o equipamento de flash. Ela reagiu, é claro, sacudiu a cabeça, ela me fuzilava com os olhos, como dizem, chegou a tentar ir na maciota, mas eu dei um jeito nela. Tirei suas roupas e no começo ela não fazia como eu pedia, mas no final ela se deitou e posou como eu mandei (me recusaria se ela não cooperasse). Então eu tirei minhas fotos. Fotografei até queimarem todas as lâmpadas de flash.

Não foi minha culpa. Como eu poderia saber que ela estava mais doente do que parecia? Ela só parecia estar resfriada.

Revelei as fotos e fiz as ampliações naquela noite. As melhores eram as com o rosto cortado. De qualquer jeito, não era muito fotogênica com a mordaça, é claro. As melhores foram as que ficou de pé, de salto alto, de costas. As mãos amarradas na cama viraram aquilo que eles chamariam de um tema interessante. Posso afirmar que fiquei muito contente com o resultado.

No dia seguinte, ela estava de pé quando entrei, vestida de roupão, como se esperasse por mim. O que ela fez foi muito surpreendente, ela deu um passo para frente e caiu de joelhos aos meus pés. Parecia uma bêbada. Seu rosto estava muito vermelho, pude ver; ela me olhou e estava chorando, e ela estava num estado péssimo.

"Estou muito mal. Estou com pneumonia. Ou pleurite. Você tem que me levar num médico."

Eu disse: levante-se e volte pra cama. Então saí para buscar o café.

Quando voltei, eu disse: Você sabe que não está doente, se fosse pneumonia, nem conseguiria se levantar.

"Não consigo respirar à noite. Sinto uma dor aqui, eu tive que me deitar do lado esquerdo. Por favor, tire minha temperatura. Veja aqui."

Bem, eu tirei e deu 38, mas eu sei que tem sempre um jeito de falsear a temperatura.

"O ar é muito abafado aqui."

Tem ar suficiente, eu disse. Era culpa dela por ter fingido daquele jeito antes.

Mesmo assim, consegui que o farmacêutico em Lewes me desse algo que ele disse ser muito bom para congestão, uns comprimidos antigripais e um inalador, e ela tomou tudo quando ofereci. Ela tentou comer algo no jantar, mas não conseguiu, estava doente, parecia pálida, e posso dizer que pela primeira vez eu tinha motivos para acreditar que poderia haver alguma coisa ali. Seu rosto estava vermelho, mechas de cabelo agarradas com a transpiração, mas aqui poderia ter sido deliberado.

Eu limpei o vômito e dei a ela os remédios, e estava saindo quando ela me pediu para sentar na cama, para que não tivesse que falar alto.

"Você acha que eu falaria com você se não estivesse terrivelmente doente? Depois do que você fez?"

Você pediu aquilo que eu fiz, eu disse.

"Você tem que entender que eu estou doente de verdade."

É gripe, eu disse. A gripe se espalhou por Lewes.

"Não é gripe. Estou com pneumonia. Algo terrível. Não consigo respirar."

Você vai ficar bem, eu disse. Esses comprimidos amarelos vão funcionar. O farmacêutico disse que eles são os melhores.

"Não me trazer um médico é assassinato. Você vai me matar."

Estou dizendo que você está bem. É a febre, eu disse. Assim que ela mencionou o médico, eu suspeitei.

"Você poderia limpar meu rosto com minha flanela?"

Foi engraçado, eu fiz o que ela pediu e pela primeira vez em dias senti um pouco de pena dela. Era um trabalho de mulher, na verdade. Quero dizer que uma hora dessas é quando mulheres precisam de outras mulheres. Ela me agradeceu.

Estou indo, eu disse.

"Não vá. Eu vou morrer." Ela tentou segurar meu braço.

Não seja boba, eu disse.

"Você tem que escutar, você tem que escutar", e de repente ela voltou a chorar; eu podia ver seus olhos se encherem de lágrimas e ela meio que sacudiu a cabeça de um lado para o outro do travesseiro. Senti pena dela na hora, como eu disse, então me sentei na cama e lhe dei um lenço, e disse a ela que jamais deixaria de chamar um médico se ela estivesse doente de verdade. Cheguei a dizer que ainda a amava e que estava arrependido e outras coisas. Mas as lágrimas continuavam caindo, e ela mal parecia estar escutando. Nem mesmo quando eu disse que ela parecia estar bem melhor do que no dia anterior, o que não era exatamente verdadeiro.

No final ela se acalmou, ficou deitada com os olhos fechados por um instante, e então quando me mexi, ela disse: "Você faz um favor pra mim?".

O quê?, perguntei.

"Você ficaria aqui embaixo comigo e deixaria a porta aberta para entrar ar?"

Bem, eu concordei, e nós apagamos as luzes do quarto dela, só com a luz lá de fora e o ventilador, e eu fiquei lá sentado por um bom tempo. Ela começou a respirar de um jeito engraçado e apressado, como se subisse uma escada correndo, como se estivesse sufocada, e ela falou várias vezes — uma vez disse: por favor, não, e depois eu acho que ela disse meu nome, mas estava tudo embaçado — bem, acho que ela estava dormindo, e depois que eu disse seu nome, e ela não respondeu, eu saí, tranquei tudo e depois pus o despertador para bem cedo na manhã seguinte. Achei que ela conseguiu dormir muito facilmente, não saberia dizer. Pensei que era o melhor, e pensei que os comprimidos funcionariam e ela estaria melhor pela manhã, deixando o pior para trás. Cheguei mesmo a achar que aquilo era uma coisa boa, ela estar doente, porque se ela não estivesse eu teria muita dor de cabeça para resolver.

O que estou tentando dizer é que tudo aquilo foi inesperado. Sei que o que eu fiz no dia seguinte foi um erro, mas até aquele dia eu acredito que estava agindo da maneira correta e dentro dos meus direito.

O 2.

Parnassius Apollo.
(Apollo)

Pieris thiria.

Vanessa Io.
(Peacock)

JOHN FOWLES
O COLECIONADOR

O 2.

14 de outubro?

É a sétima noite.

Continuo pensando a mesma coisa. Se ao menos eles soubessem. Se ao menos *eles* soubessem.

Compartilhar o ultraje.

Então estou tentando contar a esse bloco que ele me comprou esta manhã. Sua gentileza.

Calmamente.

No fundo, estou mais e mais assustada. É apenas calma superficial.

Nada nojento, nada sexual. Mas seus olhos são vidrados. São cinzentos com um toque de luz cinza esmaecida. No começo, eu o observava o tempo todo. Achava que era sexo, se eu precisasse virar de costas seria num lugar em que ele não conseguiria saltar em cima de mim, e eu escutava. Tinha que saber exatamente onde ele estava no quarto.

Poder. Ele se tornou tão *real*.

Sei que a Bomba H é um erro. Mas estar tão fraca também me parece um erro agora.

Eu queria saber judô. Eu poderia fazê-lo implorar por misericórdia.

Essa cripta que ele chama de quarto está entulhada, as paredes se espremem, tento escutá-lo enquanto escrevo, os pensamentos que tenho são como desenhos ruins. Precisam ser rasgados de uma vez.

Tentar, tentar, tentar fugir.

É tudo o que eu penso.

Uma coisa estranha. Ele me fascina. Sinto por ele o mais profundo desprezo e asco, não suporto este quarto, todo mundo deve estar perdendo a cabeça de preocupação. Posso sentir a preocupação deles.

Como ele pode me amar? Como você pode amar alguém que não conhece?

Ele quer desesperadamente me agradar. Mas é assim que os malucos devem ser. Não são malucos deliberadamente, deve ser um choque para eles assim como para qualquer um quando finalmente fazem algo horrível.

Foi só ontem ou anteontem que eu consegui falar com ele sobre isso.

O caminho até aqui no furgão foi um pesadelo. Querendo vomitar e com medo de engasgar com a mordaça. E então vomitando. Achando que eu seria jogada no mato, estuprada e morta. Tinha certeza que era o meu fim quando o furgão parou, acho que por isso fiquei enjoada. Não apenas o brutal clorofórmio. (Fico me lembrando das histórias tenebrosas que Penny Lester contava no dormitório, sobre como sua mãe sobreviveu após ser estuprada pelos japoneses; eu me repetia: não resista, não resista. E então alguém em Ladymont uma vez disse que são necessários dois homens para estuprar alguém. As mulheres que se permitem ser estupradas por um homem querem ser estupradas.) Agora sei que não seria assim. Ele usaria o clorofórmio de novo, ou alguma coisa. Mas naquela primeira noite foi: não resista, não resista.

Eu me sentia agradecida por estar viva. Sou uma covarde miserável, não quero morrer, amo a vida com tanta paixão, nunca antes soube o quanto eu queria viver. Se eu escapar dessa, acho que nunca mais serei a mesma.

Não me preocupo com o que ele fizer. Contanto que eu viva. O pior são as coisas indescritíveis que ele *pode* fazer.

Procurei em todos os cantos por uma arma, mas não há nada que eu possa usar, mesmo se eu tivesse a força e a habilidade. Coloco uma cadeira contra a porta de ferro toda noite, então pelo menos saberei se ele tentar entrar sem que eu escute.

Uma pia detestável e primitiva.

A grande porta em branco. Sem fechadura. Nada.

O silêncio. Consegui me acostumar um pouco mais agora. Mas é *horrível*. Nunca nenhum som. Eu me sinto como se estivesse sempre esperando.

Viva. Viva do jeito que a morte está viva.

A coleção de livros de arte. Quase cinquenta libras gastas, eu fiz as contas. Naquela primeira noite subitamente percebi que os livros estavam ali por minha causa. Que eu não era uma vítima ao acaso, afinal de contas.

Então havia as gavetas cheias de roupas — camisas, saias, vestidos, meias coloridas, uma seleção extraordinária de lingerie de fim-de-semana-em-Paris, camisolas. Vi que eram todas mais ou menos do meu tamanho. São largas, mas ele disse que me viu vestir as cores.

Tudo na minha vida parecia ótimo. Tinha o G.P. Mas mesmo aquilo era estranho. Excitante. Excitante.

E então isso.

Dormi um pouco com a luz acesa em cima da cama. Eu adoraria uma bebida, mas achei que poderia estar drogada. Ainda meio que espero a comida ser dopada.

Sete dias atrás. Parece sete semanas.

Ele parecia tão inocente e preocupado quando me abordou. Disse que tinha atropelado um cachorro. Pensei que poderia ter sido Misty. Exatamente o tipo de homem de quem você não suspeitaria. O típico cordeirinho.

Como cair da beirada do mundo. Subitamente havia uma beirada.

Toda noite faço algo que não fazia há anos. Eu deito e rezo. Não me ajoelho, sei que Deus despreza quem se ajoelha. Eu deito e peço a ele que console M, e D, e Minny, e Caroline, que deve se sentir bastante culpada, e todos os outros, até aqueles que se alegrariam com o meu sofrimento (ou com o sofrimento de qualquer um). Como Piers e Antoinette. Peço a ele que ajude esse miserável que me tem sob suas garras. Peço a ele que me ajude. Que não me deixe ser estuprada ou abusada e morta. Peço luz.

Literalmente. Luz do dia.

Não suporto a completa escuridão. Ele me comprou umas luminárias. Agora vou dormir com uma delas brilhando do meu lado. Antes, eu deixava a luz acesa.

Acordar é a pior parte. Acordo e por um instante acho que estou em casa ou na casa de Caroline. Então sinto o golpe.

Não sei se acredito em Deus. Rezei para ele furiosamente no furgão, quando pensei que ia morrer (taí a prova *contrária*, posso ouvir G.P. dizendo). Mas rezar deixa as coisas mais fáceis.

É tudo migalhas e pedaços. Não consigo me concentrar. Pensei em tantas coisas, e agora não consigo pensar em nenhuma.

Mas isso me faz sentir mais calma. A ilusão, pelo menos. É como tentar calcular quanto dinheiro você gastou. E quanto ainda sobrou.

15 de outubro

Ele nunca teve pais, foi criado por uma tia. Posso vê-la. Uma mulher magra com o rosto pálido e boca repulsiva, com os lábios fechados e olhos cinzentos cruéis, e capas de tricô cafonas para as chaleiras e uma mania de achar sujeira e poeira em tudo. Isso é, sujeira e poeira em tudo o que não faz parte do seu horrível mundinho de periferia.

Eu lhe disse que ele estava procurando pela mãe que nunca teve, mas é claro que ele não quis escutar.

Ele não acredita em Deus. Isso me faz querer acreditar.

Falei sobre mim. Sobre P e M, com uma voz bem casual. Ele sabia sobre minha mãe. Acho que a cidade inteira sabe.

Minha teoria é que eu preciso poupá-lo de seu martírio.

O tempo na prisão. Tempo sem fim.

A primeira manhã. Ele bateu na porta e esperou dez minutos (como sempre faz). Não foram bons dez minutos, todos os pensamentos de consolo que eu conseguira reunir durante a noite escaparam e fui deixada a sós. Fiquei lá e disse: se ele fizer, não resista, não resista. Estava pronta para dizer: faça o que quiser, mas não me mate. Não me mate, você pode fazer de novo. Como se eu fosse lavável. Resistente.

Foi tudo bem diferente. Quando ele entrou só ficou lá me olhando embasbacado, e então, ao vê-lo sem chapéu, soube na hora quem ele era. Imagino que eu memorizo as características das pessoas sem pensar. Sabia que ele era o balconista do Anexo da Prefeitura. O que ganhou na loteria. Sua foto no jornal. Todos lembrávamos de tê-lo visto antes.

Ele tentou negar, mas ficou vermelho. Ele fica ruborizado com qualquer coisa.

Por qualquer coisinha ele fica na defensiva. Seu rosto tem tipo um modo natural de "magoado". Como uma ovelha. Não, como uma girafa. Como uma girafa magricela e tímida. Eu fazia uma pergunta após a outra, ele não as respondia, tudo o que fazia era olhar como se eu não tivesse o direito de perguntar. Como se *isso* não fosse exatamente o que ele havia comprado.

Ele nunca teve relações com garotas. Com garotas como eu, pelo menos.

Um mariquinha.

Ele tem um metro e oitenta. Uns vinte centímetros mais alto que eu. Magro, o que faz com que pareça mais alto do que é. Desajeitado. Mãos muito grandes, carnudas e rosadas. Não são mãos de um homem. O pomo de adão muito saliente, os pulsos muito grandes, o queixo muito grande, o lábio inferior muito fino, as narinas avermelhadas. Adenoides. Sua voz tem um daqueles tons intermediários engraçados, um ignorante tentando ser educado. Só lhe faz parecer pior. Seu rosto é todo muito comprido. Cabelo preto sem graça. Ondulado e curto. Crespo. Arrumadinho. Sempre no lugar. Ele sempre veste um paletó, calça de flanela e uma gravata com alfinete. Até as abotoaduras.

Ele é o que chamam de um "bom rapaz".

Totalmente assexuado (é o que parece).

Ele tem um jeito de parar com as mãos de lado ou por trás das costas, como se não tivesse a menor ideia do que fazer com elas.

Esperando respeitosamente que eu lhe dê ordens.

Olhos de peixe. Eles observam. Só isso. Sem expressão.

Ele me faz sentir mimada. Como uma rica cliente insatisfeita (ele é um assistente masculino numa butique).

É sua fala. O escárnio-humilde. Sempre se desculpando.

Eu sento, como minhas refeições e leio um livro, e ele me observa. Se eu mando ele sair, ele sai.

Ele tem me vigiado secretamente por quase dois anos. Ele me ama desesperadamente, estava muito solitário, sabia que eu sempre estaria "acima" dele. É horrível, ele fala de um jeito tão constrangedor, tem sempre que fazer rodeio para dizer coisas, sempre precisa se justificar ao mesmo tempo. Eu sento e escuto. Não poderia olhar para ele.

Era seu coração. Eu enjoada de tanto olhar o horrível carpete tangerina. Ele só se sentou lá quando terminou. Quando se levantou para sair, tentei dizer que entendia, que eu não diria nada se ele me levasse para casa, mas ele me deu as costas. Tentei parecer compreensiva, bastante solidária, mas isso o deixou um tanto assustado.

Na manhã seguinte eu tentei novamente, descobri qual era seu nome de verdade (uma cruel coincidência!), estava sendo bem razoável, olhei para ele e apelei, mas isso o assustou mais uma vez.

No almoço, eu disse que podia ver que ele se sentia envergonhado do que estava fazendo, e que ainda não era muito tarde. Você atinge a consciência e ela parece ceder, mas não surte efeito nenhum. Estou envergonhado, ele diz; sei que deveria, ele diz. Eu lhe disse que ele não parecia ser uma pessoa má. Ele disse, essa é a primeira coisa má que eu fiz em toda vida.

Provavelmente é. Mas ele não está contando tudo.

Às vezes, acho que ele está sendo muito esperto. Está tentando conquistar minha simpatia ao fingir que está sendo controlado por uma força alheia.

Naquela noite, desisti de ser decente, ao contrário, fui agressiva e mandona. Ele só fez sua maior cara de magoado até agora. Ele é muito bom em fingir estar magoado.

Colocando seus tentáculos de mágoa ao meu redor.

Ele não pertence à minha "categoria".

Eu sei o que sou para ele. Uma borboleta que ele sempre quis prender. Eu me lembro (quando nos conhecemos) de G.P. dizendo que colecionadores são as piores espécies de animais que existem. Ele se referia a colecionadores de arte, é claro. Eu não entendi de verdade, achei que ele só estava tentando escandalizar a Caroline — e a mim. Mas é claro, ele está certo. Eles são antivida, antiarte, antitudo.

Escrevo sob esse terrível silêncio noturno como se me sentisse normal. Mas não me sinto. Estou tão enjoada, tão assustada, tão sozinha. A solidão é insuportável. Toda vez que a porta abre, quero sair correndo. Mas eu sei que agora devo guardar minhas tentativas de fuga. Ser mais esperta que ele. Planejar. *Sobreviver.*

16 de outubro

É de tarde. Eu deveria estar na aula de desenho de modelo vivo. O mundo continua rodando? O sol ainda brilha? Noite passada, pensei — estou morta. Isto é a morte. Isto é o inferno. Não haveria outras pessoas no inferno. Ou só uma: igual a ele. O diabo não deveria ser diabólico ou pelo menos atraente, mas exatamente como ele.

Desenhei essa manhã. Queria desenhar o rosto dele, mostrar o que quero dizer. Mas não ficou como eu queria, e ele quis o desenho. Disse que pagaria DUZENTOS guinéus por ele. Ele é louco.

Sou eu. Eu sou sua loucura.

Por anos ele vem procurando algo para depositar sua loucura. E ele me encontrou.

Não posso escrever num vácuo como este. Para ninguém. Quando desenho, sempre penso em alguém como G.P. me olhando por sobre os ombros.

Todos os pais deviam ser como os nossos, então as irmãs se transformam em irmãs de verdade. Elas *têm* que ser umas com as outras do jeito que eu e Minny somos.

Querida Minny.

Eu estou aqui há mais de uma semana, e sinto muito a sua falta, e sinto falta do ar fresco e dos rostos frescos de todas essas pessoas que eu odiava tanto no metrô, e das coisas frescas que aconteciam todas as horas de todos os dias se eu apenas pudesse tê-las visto — seu frescor, eu quero dizer. A coisa de que mais sinto falta é da luz natural. Não sei viver sem luz. Luzes artificiais, elas mentem, quase me fazem desejar a escuridão.

Não lhe contei como tentei escapar. Pensei sobre isso a noite toda, não consegui dormir, estava estufada, e minha barriga não está legal (ele até que tenta cozinhar, mas não tem jeito). Fingi que havia algo de errado com a cama, e então eu me virei e corri. Mas não consegui fechar a porta atrás de mim e ele me pegou no primeiro andar do porão. Consegui ver a luz do dia pela fechadura.

Ele pensa em tudo. Ele passa o cadeado na porta aberta. Mas valeu a pena. Uma fechadura de luz em sete dias. Ele previu que eu tentaria fugir e trancá-lo.

Então eu o recebi de costas por três dias, com o rosto fechado. Jejuei. Dormi. Quando estava certa de que ele não entraria de novo, me levantava e dançava um pouco, e lia os livros de arte e bebia água. Mas eu não toquei na comida.

E consegui chegar a um acordo com ele. Suas condições foram seis semanas. Uma semana atrás, seis horas teriam sido demais. Eu chorei. Consegui que reduzisse para quatro semanas. Não me sinto nem um pouco menos amedrontada de estar com ele. Já conheço cada milímetro desta horrível cripta, ela está se agarrando a mim feito limo nas pedras dos rios. Mas as quatro semanas parecem menos importantes.

Não acho que terei forças, nem vontade, estou constipada de todas as formas. Minny, fui lá em cima com ele ontem. Primeiro, o ar fresco, estar num lugar maior do que três por seis (eu medi), estar sob as estrelas, e respirando um ar maravilhoso, maravilhoso, ainda que estivesse úmido e nebuloso, mas mesmo assim maravilhoso.

Pensei que conseguiria correr. Mas ele agarrou meu braço, e eu fui amordaçada e amarrada. Estava tão escuro. Tão ermo. Sem luzes. Só a escuridão. Eu nem saberia para que lado correr.

A casa é um velho chalé. Acho que deve ter madeiras de parede do lado de fora, do lado de dentro há muitas colunas, os assoalhos estão desnivelados e o pé-direito é baixo. Uma casinha velha adorável, na verdade, dolorosamente decorada no melhor estilo "bom gosto" das revistas femininas. Contrastes pavorosos de cores, mistura de estilos de móveis, toques de exageros suburbanos, antiguidades falsas, terríveis adereços de bronze. E os quadros! Ele me disse que uma firma escolheu os móveis e decorou tudo. Devem ter se livrado de todo o lixo que acharam em seus estoques.

O banho foi delicioso. Sabia que ele ficaria ruborizado (sem trancas na porta, nem mesmo conseguia fechá-la, havia um calço de madeira impedindo). Mas de alguma maneira, eu sabia que ele não faria nada. E foi tão agradável ver uma banheira de água quente e um local adequado que eu quase não me importei. Eu o fiz esperar por horas. Lá fora. Ele não pareceu se importar. Estava "tranquilo".

Nada o tira do sério.

Mas eu vi uma maneira de mandar uma mensagem para fora. Eu poderia pôr a mensagem numa garrafa lá fora. Poderia colocar um laço brilhante em volta dela. Talvez alguém a encontrasse algum dia desses. Vou fazer isso da próxima vez.

Tentei escutar o trânsito, mas não havia nada. Ouvi uma coruja. E um avião.

Se as pessoas ao menos soubessem por onde sobrevoam.

Estamos todos em aeroplanos.

A janela do banheiro estava bloqueada. Pranchas com grandes parafusos. Procurei em todos os cantos por uma arma. Debaixo da banheira, atrás dos canos. Mas não havia nada. Mesmo que eu achasse uma arma, não saberia como usá-la. Eu o observo e ele me observa. Nunca damos muita chance ao outro. Ele não parece muito forte, mas é muito mais forte do que eu. Teria que ser de surpresa.

Tudo está trancado e duplamente trancado. Tem até um alarme antirroubo na porta da minha cela.

Ele pensou em tudo. Pensei em colocar um bilhete na roupa suja. Mas ele não lava nada fora. Quando perguntei dos lençóis, ele disse: vou comprar novos, me diga quando quiser mais.

Lá embaixo é a única chance.

Minny, não estou escrevendo para você, estou conversando comigo mesma.

Quando saí, vestindo a menos horrível camiseta das que ele me comprou, ele se levantou (estivera sentado o tempo todo ao lado da porta). Eu me senti como a garota-do-baile-descendo-a-grande-escadaria. Eu o derrubei. Imagino que foi a emoção de me ver com a "sua" camiseta. E com meus cabelos soltos.

Ou talvez tenha sido o choque de me ver sem a mordaça. De qualquer maneira, eu sorri e bajulei e ele me deixou ficar sem a mordaça e me deixou dar uma olhada ao redor. Ele se manteve muito perto de mim. Sabia que se eu fizesse o menor movimento em falso ele saltaria sobre mim.

Lá em cima, os quartos de dormir, quartos adoráveis, mas totalmente mofados, sem vida. Um estranho ar morto sobre tudo. Lá embaixo, o que ele chama (deve chamar) de *lounge* é uma sala bonita, muito maior do que os outros cômodos, peculiarmente quadrada, você não imaginaria, com uma viga mestra e muitos recantos e ângulos deliciosos que um arquiteto jamais pensaria em fazer em mil anos. Tudo isso massacrado, é claro, pela mobília. Patos de porcelana sobre a velha lareira. Eu não aguentei. Fiz com que ele amarrasse minhas mãos para frente, e assim consegui tirar os monstros da parede e espatifá-los na lareira.

Isso o magoou quase tanto quanto a vez em que dei um tapa em seu rosto por não me deixar fugir.

Ele me obriga a mudar, ele me obriga a dançar a sua volta, a desnorteá-lo, a ofuscá-lo, a confundi-lo. Ele é tão lento, tão sem imaginação, tão sem vida. Sem graça como zinco. Percebo que é um tipo de tirania que exerce sobre mim. Ele me obriga a ser mutante, a agir. A me exibir. A odiosa tirania dos fracos. G.P. me disse isso uma vez.

O homem comum é a praga da civilização.

Mas ele é tão comum que é extraordinário.

Ele tira fotos. Ele quer tirar um "retrato" meu.

Então tem suas borboletas, que eu imagino que tenham sido lindas. Sim, lindamente arrumadas, com suas asas pobrezinhas esticadas todas no mesmo ângulo. E eu senti pena delas, pobres borboletas mortas, minhas colegas vítimas. As que lhe davam mais orgulho ele chamava de anomalias!

Lá embaixo, ele me deixou observá-lo fazer chá (no primeiro andar do porão), e algo ridículo que ele disse me fez rir — ou querer rir.
Terrível.
Eu logo percebi que estava enlouquecendo também, e que ele era maliciosamente, maliciosamente sagaz. É claro que não se importava com o que eu dissesse sobre ele. Que eu arruinasse seu miserável pato de porcelana. Porque de repente ele me fez (é louco, ele me *sequestrou*) rir com ele e servir seu chá, como se eu fosse sua melhor amiga.
Eu praguejei. Agi como a minha mãe. Uma megera.
É isso, Minny. Queria que você estivesse aqui e que nós conversássemos na escuridão. Se apenas eu pudesse falar com alguém por alguns minutos. Alguém que eu amo. Eu deixaria isso muito mais claro, muito mais claro do que se percebe.
Não vou chorar de novo.
É *tão* injusto.

17 de outubro

Odeio a forma como mudei.

Aceito demais. Para começar, pensei que eu deveria me obrigar a agir do tipo pé no chão, sem deixar que a anormalidade dele tomasse controle da situação. Mas ele deve ter planejado isso. Está fazendo com que eu me comporte exatamente como *ele* quer.

Isso não é apenas uma situação inacreditável; é uma variação inacreditável de uma situação inacreditável. Quer dizer, agora ele me tem sob sua mercê, não vai fazer o que qualquer um esperaria que fizesse. Então ele me deixa falsamente agradecida. Estou tão solitária. Ele deve perceber isso. Pode me fazer depender dele.

Estou no limite, não estou nem um pouco calma como aparento (quando eu leio o que escrevi).

Só que tenho tanto tempo pela frente. Tempo sem fim, sem fim, sem fim.

O que eu escrevo não é normal. É como duas pessoas tentando manter uma conversa.

É o extremo oposto de desenhar. Você desenha um traço e já sabe de cara se é um traço bom ou ruim. Mas você escreve uma frase e ela parece verdade, e então você a lê depois novamente.

Na noite de ontem ele queria tirar uma foto minha. Eu deixei que tirasse várias. Acho que ele pode ser descuidado, alguém pode acabar me vendo por aqui. Mas acho que ele vive sozinho. Só pode ser. Deve ter perdido a noite passada inteira revelando e ampliando as fotos (como se ele fosse ao laboratório! Duvido). Fotos minhas com flash no papel brilhante. Não gostei do flash. Doeu meus olhos.

Nada aconteceu hoje, exceto que nós precisamos chegar a certo acordo sobre exercícios. Ainda sem luz do dia. Mas posso ir no andar de cima do porão. Eu me sentia rabugenta, então fui rabugenta. Pedi a ele que saísse depois do almoço e pedi a ele para sair depois do jantar, e ele saiu nas duas vezes. Faz tudo que lhe mandam fazer.

Ele comprou uma vitrola e discos e todas as coisas da enorme lista de compras que lhe dei. Ele quer comprar coisas para mim. Poderia pedir tudo. Menos minha liberdade.

Ele me deu um caríssimo relógio suíço. Disse que vou usá-lo *enquanto estiver aqui* e que vou devolvê-lo quando for embora. Disse que não suportava mais o carpete alaranjado e ele me comprou uns tapetes indianos e turcos. Três tapetinhos indianos e um lindo carpete turco roxo escuro, laranja rosado com franjas brancas envelhecidas (disse que era o único que "eles" tinham, então ele não leva crédito pelo bom gosto).

Os tapetes deixam esta cela mais suportável. O chão é muito maleável e flexível. Quebrei todos os cinzeiros e potes medonhos. Adereços horríveis não merecem existir.

Estou muito acima dele. Sei que isso soa perversamente pretensioso. Mas eu *estou*. E eis aquele papo de Ladymont, rainha Boadicea, e *noblesse oblige* novamente. Acho que eu preciso mostrar a ele como um ser humano decente vive e se comporta.

Ele é a feiura. Mas você não pode esmagar a feiura humana.

Três noites atrás foi tão estranho. Estava toda contente em deixar esta cripta. Quase me sentia em completo controle. De repente, tudo parecia ter sido uma grande aventura, algo que um dia em breve eu estaria contando a todo mundo. Um tipo de jogo de xadrez no qual eu *precisei* correr sérios riscos, mas agora tudo ia ficar bem. Ele ia me deixar ir embora, até.

Louco.

Precisei dar um nome a ele. Vou chamá-lo de Caliban.

Piero. Passei o dia todo com Piero, eu li tudo sobre ele, encarei todas as imagens no livro, eu as vivi. Como posso me tornar uma boa pintora quando sei tão pouco sobre geometria e matemática? Vou fazer Caliban me comprar livros. Devo me tornar uma geômetra. Dúvidas cruéis sobre arte moderna. Pensei em Piero ficando à frente de Jackson

Pollock, não, mesmo um Picasso ou um Matisse. Seus olhos. Posso ver seus olhos.

As coisas que Piero diz em uma mão. Na dobradura de uma manga de camisa. Sei disso tudo, nos disseram e disseram, e eu disse. Mas hoje, eu realmente senti. Senti que toda nossa geração era um embuste, uma fraude. O jeito como as pessoas falam sobre tachismo e cubismo e esse ismo e aquele ismo e todas as palavras difíceis que usam — um grande e gorduroso coágulo de palavras e frases. Tudo para esconder o fato de que ou você sabe pintar, ou não sabe.

Quero pintar como Berthe Morisot, não me refiro às suas cores ou formas ou nada físico, mas com sua simplicidade e luz. Não quero ser esperta, ou grandiosa ou "significante", ou ser tratada com toda essa análise masculina indelicada.

Quero pintar a luz do dia ou o rosto de crianças, ou flores numa cerca, ou uma rua após a chuva de abril.

As essências. Não as coisas em si.

Ondas de luz sobre as menores coisas.

Ou estou sendo sentimental?

Deprimida.

Estou tão longe de tudo. Longe da normalidade. Da luz. Do que eu quero ser.

18 de outubro

G.P. — Pinte com todo o seu ser. Primeiro você aprende isso. O resto é sorte.

Boa resolução: não devo enlouquecer.

Esta manhã eu desenhei um bando de rabiscos de tigelas de frutas. Já que Caliban quer ser generoso, não me preocupo com quanto papel estou gastando. Eu "penduro" os desenhos e peço a ele que escolha o melhor. É claro que ele escolheu todos aqueles que mais se pareciam com a fruteira miserável. Comecei a tentar explicar para ele. Estava alardeando um dos rascunhos (o que *eu* mais gostei). Ele me irritou, não significava nada para ele, e deixou claro com seu jeitinho miserável tipo eu-vou-levar-sua-palavra-em-consideração que ele não se importava de verdade. Para ele, eu era apenas uma criança se divertindo. Cega, cega, de outro planeta.

Minha culpa. Eu estava me exibindo. Como ele poderia ver a magia e a importância da arte (não da minha arte, da *arte*) quando eu era tão vaidosa.

Tivemos uma briga depois do almoço. Ele sempre me pergunta se deve ficar. Às vezes estou tão sozinha, tão enjoada dos meus próprios pensamentos, que o deixo ficar. *Quero* que ele fique. É isso o que a prisão faz com você. E há fuga, fuga, fuga.

A briga foi sobre desarmamento nuclear. Tive dúvidas, outro dia. Mas agora, não tenho mais.

Diálogo entre Miranda e Caliban
  M. (*Estava sentada na minha cama, fumando. Caliban em sua cadeira de sempre, perto da porta de ferro, o ventilador ligado lá de fora*). O que você acha sobre a Bomba H?
  C. Não acho nada.
  M. Você deve achar alguma coisa.
  C. Espero que não caia sobre você. Ou sobre mim.
  M. Entendo que você nunca viveu com pessoas que levam as coisas a sério, e que discutem seriamente. (*Ele fez*

sua cara de magoado.) Então vamos tentar, de novo. O que você pensa sobre a Bomba H?

C. Se eu dissesse alguma coisa séria, você não a levaria a sério. (*Eu o encarei até ele desviar o olhar*.) É óbvio. Não se pode fazer nada. Chegou para ficar.

M. Você não se importa com o que acontece com o mundo?

C. E que diferença faria?

M. Ai, meu Deus.

C. Não temos voz nenhuma sobre essas coisas.

M. Olha, se houver bastante gente entre nós que acredite que a bomba é perversa e que uma nação decente nunca poderia pensar em tê-la, independente das consequências, então o governo teria que fazer alguma coisa. Não teria?

C. Muita esperança, se quer saber.

M. Como você acha que o cristianismo começou? Ou qualquer outra coisa? Com um grupo pequeno de pessoas que não perderam a esperança.

C. O que aconteceria se os russos atacassem, então? (*Belo argumento, ele acha*.)

M. Se for uma escolha entre jogar as bombas neles, ou tê-los aqui como nossos conquistadores — escolheria a segunda opção, sempre.

C (*xeque-mate*). Isso é pacifismo.

M. É claro que sim, seu inútil. Sabia que eu andei desde Aldermaston até Londres? Sabia que eu perdi horas e horas do meu tempo para distribuir folhetos e escrever envelopes e discutir com gente mesquinha feito você que não acredita em nada? Quem realmente merece a bomba caindo sobre suas cabeças?

C. Isso não prova nada.

M. É o desespero pela falta de sentimento (*estou trapaceando, não disse todas essas coisas — mas vou escrever aquilo que eu quero dizer assim como o que disse*), de amor, de racionalismo no mundo. É o desespero que faz com que qualquer um sequer contemple a ideia de jogar a bomba ou mandar que ela seja jogada. É o desespero que preocupa tão poucos de nós. É por causa do desespero que há tanta brutalidade e insensibilidade no mundo. O desespero que transforma jovens perfeitamente normais em pessoas más e perversas só porque eles ganharam um monte de dinheiro. E façam aquilo que você fez comigo.

C. Sabia que você falaria isso.

M. Bem, você faz parte disso. Tudo que é livre e decente na vida está sendo trancado em pequenas celas imundas por brutamontes que não estão nem aí.

C. Conheço bem seu tipo. Vocês acham que o mundo todo foi criado para que tudo aconteça do seu jeito.

M. Não seja estúpido.

C. Eu servi no Exército. Você não sabe como funciona. Meu tipo de gente faz aquilo que lhe mandam fazer (*ele estava bastante irritado — como eu nunca vira*) e ai de quem não obedecer.

M. Você ainda não se acostumou. Você ficou rico. *Nada* mais pode te machucar.

C. Dinheiro não faz tanta diferença assim.

M. Ninguém mais pode te dar ordens.

C. Você não me entende mesmo.

M. Ah, eu entendo, sim. Sei que você não é um coitadinho. Mas, bem no fundo, você acha que é. Você odeia ser um pé-rapado, odeia não saber se expressar da forma adequada. Eles vêm e quebram tudo, você fica emburrado no seu canto. Você diz: não vou ajudar o mundo. Não farei o mínimo sequer pela humanidade. Só vou pensar em mim e a humanidade que se exploda, no que me diz respeito. (É como dar um tapa atrás do outro no rosto de alguém — quase *uma reação espontânea*). Pra que serve o dinheiro se ele não for usado? Entende o que estou dizendo?

C. Sim.

M. Então?
C. Ah... você tem razão. Como sempre.
M. Você está sendo sarcástico de novo?
C. Você é como a minha tia Annie. Ela sempre reclama de como as pessoas se comportam nos dias de hoje. Sem se importarem com nada.
M. Pelo jeito você acha isso errado.
C. Você quer chá?
M. (*esforço sobre-humano*). Olha, só como hipótese, digamos que mesmo que tente fazer muitas coisas boas em prol da sociedade, você não consiga mudar nada. Isso é ridículo, mas tudo bem. Pelo menos você mudou. Não acho que a Campanha pelo Desarmamento Nuclear tenha chances reais de influenciar o governo. É uma das primeiras coisas que você precisa encarar. Mas nós participamos para manter nosso respeito próprio, para mostrar a nós mesmos, cada um com sua consciência, que nos importamos. E deixar claro para os outros, todos os preguiçosos, emburrados, os indiferentes como você, que alguém se importa. Queremos que vocês se sintam constrangidos, e comecem a pensar a respeito, comecem a agir. (*Silêncio — eu gritei.*) Diga alguma coisa!
C. Eu sei que é errado.
M. Faça alguma coisa, então! (*Ele ficou pasmo, como se eu lhe tivesse mandado atravessar o Atlântico a nado.*) Veja. Um amigo meu foi numa passeata até uma base aérea americana em Essex. Sabe? Eles foram barrados no portão, é claro, e depois de um tempo o sargento da guarda veio e conversou com eles, e eles começaram uma discussão que foi ficando bastante acalorada, porque o tal sargento pensava que os americanos eram como os cavaleiros de antigamente, resgatando uma donzela em perigo. Que as Bombas H eram totalmente necessárias — e tudo mais. À medida que

discutiam, começaram a simpatizar com o americano. Porque ele tinha paixão e sinceridade em seu ponto de vista. Não foi apenas meu amigo. Eles todos concordaram com isso, tempos depois. A única coisa que importa é o sentir e viver aquilo que você acredita — desde que não seja apenas acreditar no seu próprio conforto. Meu amigo disse que se sentiu mais próximo do americano do que de todos aqueles idiotas ranzinzas que o viram marchar pelo caminho. É como o futebol. Os dois lados podem querer derrotar o outro, podem até mesmo odiar o outro, mas se alguém chega e diz que o futebol é estúpido e que não vale a pena jogar ou torcer, então eles se unem. É o sentimento que importa. Você não percebe?

C. Achei que estávamos falando sobre a Bomba H.

M. Vá embora. Você me deixa exausta. Você é como um mar de algodão.

C. (*ele se levantou de supetão*) Eu gosto de ouvir você falar. Eu penso em tudo o que você diz.

M. Não, você não pensa. Você põe as ideias que eu digo na cabeça e as embrulha, elas desaparecem para sempre.

C. Se eu quisesse mandar um cheque para a... essa turma... qual é o endereço?

M. Para comprar minha aprovação?

C. Qual o problema?

M. Nós precisamos de dinheiro. Mas nós precisamos de sentimento ainda mais. E não acho que você tenha sentimentos para compartilhar. Você não ganha sentimentos preenchendo um bilhete da loteria.

C. (*fez-se um silêncio constrangedor*) Eu vejo você depois, então.

(*Caliban sai de cena. Eu acerto com tamanha força meu travesseiro que é reprovável até agora.*)

(Esta noite — como sabia que poderia e faria — usei minha lábia com elogios e ofensas, e ele escreveu um cheque de cem libras, que prometeu enviar amanhã. Sei que está certo. Um ano atrás, eu me apegaria ao ponto moral mais rigoroso. Como a major Barbara. Mas o essencial é conseguirmos o dinheiro. Não de onde vem o dinheiro, ou por que ele foi enviado.)

19 de outubro

Eu estive fora da casa.

Estava copiando a tarde toda (Piero) e meio que entrei naquele clima em que normalmente eu *teria* saído para ir ao cinema, ou à cafeteria, ou a qualquer outro lugar. O importante era sair.

Fiz com que ele me levasse entregando-me a ele como uma escrava. Pode me amarrar, eu disse, mas me leve.

Ele me amarrou e me amordaçou, segurou meu braço, e nós demos uma volta no jardim. Bem grandinha. Estava muito escuro, eu só enxergava o caminho e algumas árvores. E é bem ermo. Bem no meio do nada.

Então, em meio à escuridão, eu soube que havia alguma coisa de errado com ele. Não conseguia enxergá-lo de verdade, mas fiquei repentinamente assustada, simplesmente entendi que ele queria me beijar ou fazer algo pior. Ele tentou dizer algo a respeito de estar muito feliz; sua voz muito tensa. Engasgada. E então, eu não sabia que ele tinha sentimentos mais profundos, mas ele tinha. É tão horrível não ser capaz de falar. Minha língua é minha defesa contra ele, normalmente. Minha língua e meu olhar. Fez-se um silêncio breve, mas eu sabia que ele estava reprimido.

O tempo todo eu respirava o mais puro ar lá fora. Isso foi bom, tão bom que não saberia descrever. Tão intenso, repleto do aroma de plantas e os aromas do campo e de uma centena de aromas misteriosos e úmidos da noite.

Então, um carro passou. Quer dizer que há uma estrada em uso bem na frente da casa. Assim que ouvimos o motor, ele me segurou com mais força. Rezei para que o carro parasse, mas suas luzes apenas varreram o caminho por trás da casa.

Por sorte, eu pensara nisso antes. Se tentasse escapar, e falhasse, ele nunca me deixaria sair novamente. Então eu não devo saltar na primeira chance. E sabia, que lá fora, ele preferiria me matar a me deixar fugir. Se eu tentasse correr. (Não conseguiria, de qualquer forma, ele apertava meu braço como um alicate.)

Mas foi horrível. Saber que outras pessoas estavam tão perto. E não sabiam de nada.

Ele me perguntou se eu queria dar uma nova volta. Mas eu fiz que não. Estava muito assustada.

Lá embaixo, eu disse que precisava esclarecer a questão sexual.

Disse que, se ele sentisse uma urgência de me violentar, eu não resistiria, deixaria que ele fizesse o que quisesse, mas que eu nunca mais falaria com ele novamente. Disse que sabia que ele também sentiria vergonha de si mesmo. Criatura miserável, ele me olhou bastante envergonhado. Foi "apenas um momento de fraqueza". Fiz com que ele apertasse minha mão, mas aposto que ele suspirou de alívio quando saiu novamente.

Ninguém acreditaria nessa situação. Ele me mantém *completamente* refém. Mas em todo o resto, quem manda sou eu. Percebi que ele encoraja essa situação, é um jeito de não me deixar infeliz, como deveria estar.

A mesma coisa aconteceu quando eu estava enrolando Donald na primavera passada. Comecei a sentir que ele era meu, que eu sabia tudo sobre ele. E odiei quando ele foi pra Itália daquele jeito, sem me avisar. Não porque eu estivesse seriamente apaixonada por ele, mas porque ele era vagamente meu, e não me pediu permissão.

O isolamento em que ele me mantém. Sem jornais. Sem rádio. Sem tv. Eu sinto uma falta absurda das notícias. Nunca senti. Mas agora é como se o mundo deixasse de existir para mim.

Pedia a ele todos os dias para me arrumar o jornal, mas essa é uma daquelas coisas que ele finca o pé. Sem motivos. É engraçado, eu sei que não adianta perguntar. Dava no mesmo que pedir a ele uma carona até a estação mais próxima.

Eu preciso continuar perguntando, de qualquer jeito.

Ele jura de pés juntos que mandou o cheque para a Campanha de Desarmamento Nuclear, mas eu não sei. Devo pedir a ele o recibo.

Incidente. Hoje no almoço eu quis o molho inglês. Ele quase nunca esquece de trazer qualquer coisa que eu queira. Mas nada de molho inglês. Então ele se levanta, vai lá fora, abre o cadeado, segurando a porta aberta, fecha a porta, pega o molho no andar de cima, reabre a porta, recoloca o cadeado, e volta. E então ficou surpreso quando eu ri.

Ele nunca erra nessa rotina de fechar e abrir a porta. Mesmo que fosse no andar de cima do porão, o que eu poderia fazer? Não posso trancá-lo, não posso sair. A única chance que poderia ter é quando ele vem com a bandeja. Às vezes ele não tranca a porta de trás. Mas ele não passa pela porta a menos que eu esteja afastada. Geralmente eu pego a bandeja de suas mãos.

Noutro dia, não fiz isso. Só me apoiei na parede perto da porta. Ele disse: por favor, se afaste. Eu ignorei. Ele ficou lá, indeciso. Então ele se dobrou com muita cautela, observando cada movimento meu, e pôs a bandeja no batente da porta. Depois voltou ao andar de cima.

Estava faminta. Ele ganhou.

Que droga. Não consigo dormir.

Parecia um dia engraçado. Mesmo estando aqui.

Ele tirou várias fotos minhas esta manhã. Ele realmente gosta disso. Ele gosta que eu sorria para a câmera, então fiz duas caretas. Ele não achou graça. Então eu puxei os cabelos para cima com uma das mãos, e fingi ser uma modelo.

Você deveria ser uma modelo, ele disse. Pra valer. Não percebeu que eu estava tirando sarro daquela história toda.

Sei porque ele gosta tanto de fotografar. Acredita que assim eu vá pensar que ele é um artista. E é claro que ele não faz a menor ideia. Quer dizer, ele consegue me deixar em foco, mas é só isso. Sem imaginação.

É esquisito. Inquietante. Mas há uma espécie de relação entre nós. Eu sacaneio, ataco ele o tempo todo, mas ele sabe quando estou sensível. Quando ele pode dar a volta e não me deixar chateada. Então ele aborda temas provocativos que são quase amigáveis. Em parte porque estou muito solitária, em parte é deliberado (quero que ele relaxe, tanto para o seu bem quanto para que um dia ele cometa um erro), então é um pouco de fraqueza, um pouco de astúcia e um pouco de caridade. Mas existe uma quarta parte misteriosa que não consigo definir. Não pode ser amizade, eu o detesto.

Talvez seja apenas conhecimento. Só por conhecer muito sobre ele. E quando se conhece alguém, automaticamente nos sentimos próximos dele. Mesmo quando você deseja que ele estivesse em outro planeta.

Os primeiros dias. Não conseguia fazer nada se ele estivesse no quarto. Fazia de conta que estava lendo, mas não conseguia me concentrar. Mas agora eu chego a esquecer que ele está aqui. Ele senta perto da porta e eu leio em minha cadeira, como se fôssemos duas pessoas casadas há anos.

Não quer dizer que eu tenha esquecido como são as outras pessoas. Mas é como se as outras pessoas deixassem de ser reais. A única pessoa de verdade no meu mundo é Caliban.

Não dá para entender. Simplesmente *é* assim.

20 de outubro

São onze horas da manhã.
Eu acabei de tentar fugir.
O que fiz foi esperar que ele destrancasse a porta, que abre para fora. Então eu a empurrei o mais violentamente possível. É só revestida de metal nas laterais, ela é feita de madeira, mas é bastante pesada. Pensei que eu o acertaria com a porta e o derrubaria, se agisse no momento exato.
Assim que a porta começou a recuar, dei o maior empurrão que pude. Ele foi jogado pra trás, e me apressei, mas é claro que eu precisava que ele estivesse atordoado. E ele não estava nem um pouco. Ele deve ter recebido o impacto no ombro, a porta não se moveu com facilidade.
Seja como for, ele agarrou meu casaco. Por um segundo, senti um outro lado dele, a violência, o ódio, a determinação absoluta em não me deixar ir embora. Então eu disse: tá bom, e me afastei dele e voltei pro quarto.
Ele disse: você poderia ter me machucado, essa porta é muito pesada.
Eu disse: cada segundo que você me mantém aqui, você me machuca.
Pensei que pacifistas não acreditassem em machucar os outros, ele disse.
Apenas dei de ombros e acendi um cigarro. Estava tremendo.
Ele fez sua rotina matinal em silêncio. Uma vez ele esfregou o ombro de um jeito bastante óbvio. E isso foi tudo.
Agora vou procurar com atenção por pedras soltas. A ideia do túnel. Claro que eu já procurei antes, mas não tão de perto, literalmente pedra por pedra, do teto ao chão de cada parede.

É noite. Ele acabou de sair. Me trouxe comida. Mas ele se manteve muito calado. Desaprovador. Eu gargalhei quando ele se foi com a louça da ceia. Ele age exatamente como se *eu* devesse estar envergonhada.

Não cairá no truque da porta novamente. Não há uma única pedra solta. Todas estão solidamente cimentadas. Imagino que ele tenha pensado nisso assim como em tudo mais.

Perdi a maior parte do dia pensando. Sobre mim. O que vai acontecer comigo? Nunca senti tanto o mistério do futuro quanto como aqui. O que vai acontecer? O que vai acontecer?

Não só agora, nesta situação. Quando eu sair. O que devo fazer? Quero me casar, quero ter filhos, quero provar a mim mesma que nem todos os casamentos precisam ser como P e M. Sei exatamente o tipo de pessoa com quem quero me casar, alguém com a mentalidade do meu avô, só que com idade muito mais próxima da minha, e com a aparência que eu gosto. E sem a sua única terrível fraqueza. Mas aí eu quero usar meus sentimentos sobre a vida. Não quero usar minhas habilidades em vão, apenas por usar. Quero *criar* beleza. E casar e ser mãe me amedrontam por esse motivo. Ser sugada para dentro de casa, pelos afazeres domésticos e pelo mundo do bebê, e o mundo da criança, e o mundo da cozinha, e o mundo das compras. Tenho a sensação de que meu lado preguiçoso adoraria tudo isso, esqueceria o que eu uma vez quisera fazer, e se tornaria uma Grande Mulher Abóbora. Ou talvez eu tivesse que trabalhar miseravelmente, tipo ilustrando ou mesmo fazendo material comercial para sustentar a casa. Ou virar uma megera bebum miserável como M (não, eu não conseguiria ser como ela). Ou o pior de tudo seria ser como Caroline, correndo pateticamente atrás de arte moderna e de ideias modernas e nunca sendo capaz de compreendê-las, porque ela é alguém diferente em essência e que não consegue perceber isso.

Eu penso e penso aqui embaixo. Entendo coisas que antes eu não havia compreendido de verdade.

Duas coisas. M. Eu nunca havia pensado objetivamente em M antes, como uma outra pessoa. Ela sempre foi apenas minha mãe que eu odiava ou que me envergonhava. Ainda assim, de todos as cartas fora do baralho que eu conheci ou ouvi falar, ela é a maior. Nunca lhe dei afeição suficiente. Não lhe concedi neste último ano (desde que saí de casa) metade da consideração que eu concedi esta semana à criatura irracional que mora lá em cima. Sinto que poderia transbordar de amor por ela agora. Porque faz anos que eu não sentia pena dela. Sempre inventei desculpas — eu disse, sou gentil e tolerante com todo mundo, ela é a única pessoa com quem eu não consigo agir assim, e precisa existir uma exceção para cada regra. Então não importa. Porque é claro que está errado. Ela é a última pessoa que deveria ser a exceção à regra.

Com frequência Minny e eu desprezávamos P por tolerá-la. Nós devíamos ficar de joelhos por ele.

A outra coisa em que penso muito é no G.P.

A primeira vez que o encontrei eu contei a todo mundo o quanto ele era maravilhoso. Então uma reação se formou, e pensei que estava tendo uma paixonite colegial por ele, e a outra coisa começou a acontecer. Foi tudo muito emocional. Porque ele me fez mudar mais do que qualquer coisa ou que qualquer um. Mais do que Londres, mais do que a Escola Slade.

E não é apenas porque ele já viu tanta coisa nessa vida. Ele tem muito mais experiência artística. E eu sei. Mas ele diz exatamente o que pensa, e ele sempre *me* faz pensar. Essa é a grande diferença. Ele me faz questionar sobre mim mesma. Quantas vezes eu discordei dele? E então, uma semana depois, debatendo com alguém diferente, eu me via usando os mesmos argumentos que ele usaria. Julgando os outros por seus próprios padrões.

Ele extraiu toda (bem, uma parte, pelo menos) minha bobeira, minhas ideias afetadas e espalhafatosas sobre a vida e a arte, e sobre a arte moderna. Minha pretensão. Nunca mais fui a mesma desde que ele me disse o quanto odiava mulheres pretensiosas. Eu mesma aprendi essa palavra com ele.

Lista de maneiras em que ele me modificou. Seja de maneira direta. Ou alterações ainda em processo.

1. Se é um artista de verdade, você se entrega por inteiro à sua arte. Qualquer coisa menos do que isso, então você não é um artista de verdade. Não do tipo que G.P. chama de um "criador".

2. Você não se exibe. Você não tem um conjunto de obras ou ideias prontas para impressionar os outros.

3. Você *tem* que ser de esquerda, porque os Socialistas são os únicos que se importam, mesmo com todos os seus defeitos. Eles *sentem*, eles querem melhorar o mundo.

4. Você deve *produzir*, sempre. Você *deve* agir, se acredita em algo. Falar sem agir é como se vangloriar de quadros que ainda vai pintar. A mais terrível das atitudes.

5. Se você sente algo profundo, não pode sentir vergonha de mostrar seus sentimentos.

6. Você aceita o fato de que é inglês. Você não finge que poderia ser francês ou italiano ou qualquer coisa. (Piers sempre falava sobre sua avó norte-americana.)

7. Mas você não pode comprometer sua arte com suas origens. Você precisa romper com o seu velho eu que atrapalha seu lado criativo. Se você é um suburbano (como me dou conta que P e M são — quando debocham do subúrbio estão apenas disfarçando), você joga fora (cauteriza) os subúrbios. Se você é da classe operária, você cauteriza a classe operária que existe em você. E assim por diante, não importa sua classe social, porque classes são sempre primitivas e tolas.

(Não sou apenas eu. Lembra daquela vez que o namorado da Louise — o filho do mineiro de Gales — se encontrou com ele, e de como eles discutiram e rosnaram um ao outro, e todos ficamos contra G.P. por desdenhar tanto as pessoas da classe operária e da classe trabalhadora. Chamando eles de animais, dizendo que não eram seres humanos. E David Evans, todo pálido e gaguejando: não venha me dizer que o meu pai é um maldito animal que eu deveria chutar pra longe, e G.P. dizendo: eu nunca machucaria um animal em toda minha vida, você sempre pode encontrar uma explicação para machucar seres humanos, mas animais humanos merecem toda nossa compaixão. E então David Evans veio mês passado e chegou a *admitir* que a discussão daquela noite o fez mudar de opinião.)

8. Você odeia esse lance político de nacionalidade. Você odeia tudo, na política e nas artes e em qualquer lugar, tudo que não seja genuíno e profundo e necessário. Você não tem tempo para coisas bobas e triviais. Você vive seriamente. Você não assiste a filmes bobos, mesmo quando gostaria; você não lê jornais baratos; você não escuta lixo no rádio e na tevê; você não perde tempo falando bobagens. Você *usa* sua vida.

Eu devo ter sempre desejado acreditar nessas coisas; acreditei nelas de um jeito um tanto vago, antes de conhecê-lo. Mas ele me *fez* acreditar nelas; é a lembrança que tenho *dele* que me faz sentir culpada quando eu quebro as regras.

Se ele me fez acreditar nelas, quer dizer que é responsável por uma grande parte desse meu novo eu.

Se eu tivesse uma fada madrinha — por favor, faça G.P. ser vinte anos mais novo. E por favor, faça com ele seja fisicamente atraente para mim.

Ele odiaria isso!

É estranho (e me sinto um pouco culpada), mas tenho me sentido mais feliz hoje do que em todos os outros momentos desde que cheguei aqui. Uma sensação de que tudo vai acabar bem. Em parte porque eu fiz algo hoje de manhã. Tentei escapar. Então, Caliban aceitou. Quer dizer, se ele fosse me atacar, certamente o faria quando tivesse uma razão para estar com raiva. Como estava hoje de manhã. Ele tem um autocontrole tremendo, de certa forma.

Sei que também estou feliz porque não fiquei aqui durante a maior parte do dia. Estive basicamente pensando em G.P. Em seu mundo, não neste aqui. Lembrei de tanta coisa. Adoraria ter anotado tudo. Eu me empanturrei com minhas memórias. Esse mundo faz o mundo parecer tão real, tão vívido, tão belo. Mesmo suas partes sórdidas.

E em parte, também, tem sido um tipo de indulgência vaidosa e perversa a meu respeito. Lembrar de coisas que o G.P. me disse, e de outras pessoas. Saber que eu sou alguém especial. Saber que sou inteligente, saber que estou começando a entender muito mais sobre a vida do que a maioria das pessoas da minha idade. Mesmo sabendo que eu nunca deveria ser tão estúpida a ponto de me orgulhar disso, mas me sinto agradecida, incrivelmente agradecida (especialmente depois disso) por estar viva, por ser quem eu sou — Miranda, e única.

Eu nunca deixarei ninguém ler isto. Mesmo que seja a verdade, sei que deve *parecer* fútil.

Assim como eu nunca, nunca deixo outras garotas perceberem que eu sei que sou bonita; ninguém sabe tudo o que passei para não tirar proveito dessa minha injusta vantagem. Quantos olhares masculinos distraídos, mesmo os mais gentis, que eu esnobei?

Minny: um dia, quando estava entusiasmada a respeito do vestido que ela usou para ir num baile. Ela disse: cale-se. Você é tão linda que não precisa nem se esforçar.

G.P. dizia: Você tem todos os tipos de rostos.

Malvado.

21 de outubro

Estou fazendo ele cozinhar melhor. Aboli completamente a comida congelada. Eu devo comer frutas, hortaliças. Comi filé. Salmão. Ontem, mandei que comprasse caviar. Fico irritada quando não consigo pensar em comidas difíceis o bastante que eu gostaria de experimentar e ainda não tenha comido.
Porco.
Caviar é delicioso.

Tomei um outro banho. Ele não ousaria me negar, acho que ele pensa que "damas" cairiam mortas se não tomassem um banho quando bem entendessem.
    Mandei uma mensagem pelo ralo. Numa garrafinha de plástico, amarrada numa longa fita vermelha. Espero que ela se desenrole e alguém a encontre. De algum jeito. Algum dia. Eles serão capazes de encontrar essa casa facilmente. Ele foi tolo em me contar sobre a data em cima da porta. Eu tive que terminar dizendo que ISSO NÃO É UMA PEGADINHA. É muito difícil escrever sem que soe como uma piada. E eu disse que qualquer um que ligasse para meu pai ganharia vinte e cinco libras. Vou lançar uma garrafa ao mar (humm) toda vez que tomar banho.
    Ele se livrou de todos os badulaques de latão sobre a lareira e nas escadas. E das terríveis pinturas verde-azuladas-laranja-magentas retratando vilas de pescadores de Majorca. O pobre ambiente pode suspirar aliviado.
    Gosto de estar lá em cima. É o mais próximo da liberdade. Tudo está trancado. Todas as janelas na frente da casa tem venezianas internas. As outras estão trancadas com cadeado. (Dois carros passaram hoje à noite, mas essa deve ser uma estrada muito insignificante.)
    Eu também comecei a educá-lo. Hoje à noite, no salão (com minhas mãos atadas, é claro), nós folheamos um livro de pinturas. Ele não está nem aí. Não acredito que escute metade do que digo. Ele está pensando em sentar perto de mim,

se esforçando para chegar o mais perto sem encostar. Não sei se é sexo, ou o medo de que eu tente algum truque.

Se ele chega a pensar sobre as pinturas, aceita tudo o que eu digo. Se disser que *David* de Michelangelo era uma frigideira, ele diria: "Ah, sim".

Gente assim. Eu devo ter ficado ao lado deles no metrô, passado por eles na rua, e claro que escutei por alto o que diziam, e sabia que eles existiam. Mas nunca acreditei de verdade que existissem. Completamente cegos. Nunca pareceu possível.

Diálogo. Ele continuava sentado, ainda olhando para o livro com um ar de Arte-É-Maravilhosa (para me agradar, não que ele acredite nisso, é claro).

- M. Sabe o que essa casa tem de mais esquisito? Não tem nenhum livro. Exceto os que você comprou para mim.
- C. Tem alguns lá em cima.
- M. Sobre borboletas.
- C. Outros.
- M. Uma miserinha de romances de detetive. Você nunca lê livros bons — livros de verdade? (*Silêncio.*) Livros sobre coisas importantes escritos por pessoas que realmente dizem algo sobre a vida. Não essas edições de bolso para passar o tempo numa viagem de trem. Você sabe, livros?
- C. Folhetins são mais o meu estilo. (*Ele é como um desses boxeadores. Você fica torcendo que ele caia nocauteado.*)
- M. Você bem que gostaria de *O Apanhador no Campo de Centeio*. Estou quase terminando. Sabia que eu já li esse livro duas vezes, e olha que sou cinco anos mais nova que você?
- C. Vou ler.
- M. Não é um castigo.
- C. Eu folheei um pouco antes de trazer para você.
- M. E você não gostou.
- C. Vou tentar.

M. Você me deixa doente.
Então, silêncio. Parecia mentira, como se aquilo fosse uma peça e eu não conseguisse lembrar quem eu devia interpretar.

E perguntei hoje mais cedo por que ele colecionava borboletas.
C. É coisa de gente requintada.
M. Não pode ser só por causa disso.
C. Foi um professor que eu tive. Quando era garoto. Ele me mostrou como fazer. Ele colecionava. Não sabia muito. Ainda armava do jeito antigo. (*Alguma coisa a ver com o ângulo das asas. O jeito moderno é montá-las no ângulo reto.*) E o meu tio. Ele era interessado na natureza. Sempre me ajudou.
M. Ele parece ser legal.
C. Pessoas interessadas pela natureza sempre são legais. Por exemplo, o que nós chamamos de Seção dos Insetos. É a Seção Entomológica da Sociedade de História Natural, lá em casa. Eles tratam você pelo que você é. Não vão torcer o nariz. Nada disso.
M. Eles nem sempre são legais. (*Mas ele não entendeu.*)
C. Tem os esnobes. Mas eles basicamente são como eu disse. Pessoas de classe mais requintada do que você... do que aquelas que eu encontro... de um jeito comum.
M. Seus amigos não desprezavam você? Eles não achavam que você era um fresco?
C. Eu não tinha amigos. Eram apenas pessoas com quem eu trabalhava. (Depois de um tempo, ele admitiu, eles faziam piadas sem graça.)
M. Que piadas?
C. Sem graça.

Não continuei. Às vezes, tenho uma vontade irresistível de ir até o fundo, arrancar coisas que ele não gostaria de falar. Mas isso é mau. Parece até que me importo com ele e sua vidinha miserável, suada e sem propósito.

Quando você usa palavras. As brechas. O jeito com que Caliban senta, uma certa postura encurvada-e-ereta — por quê? Constrangimento? Para saltar sobre mim se eu tentar escapar? Posso desenhá-lo. Posso desenhar seu rosto e suas expressões, mas as palavras são tão desgastadas, elas foram usadas para descrever tantas outras coisas e pessoas. Eu escrevo "ele sorriu". O que isso significa? Nada além de um pôster de jardim da infância, uma pintura de um nabo com sorriso de meia-lua. No entanto, se eu desenhasse o sorriso...

Palavras são tão cruéis, tão terrivelmente primitivas comparadas ao desenho, à pintura, escultura. "Sentei em minha cama e ele sentou perto da porta, e nós conversamos, tentei persuadi-lo a usar seu dinheiro para se educar, e ele disse que faria isso, mas ele não me convenceu." Como uma argamassa malfeita.

É como tentar desenhar com uma pena quebrada.

Tudo isso é meu pensamento.

Eu preciso ver G.P. Ele me diria o nome de dez livros onde tudo está dito de uma maneira muito melhor.

Como odeio a ignorância! A ignorância de Caliban, minha ignorância, a ignorância do mundo! Ah, eu poderia aprender, e aprender, e aprender, e aprender. Eu poderia tentar, eu quero tanto aprender.

Amordaçada e amarrada.

Vou guardar isso onde é o seu lugar, embaixo do colchão. Então vou rezar a Deus para aprender.

22 de outubro

Duas semanas hoje. Marquei os dias na lateral de uma tela, assim como Robinson Crusoé.

Eu me sinto deprimida. Insone. Eu preciso, preciso, preciso escapar.

Eu estou ficando tão pálida. Me sinto mal, fraca, o tempo todo.

Esse silêncio terrível.

Ele não tem compaixão. Tão incompreensível. O que ele quer? O que vai acontecer?

Ele deve saber que estou ficando doente.

Disse a ele esta noite que eu preciso tomar sol. Fiz com que olhasse para mim e visse como estou pálida.

Amanhã, amanhã. Ele nunca fala abertamente.

Hoje estive pensando que ele poderia me manter aqui para sempre. Não seria muito tempo, porque eu morreria. É absurdo, é diabólico — mas não há como fugir. Estive tentando achar pedras soltas novamente. Poderia cavar um túnel ao redor da porta. Eu poderia cavar um túnel lá pra fora. Mas ele precisa ter pelo menos uns seis metros de comprimento. Debaixo da terra. Ficar presa lá dentro. Nunca seria capaz. Preferiria morrer. Então teria que ser um túnel ao redor da porta. Mas para isso eu preciso de tempo. Preciso ter certeza de que ele esteja longe por pelo menos seis horas. Três para o túnel, duas para passar pela porta que dá para fora. Sinto que essa é minha melhor chance, não posso desperdiçá-la, arruiná-la com falta de planejamento.

Não consigo dormir.
Preciso fazer alguma coisa.

Vou escrever sobre quando conheci G.P.

Caroline disse: Ah, essa é Miranda. Minha sobrinha. E continuou contando a ele coisas abomináveis a meu respeito (uma manhã de sábado fazendo compras no Village), e eu não sabia onde enfiar a cara, ainda que estivesse desejando conhecê-lo. Ela já havia me falado a respeito dele.

De cara, gostei do jeito com que ele a tratava, descolado, sem tentar dissimular seu tédio. Sem lhe ceder a dianteira, como todo mundo. Ela falou com ele o caminho todo até em casa. Sabia que ela estava encantada com ele, ainda que não admitisse. Dois casamentos desfeitos e o fato evidente de que ele não pensava muito nela. Então eu quis defendê-lo desde o início.

Aí eu encontrei com ele caminhando no parque Hampstead. Queria me encontrar com ele novamente, e novamente fiquei envergonhada.

O jeito que ele andava. Muito ciente de si, nada espontâneo. Vestindo uma bela e antiga jaqueta de piloto. Ele quase não disse nada, sabia que não queria estar conosco (com Caroline), mas nos encontrou; não poderia ter nos identificado pelas costas, ele estava obviamente indo na mesma direção. E talvez (estou sendo convencida) tenha sido algo que aconteceu enquanto Caroline dizia uma de suas ideias-de-mulheres-avançadas sem sentido — um mero olhar que trocamos. Sabia que estava irritado, e ele sabia que eu estava envergonhada. Então ele nos acompanhou pela Kenwood House, e Caroline se exibiu.

Até que ela disse em frente ao Rembrandt: "Não acha que ele deve ter se cansado um pouco enquanto pintava — quer dizer, eu nunca sinto que sinto o que eu deveria sentir. Entendeu?". E soltou sua estúpida gargalhada do tipo: preste atenção em mim.

Eu estava olhando para ele e seu rosto ficou inteiramente paralisado, como se fosse atingido com a guarda baixa. Não fez aquilo para chamar minha atenção, foi uma ligeira mudança na posição dos seus lábios. Ele só olhou para ela de um jeito quase entretido. Mas sua voz, não. Estava fria como uma pedra de gelo.

Preciso ir. Adeus. O adeus foi para mim. Ele me menosprezava. Como se dissesse — como você aguenta isso? Quer dizer (pensando agora a respeito disso) ele parecia estar *me* ensinando uma lição. Eu tinha que escolher. O jeito Caroline de ser, ou o dele.

E foi embora, nem mesmo respondemos, e Caroline ficou procurando por ele. Deu de ombros, olhou para mim e disse: bem, sério?

Eu o vi partir, suas mãos dentro dos bolsos. Eu estava vermelha. Caroline ficou furiosa, tentando se esquivar. ("Ele é sempre assim, faz de propósito.") Zombando de suas pinturas o tempo todo no caminho de casa ("um Paul Nash de segunda categoria" — ridiculamente injusta). E eu sentia tanta raiva dela, e pena ao mesmo tempo. Não conseguia falar. Não sentia pena dela, mas não conseguiria dizer que ele tinha razão.

Entre as duas, Caroline e M têm todas as características que eu odeio nas outras mulheres. Fiquei um tanto desesperada durante dias, pensando no quanto do sangue apodrecido e pretensioso delas deve correr em minhas veias. Claro, tem momentos em que gosto de Caroline. Sua vivacidade. Seu entusiasmo. Sua generosidade. E mesmo toda aquela pretensão tão horrenda comparado ao mundo real — bem, é melhor do que nada. Eu costumava pensar no seu jeito de ver o mundo quando ela veio para ficar. Amava estar a seu lado. Ela me apoiou quando houve a grande guerra familiar a respeito do meu futuro. Tudo aquilo até eu viver com ela e ver através dela. Eu amadureci. (Estou sendo uma Jovem Mulher Durona.)

Então, uma semana depois, entrei correndo no elevador do metrô e ele era a única pessoa lá dentro. Eu disse alô, muito entusiasmada. Fiquei vermelha novamente. Ele apenas acenou como se não quisesse conversar, e então quando descemos (foi pura vaidade, não suportaria ser comparada à Caroline), disse: desculpe pelo que minha tia disse em Kenwood.

Ele disse: ela sempre me irrita. Sabia que não queria falar sobre aquilo. Enquanto íamos até as plataformas, eu disse: Ela tem medo de ficar para trás.

Você não? — e ele me deu um de seus sorrisos maliciosos. Pensei: ele não gosta de me ver jogando "nós" contra "ela".

Passávamos em frente ao pôster de um filme e ele disse: é um bom filme. Já viu? Veja.

Quando saímos na plataforma, disse: apareça qualquer dia. Mas deixe sua maldita tia em casa. E sorriu. Um sorrisinho malvado e contagiante. Nada típico de alguém de sua idade, de jeito algum. Então ele se afastou. Tão autossuficiente. Tão indiferente.

Então eu apareci num dia qualquer. Um sábado de manhã. Ele ficou surpreso. Tive que sentar em silêncio com ele por vinte minutos para ouvir aquela estranha música indiana. Ele se ajeitou no divã e deitou de olhos fechados, como se eu não tivesse aparecido, e me senti como se nunca devesse ter vindo (especialmente sem contar a Caroline), e eu também achei que aquilo tudo era demais, uma pose. Não consegui relaxar. E no final, ele perguntou sobre mim, ríspido, como se tudo aquilo fosse um tédio. E eu estupidamente tentei impressioná-lo. A única coisa que não deveria. Me exibir. Continuava pensando: ele não queria que eu aparecesse mesmo, pra valer.

De repente, ele me cortou e me fez dar uma volta no recinto, e me fez olhar algumas coisas.

Seu estúdio. A mais bela sala. Sempre me sinto feliz lá. Tudo em harmonia. Tudo expressa apenas o que ele é (não é proposital, odeia "decoração de interiores" e artifícios e a *Vogue*). Mas é tudo ele. Toinette, com suas ideias bobas de bom gosto austero, tiradas da revista *Casa e Jardim*, chamando ele de confuso. Eu poderia arrancar a cabeça dela a mordidas. O sentimento de alguém que vive toda sua vida assim, trabalha assim, pensa assim, é assim.

E nós relaxamos. Parei de tentar ser esperta.

Ele me mostrou como conseguia seu efeito de "neblina". Guache de Tonksing. E todas as suas pequenas ferramentas feitas em casa.

Alguns amigos dele apareceram, Barber e Frances Cruikschank. Ele disse: Essa é Miranda Grey, não suporto a tia dela — tudo num fôlego só, e eles riram, eram velhos amigos. Quis sair. Mas eles estavam indo caminhar, vieram para levá-lo para passear, e queriam que eu fosse também. Barber Cruikshank queria; ele me olhava com olhos sedutores.

Imagine se a titia nos vê, disse G.P. O Barber tem a pior reputação em toda Cornualha.

Eu disse: Ela é minha tia. Não minha governanta.

Então fomos todos ao pub Vale of Health e depois fomos a Kenwood. Frances me contou sobre sua vida na Cornualha, e senti que pela primeira vez na minha vida estava entre pessoas de uma geração mais velha que eu entendia, pessoas de verdade. E, ao mesmo tempo, não conseguia evitar ver Barber como um impostor. Todas aquelas divertidas histórias maliciosas. Enquanto era G.P. que nos guiava aos assuntos sérios. Não que ele não fosse divertido, também. Mas é que ele tinha uma estranha tendência de mergulhar no que realmente importa.

Quando ele estava afastado buscando drinques, Barber me perguntou há quanto tempo eu conhecia G.P. Então disse: Quisera Deus que conhecesse alguém como G.P. quando eu era estudante. E a pequenina e quieta Frances disse: Achamos que ele é a pessoa mais incrível. É um entre poucos. Não disse quem eram esses poucos, mas acho que sei o que ela quis dizer.

Em Kenwood, G.P. nos separou. Ele me levou imediatamente até o Rembrandt e falou sobre o quadro, sem abaixar seu tom de voz, e eu tive a pequenez de me sentir envergonhada porque outras pessoas olhavam para nós. Pensei: devemos parecer pai e filha. Ele me contou tudo sobre o segundo plano da pintura, o que Rembrandt provavelmente sentiu naquela hora, o que ele estava tentando dizer, como ele disse.

Como se eu não soubesse nada sobre arte. Como se ele estivesse tentando se livrar daquela nuvem de falsas ideias que eu provavelmente tinha a respeito.

Fomos esperar pelos outros. Ele disse: Aquele quadro me comove profundamente. E ele olhou para mim, como se pensasse que eu fosse rir. Um desses rompantes de timidez que ele tem.

Eu disse: Ele me comove agora, também.

Mas ele franziu o rosto. Não é possível. Você ainda não tem idade.

Como você sabe?

Ele disse: suponho que existam pessoas que sejam puramente movidas pela grande arte. Nunca encontrei um pintor que fosse. Eu não sou. Tudo o que penso quando vejo esse quadro é que ele tem o domínio supremo que eu passei minha vida inteira tentando alcançar. E não conseguirei. Nunca. Você é jovem. Você pode entender. Mas não pode sentir ainda.

Eu disse: Acho que sinto.

Ele disse: Então está mal. Você deve ser cega ao fracasso. Na sua idade. Então ele disse: Não tente agir como alguém da nossa idade. Eu a desprezaria se você o fizesse.

Ele disse: você é como uma criança tentando espiar acima de um muro de um metro e oitenta.

Aquela foi a primeira vez. Ele me odiava por sentir-se atraído por mim. Era o seu lado de professor Higgins.

Mais tarde, quando os Cruikshanks saíram, ele disse, enquanto se aproximavam de nós: Barber é um mulherengo. Recuse se encontrar com ele, se ele a convidar.

Eu lhe respondi com um olhar de surpresa. Ele disse, sorrindo para os outros: Você não... não suportaria a dor de Frances.

De volta a Hampstead, eu os deixei e fui para casa. Durante todo o caminho de volta, percebi que G.P. queria ter certeza de que Barber Cruikshank e eu não ficássemos a sós. Eles

(Barber) perguntaram se eu não gostaria de visitá-los se alguma vez estivesse na Cornualha.

G.P. disse: Vejo você qualquer dia. Como se não se importasse se veria mesmo ou não.

Disse à Caroline que eu o encontrara por acaso. Ele teria dito que estava arrependido (mentira). Que se ela preferisse, eu não o veria mais. Mas que achei que era muito estimulante estar com alguém como ele, cheio de ideias, que eu *precisava* conhecer pessoas assim. Foi muito feio da minha parte, eu sabia que ela faria a coisa certa falando daquele jeito. Eu era a dona do meu nariz — e coisas do tipo.

Então ela disse: Querida, você sabe que eu sou tudo menos puritana, mas a reputação dele... *tem* que haver fogo, há tanta fumaça.

Eu disse: Ouvi falar. Sei cuidar de mim mesma.

Foi tudo culpa dela. Ela não deveria insistir em ser chamada de Caroline e ser tratada como uma garotinha o tempo todo. Não consigo respeitá-la como minha tia. É só um conselho.

Tudo está mudando. Fico pensando nele: nas coisas que ele disse e que eu disse, e como nenhum de nós realmente entendia o que o outro queria dizer. Não, ele entendia, eu acho. Ele calcula as possibilidades muito mais depressa do que eu. Estou amadurecendo muito rápido aqui embaixo. Como um cogumelo. Ou será que perdi meu senso de equilíbrio? Talvez seja tudo um sonho. Eu me cutuco com o lápis. Talvez isso também seja um sonho.

Se ele viesse à porta agora eu deveria me jogar em seus braços. Deveria querer que segurasse minha mão durante semanas. Quer dizer, acredito que agora eu *poderia* amá-lo do outro jeito, do jeito dele.

23 de outubro

Carrego comigo a maldição. Sou uma megera com C. Sem perdão. É a falta de privacidade acima de tudo. Eu fiz com que ele me deixasse caminhar pelo sótão hoje de manhã. Acho que podia ouvir um trator trabalhando. E pardais. Então, luz do dia, pardais. Um avião. Eu estava chorando.

Minhas emoções estão embaralhadas, como macacos assustados numa jaula. Senti que ia enlouquecer noite passada, então escrevi e escrevi e escrevi para mim mesma dentro do outro mundo. Tentei escapar em espírito, se não de fato. Para provar que isso ainda existe.

Estive rabiscando rascunhos para um quadro que quero pintar quando estiver livre. A vista de um jardim através de uma porta. Parece bobo dito assim. Mas vejo como algo muito especial, todo preto, fosco, escuro, cinza-escuro, misteriosas formas angulares na sombra guiando para o distante e esvaecido quadrado de luz amarelada da porta. Uma espécie de feixe de luz horizontal.

Mandei que ele fosse embora depois do jantar, e eu estava terminando *Emma*. Eu *sou* Emma Woodhouse. Eu sinto por ela, com ela e dentro dela. Tenho um tipo diferente de esnobismo, mas entendo o esnobismo dela. Seu pedantismo. Eu o admiro. Sei que ela faz coisas erradas, tentando organizar a vida de outras pessoas, ela não consegue enxergar o sr. Knightley como um homem em um milhão. Ela é temporariamente tola, ainda que o tempo todo se perceba que ela é essencialmente inteligente, vívida. Criativa, determinada a manter os mais altos padrões. Um ser humano de verdade. Suas falhas são as minhas falhas: suas virtudes eu devo *transformar* em minhas virtudes.

E o dia todo eu estive pensando — devo escrever mais sobre G.P. hoje à noite.

Teve uma vez que eu levei parte do meu trabalho para mostrar a ele. Levei as coisas que achei que *ele* gostaria (não apenas as coisas espertinhas, como a perspectiva de Ladymont). Ele não disse nada enquanto via as pinturas. Mesmo quando estava olhando para aquelas (como *Carmen em Ivanhoé*) que eu acho ser as melhores que fiz (ou achava, na época). E, no final, ele disse: Não são muito boas. Na minha opinião. Mas um pouco melhor do que eu esperava. Era como se ele se virasse e me acertasse um soco, não pude me esconder. Ele continuou: É meio inútil se eu pensar nos seus sentimentos por qualquer motivo. Vejo que você é uma projetista, você tem um senso razoável de cor e um quê a mais de sensibilidade. Tudo isso. Mas você não estaria na Escola Slade se não fosse assim.

Eu queria que ele parasse, mas ele continuou. Você obviamente já viu muitas pinturas de qualidade. Tentou não plagiá-las de maneira muito evidente. Mas essa coisa da sua irmã — Kokoschka, se vê de longe. Ele deve ter visto meu rosto enrubescido, pois disse: Isso tudo é muito decepcionante? Tem que ser assim.

Ele quase me matou. Sabia que estava certo; *seria* ridículo se ele não dissesse exatamente o que pensava. Se ele desse uma de tio bonzinho para cima de mim. Mas me magoou. Machucou como uma série de tapas na cara. Tinha imaginado que ele gostaria de parte do meu trabalho. O que piorou tudo foi a sua frieza. Ele parecia tão absolutamente sério e clínico. Nem o menor traço de humor ou de generosidade, mesmo de sarcasmo, em seu rosto. De repente, muito, muito mais velho do que eu.

Ele disse: É preciso aprender que pintar bem — no senso acadêmico e técnico — vem lá no fim da lista. Quer dizer, você tem habilidade. Como outros milhares. Mas o que eu procuro não está aqui. Simplesmente não está aqui.

Então ele disse: sei que isso dói. Para falar a verdade, quase pedi para que você não trouxesse seu portfólio. Mas então eu pensei... você carrega um tipo de entusiasmo. Você sobreviveria.

Você já sabia que meu trabalho não seria bom, eu disse.

Esperava exatamente desse jeito. Vamos esquecer que você me mostrou? Mas eu sabia que ele estava me desafiando.

Eu disse: Diga-me em detalhes o que há de errado com esse aqui. E lhe mostrei uma de minhas cenas de rua.

Ele disse: É bastante visual, boa composição, não saberia dizer os detalhes. Mas não é arte pulsante. Não é uma parte do seu corpo. Não espero que você entenda na sua idade. É algo que não se pode ensinar. Ou você desenvolve algum dia, ou não. Eles estão ensinando você a expressar personalidade na Slade — personalidade de uma forma genérica. Mas, por melhor que você se torne em traduzir personalidade numa frase ou numa pintura, não adianta nada se a sua personalidade não valer a pena ser traduzida. É sorte, apenas. Puro risco.

Ele falou sobre encaixes e começos. E houve um silêncio. Eu disse: Devo rasgá-los? E ele disse: Agora você está sendo histérica.

Eu disse: Tenho muito o que aprender.

Ele se levantou e disse: Acho que você tem algo especial. Não sei. Mulheres raramente têm. Quer dizer, a maioria das mulheres só querem ser boas em algo, têm boas intenções, e têm habilidades, faro, bom gosto e sei lá mais o quê. Elas sequer conseguem entender que se o seu desejo é chegar nos seus limites, então a maneira que sua arte toma forma não parece ser importante para você. Não importa se você usa palavras ou tinta ou sons. O que quiser.

Eu disse: Qual é?

Ele disse: É parecido com a sua voz. Você se acostuma com sua voz e fala com ela porque não há outra alternativa. Mas é o que você diz que importa. É o que distingue toda grande arte das demais. Os sujeitinhos tecnicamente hábeis valem uma mixaria em qualquer época. Especialmente nessa grande era da educação universal. Ele falava sentado em seu divã, eu de costas para ele. Precisei encarar a janela. Achei que ia chorar.

Ele disse: Críticos tagarelam sobre realizações técnicas. Bobagem pura, aqueles jargões todos. Arte é cruel. Você pode fazer o que bem entender usando uma ou duas palavrinhas. Mas um quadro é como uma janela aberta com vista para sua alma. E tudo o que você fez aqui foi construir um monte de janelas com vista para um coração inspirado nas obras de outros artistas famosos. Ele veio e parou do meu lado, e pegou um dos desenhos abstratos que eu fizera em casa, recentemente. Aqui você está dizendo alguma coisa sobre Nicholson ou Pasmore. Não sobre você mesma. Você está usando uma câmera. Um truque de perspectiva, assim como uma fotografia fora de foco, é o mesmo que pintar no estilo de outra pessoa. Você está fotografando aqui. E ponto.

Nunca vou aprender, eu disse.

É para desaprender, ele disse. Você quase terminou o aprendizado. O resto é sorte. Não, um pouco mais do que sorte. Coragem. Paciência.

Conversamos por horas. Ele falava e eu escutava.

Era como o vento e a luz do sol. Aquilo tirou todas as teias de aranha. Brilhou sobre tudo. Agora que escrevo o que ele disse, parece tão óbvio. Mas é algo no jeito como ele diz as coisas. Ele é a única pessoa que conheço que sempre parece dizer exatamente o que pensa quando fala sobre arte. Se um dia você achar que não, seria como uma blasfêmia.

E tem o fato de ele ser um bom pintor, e eu sei que vai ser bem famoso um dia, e isso me influencia mais do que deveria. Não apenas o que ele é, mas também o que será.

Eu me lembro que mais tarde ele disse (professor Higgins, novamente): você não tem nenhuma chance mesmo. Você é muito bonita. A arte do amor é o seu caminho: não o amor pela arte.

Vou me afogar no parque Heath, eu disse.

Eu não me casaria. Viva um trágico caso de amor. Mande extirpar os seus ovários. Alguma coisa. E então ele me deu um de seus olhares atravessados. Não era só aquilo. Tinha um quê de garotinho assustado, também. Como se dissesse algo que sabia que não poderia ter, para ver como eu reagiria. E de repente pareceu ser muito mais novo do que eu.

Ele costuma parecer jovem de um modo que não saberia explicar. Talvez seja por que me fez olhar para mim mesma e ver que aquilo em que acredito é velho e pomposo. Pessoas que ensinam a você ideias antiquadas, visões antiquadas, caminhos antiquados. É como cobrir as plantas com camadas e mais camadas de terra velha; não é difícil ver por que as pobrezinhas raramente crescem verdes e frescas.

Mas G.P. consegue. Demorei muito tempo para reconhecer nele essa vitalidade e frescor. Mas agora eu reconheço.

24 de outubro

Outro dia ruim. Fiz questão de que fosse ruim também para Caliban. Às vezes ele me irrita tanto que eu poderia gritar com ele. Não é tanto a sua aparência, ainda que ela seja horrível. Ele é sempre tão respeitador, suas calças estão sempre vincadas, suas camisas estão sempre limpas. Eu realmente acredito que ele seria mais feliz se usasse colarinhos engomados. Completamente por fora. E ele está sempre fazendo hora. Ele é o maior fazedor de hora que eu já conheci. Sempre com aquela expressão de me-perdoe em seu rosto, que eu já comecei a ver que se trata *na verdade* de satisfação. A mais completa alegria de me ter sob seu poder, de ser capaz de perder o dia inteiro e todos os dias olhando para mim. Ele não se importa com o que eu digo ou em como me sinto — meus sentimentos não têm importância para ele —, é o fato de ele me controlar.

Eu podia acusá-lo de abuso o dia inteiro; ele nem se importaria. Sou eu o que ele quer, meu olhar, minha aparência; não minhas emoções ou mente, ou minha alma, e nem mesmo meu corpo. Nada que seja *humano*.

Ele é um colecionador. Esse é o grande lance mórbido a seu respeito.

O que mais me irrita é o jeito dele de falar. Clichê, sobre clichê, sobre clichê, e tudo tão antiquado, como se ele tivesse passado a vida inteira com gente acima dos cinquenta. Hoje, na hora do almoço, ele disse: eu liguei a respeito daqueles discos que você havia encomendado. Eu disse: Por que você não diz "perguntei sobre os discos que você pediu?".

Ele disse: Sei que meu inglês não é correto, mas tento acertar. Não discuti. Isso representa quem ele é. Ele precisa estar correto, tem que fazer tudo que era considerado "certinho" e "bonitinho" muito antes de a gente nascer.

Sei que é patético, sei que ele é uma vítima de um mundo suburbano não conformista e de uma classe social miserável, o acanhado e repugnante cavalheirismo artificial entre as classes. Eu achava que o status de P e M era o pior. O golfe, o gim, o *bridge*, os carros, a pronúncia correta, o dinheiro correto, e frequentar a escola correta, e odiar as artes (o teatro sendo uma pantomima no Natal e "Febre do Feno" pela Companhia Municipal — Picasso e Bartók eram palavrões, a menos que você quisesse fazer piada). Bem, isso é ruim. Mas a Inglaterra do Caliban é ainda pior.

Aquilo me deixa enojada, a cegueira, o desalento, a obsolescência, a estupidez e, sim, a inveja totalmente mesquinha do povinho da Inglaterra.

G.P. fala sobre desertar para Paris. De não ser mais capaz de encarar a Inglaterra. Entendo isso tão bem. A sensação de que a Inglaterra enrijece, sufoca e esmaga feito um rolo compressor tudo o que é fresco, novo e original. E é isso o que causa fracassos trágicos como Matthew Smith e Augustus John — eles desertaram para Paris e vivem sob a sombra de Gauguin e Matisse ou quem quer que seja — assim como G.P. disse ter vivido sob a sombra de Braque até acordar um dia e perceber que tudo o que fizera em cinco anos era uma mentira, porque ele se baseou no olhar e na sensibilidade de Braque e não em si mesmo.

Fotografia.

E como não há muita esperança na Inglaterra, você se volta a Paris, ou a algum outro lugar fora do país. Mas você precisa fazer força para aceitar a verdade — que fugir para Paris sempre é um *retrocesso* (palavras de G.P.) — sem falar mal de Paris, mas você precisa encarar a Inglaterra e a apatia do ambiente (essas são todas palavras e ideias de G.P.) e o grande peso morto dos Calibans da Inglaterra.

E os santos de verdade são pessoas como Moore e Sutherland, que lutaram para serem artistas ingleses na Inglaterra. Como Constable, e Palmer, e Blake.

Outra coisa que disse ao Caliban dia desses — estávamos ouvindo jazz —, eu disse, você não curte? e ele disse só couro. Eu disse que ele era tão careta que era até difícil acreditar. Ah, certo, ele disse.

Feito a chuva, uma chuva enfadonha e sem fim. Diluindo as cores.

Esqueci de escrever o pesadelo que tive na noite passada.

Parece que sempre tenho pesadelos no amanhecer, tem algo a ver com o abafamento do quarto depois de eu ficar trancada a noite toda. (O alívio — quando ele chega, abre a porta e liga o ventilador. Pedi que me deixasse sair do quarto fechado e respirar o ar do porão, mas ele sempre me faz esperar até eu terminar o café da manhã. Como tenho medo de que ele não me deixe mais aproveitar minha meia hora matinal se eu sair antes, não insisto.)

O sonho foi assim: eu tinha terminado um quadro. Não consigo me lembrar de como ficou, mas estava muito satisfeita com ele. Era em casa. Eu saí e, enquanto estava fora, sabia que tinha alguma coisa de errado. Eu tinha que voltar pra casa. Quando eu corria até meu quarto, mamãe estava lá sentada à mesinha Pembroke (Minny estava parada perto da parede — parecia assustada, acho que G.P. também estava lá, e outras pessoas, por algum motivo peculiar), e o quadro estava em pedaços — a tela rasgada em longas tiras. M estava golpeando o tampo da mesa com sua tesoura de jardinagem, e vi que ela estava branca de raiva. E eu me senti igual. A mais completa fúria e ódio.

Então acordei. Nunca sentira tanta raiva de M — mesmo no dia em que ela estava bêbada e me bateu na frente daquele idiota do Peter Catesby. Lembro de ficar ali, com o tapa ardendo na bochecha, me sentindo envergonhada, indignada, chocada, tudo... mas com pena dela. Fui me sentar ao lado de sua cama, segurei sua mão, deixei que ela chorasse, a perdoei e a defendi de papai e da Minny. Mas esse sonho pareceu tão real, tão horrivelmente natural.

Aceitei o fato de ela tentar me impedir de virar uma artista. Os pais sempre interpretam mal seus filhos (não, eu não farei o mesmo com os meus), sei que eu devia ter nascido homem — o filho e o cirurgião que o coitado do papai nunca chegou a ser. Carmen se encarregará disso. Quer dizer, eu os perdoei por lutarem contra minha ambição em prol da ambição deles. Eu venci, então devo perdoar.

Mas aquele ódio naquele sonho. Foi tão real.

Não sei como exorcizá-lo. Eu poderia contar a G.P. Mas há tão somente os rabiscos ondulantes do meu lápis sobre este bloco.

Ninguém que não tenha vivido num calabouço conseguiria entender quão *absoluto* é o silêncio aqui embaixo. Nenhum ruído a menos que eu o produza. Então me sinto próxima da morte. Enterrada. Sem barulhos exteriores que me ajudem a viver. Costumo colocar um disco. Não para ouvir música, mas para ouvir *algo*.

Sinto uma ilusão estranha com muita frequência. Penso ter ficado surda. Preciso fazer um barulhinho qualquer para provar o contrário. Limpo minha garganta para mostrar a mim mesma que tudo está normal. É como aquela garotinha japonesa que encontraram nas ruínas de Hiroshima. Tudo morto; e ela cantando para sua boneca.

25 de outubro

Eu preciso, preciso, preciso fugir.
Perdi horas e mais horas do dia pensando a respeito disso. Ideias malucas. Ele é tão astuto, é incrível. Infalível.
Deve parecer que eu nunca tento escapar. Mas eu não posso tentar todo dia, esse é o problema. Eu preciso esperar entre as tentativas. E cada dia aqui é como uma semana lá fora.
Violência não adianta. Tem que ser na astúcia.

Cara a cara, não consigo ser violenta. Só a ideia deixa minhas pernas bambas. Eu me lembro de dar uma volta com Donald em algum lugar de East End depois de irmos na galeria White Chapel, e vimos uma gangue, eram teddies, rodeando dois indianos de meia-idade. Nós atravessamos a rua, me senti mal. Os teddies gritaram, assediaram e expulsaram eles da calçada para a rua. Donald disse: o que podemos fazer, e nós fingimos dar de ombros e nos afastamos com pressa. Mas foi grotesco, a violência deles e nosso medo da violência. Se ele se aproximasse de mim agora, se ajoelhasse e me oferecesse o atiçador da lareira, eu não conseguiria acertá-lo.

Não adianta. Estou tentando dormir há meia hora e não consigo. Escrever é uma espécie de droga. É a única coisa que tenho vontade de fazer. Esta tarde eu li o que escrevi sobre G.P. anteontem. E me pareceu vívido. Sei que parece vívido porque minha imaginação se encheu com todos os detalhes que outros não entenderiam. Quer dizer, é vaidade. Mas me parece um tanto mágico, ser capaz de evocar meu passado de volta. E eu não consigo mais viver no presente. Enlouqueceria, se tentasse.
Hoje estive pensando em quando eu levei Piers e Antoinette para conhecê-lo. O lado negro dele. Não, eu fui estúpida, estúpida. Eles viriam a Hampstead para tomar um café e nós iríamos ao cinema, mas a fila estava enorme. Então deixei que me convencessem a levá-los para dar uma volta.

Foi vaidade minha. Eu falara tanto sobre ele. Então eles deram a entender que eu não seria lá muito amiga se tivesse medo de levá-los até ele. E eu caí nessa.

Pude ver que ele não ficou feliz ao nos receber, mas pediu que entrássemos. E sim, foi horrível. *Horrível.* Piers estava todo malandro e vulgar, e Antoinette era quase uma paródia de si mesma, estava tão sensual. Tentei desculpar uns com os outros. G.P. estava num humor estranho. Sabia que ele poderia atacar, mas ele passou completamente dos limites com sua grosseria. Ele poderia ter entendido que Piers estava apenas tentando encobrir sua insegurança.

Eles tentaram fazê-lo discutir seu próprio trabalho, mas ele não quis. E começou a ser ultrajante. Desbocado. Fazendo comentários cínicos sobre Slade e vários artistas — coisas que sei que ele não acredita. Ele certamente conseguiu deixar Piers e eu chocadas, mas é claro que com Antoinette a coisa foi mais séria. Com um sorriso afetado e tremendo os cílios, ela disse alguma bobagem ainda maior. Então ele mudou a abordagem. Cortava imediatamente tudo o que tentávamos falar (eu, inclusive).

E então fiz algo ainda mais estúpido do que ter ido até lá pra começo de conversa. Houve uma pausa, e ele obviamente pensou que nós iríamos embora. Mas como uma idiota, pensei ter visto Antoinette e Piers se divertindo, e estava certa que era porque eles achavam que eu não o conhecia tão bem quanto dissera. Então, precisava provar a eles que eu conseguia controlá-lo.

Eu disse: Podemos ouvir um disco, G.P.?

Por um instante ele olhou como se dissesse não, mas então disse: Por que não? Vamos ouvir alguém dizendo alguma coisa. Para variar. Ele não nos deu opção, foi lá colocar um disco.

Ele se deitou no divã com os olhos fechados, como sempre, e Piers e Antoinette obviamente acharam que *era* uma pose.

Um chiado trêmulo e uma constrangedora atmosfera tomou conta do ambiente; quer dizer, a música foi o auge de tudo. Piers esboçou um sorriso, e Antoinette teve um troço — ela não seria capaz de dar risadinhas, é muito controlada, mas chegou quase lá — e eu sorri. Admito. Piers limpou o ouvido com seu dedo mindinho e então apoiou o rosto sobre o braço, os dedos esticados sobre sua testa — e balançou a cabeça toda vez que o instrumento (não saberia dizer qual era) vibrava. Antoinette engasgou. Foi horrível. Sabia que ele conseguia escutar.

E escutou. Ele viu Piers limpando os ouvidos de novo. E Piers viu que fora pego em flagrante e abriu um sorriso espertinho do tipo não-se-importe-conosco. G.P. saltou do divã e desligou a vitrola. Ele disse: Você não gosta? Piers disse: Eu preciso gostar?

Eu disse: Piers, isso não foi engraçado.

Piers disse: Eu não dei um pio, dei? Mas nós precisamos gostar?

G.P. disse: Fora!

Antoinette disse: Receio que eu sempre pense em Beecham. Sabe. Dois esqueletos copulando sobre um telhado de zinco?

G.P. disse (assustador, seu rosto, ele sabe ser demoníaco): Primeiro, estou encantado que você admire Beecham. Um maestrinho pomposo e ridículo que lutou contra tudo o que era criativo nas artes da sua época. Segundo, se você não consegue diferenciar isso de um cravo, que Jesus Cristo lhe ajude. Terceiro (para Piers), acho que você é o jovem vagabundo mais presunçoso que eu encontrei em anos e você (eu) — são *esses* os seus amigos?

Eu fiquei lá, não podia dizer nada, ele me deixou furiosa, eles me deixaram furiosa, e, na verdade, eu estava dez vezes mais envergonhada do que furiosa.

Piers deu de ombros, Antoinette parecia perplexa, mas vagamente entretida, a vadia, e eu, vermelha. Eu fico corada novamente só de pensar nisso (e no que aconteceu depois — como ele pôde?).

Relaxe, disse Piers. É só um disco. Imagino que ele estivesse com raiva, ele deve ter percebido que dizer aquilo foi uma estupidez.

Você acha que é apenas um disco, disse G.P. Então é isso? É só um disco? Você é como a tia dessa vadiazinha estúpida — você acha que Rembrandt se entediava um pouco quando estava pintando? Você acha que Bach fazia caretas e soltava risinhos enquanto compôs isso? Acha?

Piers parecia esvaziado, quase amedrontado. Então, VOCÊ ACHA?, gritou G.P.

Ele foi terrível. De duas formas. Ele foi terrível porque foi ele que começou com aquilo, e ele estava determinado a se comportar daquela forma. E maravilhosamente terrível, porque a paixão é algo que nunca se vê. Eu cresci entre pessoas que sempre tentaram esconder a paixão. Ele estava cru. Despido. Tremendo de ódio.

Piers disse: Não somos tão velhos como você. Aquilo foi patético, fraco. Demonstrou quem ele realmente era.

Jesus, disse G.P. Alunos de arte. Alunos de ARTE.

Não vou escrever o que ele disse a seguir. Mesmo Antoinette ficou chocada.

Nós apenas nos viramos e saímos. A porta do estúdio bateu quando estávamos na escada. Eu sussurrei um "porra, Piers" assim que chegamos lá embaixo, e os empurrei pra fora. Querida, ele vai te matar, disse Antoinette. Eu fechei a porta e esperei. Depois de um instante, ouvi a música novamente. Subi as escadas e bem devagarinho abri a porta. Talvez ele tenha escutado, não sei, mas não olhou para mim, e eu sentei num banco perto da porta até o disco terminar.

Ele disse: O que você quer, Miranda?

Eu disse: Pedir desculpas. E ouvir você dizer que sente muito.

Ele foi e ficou olhando para fora da janela.

Eu disse: Sei que fui estúpida, eu posso ser pequena, mas não sou uma vadia.

Ele disse: Você até que tenta (acho que ele não falou pra valer, você até que tenta ser uma vadia).

Eu disse: Você poderia ter mandado a gente embora. Nós entenderíamos.

Fez-se um silêncio. Ele se voltou para me olhar. Eu disse: Sinto muito.
Ele disse: Vá pra casa. Não podemos ir pra cama juntos. Como eu fiquei ali, ele disse: Estou contente que você tenha voltado. Foi decente de sua parte. Então ele disse: Você poderia.
Eu desci as escadas e ele veio atrás de mim. Eu não quero ir para a cama com você, estou falando dessa situação. Não sobre a gente. Entende?
Eu disse: É claro que entendo.
E eu desci. Sendo feminina. Querendo que ele soubesse que estava magoada.
Quando abri a porta lá de baixo, ele disse: Eu andei tomando. Ele deve ter percebido que eu não entendera, porque completou: álcool.
Ele disse: Eu te ligo.
Ele ligou, me levou a um concerto, para ouvir os russos tocando Shostakovich. E ele foi um *doce*. Exatamente assim. Ainda que nunca tenha se desculpado.

26 de outubro

Não confio nele. Ele comprou esta casa. Se me deixar sair vai ter que confiar em mim. Ou terá que vendê-la e desaparecer antes que eu possa (consiga) ir à polícia. Seja como for, não seria do seu feitio.

É muito deprimente. *Preciso* acreditar que ele vai manter a palavra.

Ele gasta fortunas comigo. Já deve ter sido mais de duzentas libras. Qualquer livro, qualquer disco, qualquer roupa. Ele tem todas as minhas medidas. Eu rabisco o que quero, misturo as cores como um guia. Ele até compra minha lingerie. Não posso vestir os modelos pretos e cor de pele que ele comprou antes, então o mandei voltar e comprar algo mais confortável na Marks & Spencer. Ele disse, posso comprar vários de uma vez? Claro que deve ser uma agonia para ele fazer compras para mim (como ele se vira na farmácia?), então imagino que ele prefira comprar tudo numa só viagem. Mas o que devem pensar dele? Uma dúzia de calcinhas e três camisolas, camisetinhas e sutiãs. Perguntei o que diziam quando ele fazia o pedido, e ele ficou vermelho. Acho que pensam que sou um tanto peculiar, ele disse. Foi a primeira vez que eu ri de verdade desde que cheguei aqui.

Toda vez que ele me compra alguma coisa, acho que é uma prova de que não vai me matar nem fazer nada desagradável.

Não deveria, mas eu gosto quando ele volta na hora do almoço de onde quer que tenha ido. Tem sempre um pacote. É como ter um dia de Natal perpétuo sem nem precisar agradecer ao Papai Noel. Às vezes ele traz coisas que eu não tinha pedido. Sempre traz flores, e isso é legal. Chocolates, mas ele come mais do que eu. E sempre pergunta pra mim o que eu gostaria que ele comprasse.

Eu sei que ele é o Diabo me mostrando que o mundo pode ser meu. Então eu não me coloco à venda para ele. Eu custo muito caro para ele, em muitas coisinhas, mas eu sei que ele quer que eu peça por algo grande. Ele está louco para que me sinta agradecida. Mas ele não deveria.

Um pensamento horrível me veio à cabeça hoje: eles vão suspeitar de G.P. Caroline certamente vai dar seu nome à polícia. Pobre coitado. Vai ser sarcástico, e eles não gostarão.

Estive tentando desenhá-lo hoje. Estranho. Não dá certo. Não se parece em nada com ele.

Sei que ele é baixinho, apenas três ou quatro centímetros mais alto que eu. (Sempre sonhei com homens altos. Besteira.)

Ele está ficando careca e seu nariz parece de judeu, ainda que ele não seja (não que eu fosse me importar com isso). E o rosto é muito largo. Surrado, desgastado; surrado, desgastado e esburacado um pouco, como uma máscara, de forma que eu nunca consigo acreditar em nenhuma de suas expressões faciais. Eu vislumbro coisas que penso virem de longe; mas nunca estou muito certa. Ele faz uma expressão muito seca para falar comigo, às vezes. Eu percebo. Não parece uma atitude desonesta, mesmo assim, parece um pouco com G.P. A vida é uma piada, é besteira levá-la muito a sério. Seja sério em sua arte, mas brinque um pouco sobre tudo mais. Não o dia em que as Bombas H caírem, mas o "dia em que estaremos fritos". "Quando a grande fritada acontecer." Doentio, doentio. É seu jeito de ser saudável.

Curto, largo, de rosto grande e com nariz de gancho; talvez um pouquinho turco. Não parece nem um pouco inglês.

Tenho esse noção boba sobre a boa aparência dos ingleses. Homens da publicidade.

Homens do ginásio Ladymont.

27 de outubro

O túnel em volta da porta é minha maior aposta. Eu sinto que *devo* tentar logo. Acho que bolei um jeito de afastá-lo daqui. Estive examinando a porta com muita atenção esta tarde. Ela é de madeira com uma lâmina de ferro deste lado. Terrivelmente sólida. Jamais conseguiria arrombá-la ou erguê-la com uma alavanca. Ele se encarregou de não deixar nada que eu pudesse usar como aríete ou alavanca, de forma nenhuma.

Comecei a colecionar algumas "ferramentas". Um copo que posso quebrar. Seria algo afiado. Um garfo e duas colheres de chá. São de alumínio, mas podem ser úteis. O que eu mais preciso é de algo forte e afiado para esburacar o cimento que rejunta as pedras. Uma vez que consiga abrir um buraco por eles, não deve ser muito difícil dar a volta até o próximo sótão.

Isso me faz sentir prática. Empreendedora. Mas eu não fiz nada ainda.

Estou com mais esperança. Não sei por quê. Mas estou.

28 de outubro

G.P. é um artista. O "Paul Nash de segunda categoria" da tia Caroline — horrível, mas há alguma verdade aí. Nada daquilo que ele chamaria de "fotografia". Mas não completamente individual. Acho que ele simplesmente chegou à mesma conclusão. E ou ele consegue enxergar isso (que suas paisagens têm um quê de Nash), ou não. De ambas as formas, é uma crítica a ele. Que ele nem enxerga, nem comenta.

Estou sendo objetiva a seu respeito. Suas falhas.

Seu ódio pela pintura abstrata — mesmo de gente como Jackson Pollock e Nicholson. Por quê? Estou mais do que convencida intelectualmente por ele, mas ainda *sinto* que algumas das pinturas que ele diz serem horríveis são lindas. Quer dizer, ele é muito ciumento. Ele critica demais.

Não me importo com isso. Estou tentando ser honesta a seu respeito, e a meu respeito. Ele odeia gente que não "pensa as coisas até o fim" — e ele pensa. Muito. Mas ele tem (exceto em relação a mulheres) princípios. Ele faz a maioria das pessoas com supostos princípios parecerem latões vazios.

(Eu me lembro o que uma vez ele disse sobre Mondrian — "Não é uma questão de apreciar ou não seu trabalho, mas se você deveria ou não apreciá-lo" —, quer dizer, ele não gosta de arte abstrata por princípio. Ele ignora o que ele mesmo *sente*.)

Estive guardando o pior para o final. Mulheres.

Devia ser a quarta ou quinta vez que fui visitá-lo.

Tinha aquela garota, Nielsen. Imagino (agora) que eles foram pra cama. Eu era tão inocente. Mas eles não pareciam se importar com a minha presença. Não precisariam ter atendido a porta. E ela foi bem gentil comigo, no seu estilo cintilante-porém-se-sentindo-em-casa. Deve ter uns quarenta — o que ele vê nela? Então, um bom tempo depois, foi em maio, e eu o visitara na noite anterior, mas ele tinha saído (ou estava na cama com alguém?), e naquela noite ele estava em casa e sozinho, e nós conversamos um pouco (ele me ensinava sobre

John Milton), e ele pôs um disco indiano, e ficamos bem quietos. Mas ele não fechou os olhos daquela vez, ele ficou me olhando e eu fiquei tímida. Quando o *raga* terminou, fez-se um silêncio. Eu disse: Devo virar o disco?, mas ele disse: Não. Ele estava no escuro, não conseguia enxergá-lo muito bem.

De repente, ele disse: Você quer ir pra cama?

Eu disse: Não quero. Ele me pegou desprevenida e eu agi como uma boba. Assustada.

Ele disse, com os olhos ainda sobre mim: Dez anos atrás, eu casaria com você. Você teria sido meu segundo casamento desastroso.

Não foi realmente uma surpresa. Aquilo esteve esperando por semanas.

Ele se aproximou de mim. Tem certeza?

Eu disse: Não vim aqui por isso. Não mesmo.

Aquele não era o jeito dele. Tão bruto. Acho que sei, agora eu sei, ele estava sendo gentil. Deliberadamente óbvio e bruto. Como nas vezes em que me deixava ganhar no xadrez.

Foi fazer café turco e disse do outro lado da porta: Você está passando a impressão errada. Eu fui até a porta da cozinha, enquanto ele observava o *vriki*. Olhou para mim. Algumas vezes, eu podia jurar que você queria.

Quantos anos você tem?, perguntei.

Eu poderia ser seu pai. É o que você quer dizer?

Odeio promiscuidade, eu disse. Não quis dizer isso.

Ele virou as costas. Eu me senti com raiva, ele parecia tão irresponsável. Eu disse: Além do que, você não me atrai desse jeito nem um pouco.

Ele disse, ainda de costas para mim: O que você quer dizer com promiscuidade?

Eu disse: Ir para cama por prazer. Sexo e nada mais. Sem amor.

Ele disse: Então eu sou muito promíscuo. Nunca vou pra cama com quem eu amo. Fiz isso uma vez.

Eu disse: Você me alertou sobre Barber Cruikshank.

Estou alertando você a meu respeito, agora, ele disse. Ele ficou lá, olhando o *vriki*. Você conhece aquele quadro do Uccello no Ashmolean Museum? *A Caçada*? Não? A composição te acerta no momento em que você o vê. Sem contar todas as questões técnicas. Você sabe que é perfeito. Professores com sobrenomes da Europa Central perdem suas vidas inteiras decifrando qual o segredo intrínseco dessa pintura, o que você sente à primeira vista. Agora, vejo que você também possui um grande segredo intrínseco. Sabe lá Deus o que é. Não sou um professor da Europa Central, não me importo *como* funciona. Mas você tem. Você é como um móvel construído por Thomas Sheraton. Você é inabalável.

Ele disse tudo isso de um jeito bem trivial. Também.

É um risco, é claro, ele disse. A genética.

Ele ergueu o *vriki* da boca do fogão no último momento possível. A única coisa, ele disse, é esse ponto escarlate no seu olhar. O que é? Paixão? Um alerta?

Ele ficou ali me encarando, o olhar seco.

Não é desejo, eu disse.

Por ninguém?

Por ninguém.

Eu me sentei no divã e ele num tamborete.

Choquei você, ele disse.

Me avisaram.

Sua tia?

Sim.

Ele se virou e muito devagarinho, com muito cuidado, serviu o café nas xícaras.

Ele disse: Toda minha vida precisei ter mulheres. Quase sempre me deixaram infeliz. Geralmente nas relações que seriam, supostamente, puras e nobres. Ali — ele apontou para uma foto dos seus dois filhos — está o belo fruto de um nobre relacionamento.

Eu fui tomar meu café apoiada de costas para o banco, longe dele.

Robert tem apenas quatro anos a menos que você, agora, ele disse. Não beba ainda. Deixe o pó assentar.

Ele não parecia confortável. Como se precisasse conversar. Ficar na defensiva. Me desiludir e ganhar minha simpatia, ao mesmo tempo.

Ele disse: Luxúria é algo simples. Você chega a um acordo de uma vez. Ambos querem ir pra cama ou um não quer. Mas ama. As mulheres que eu amava sempre me chamavam de egoísta. É por isso que se apaixonam por mim. E também por sentirem nojo de mim. Sabe o que elas sempre acham que é egoísmo? Ele estava raspando a cola de uma cumbuca quebrada, de porcelana azul e branca, que comprara na Portobello Road e consertara — dois cavaleiros diabolicamente excitados perseguindo um gamo pequenino e assustado. Um desenho bem detalhado. Não é o fato de que eu pinte do meu jeito, viva do meu jeito, fale do meu jeito — elas não se importam com isso. Na verdade, isso as deixa excitadas. Mas o que elas não suportam é que eu odeie quando *elas* não conseguem agir de maneira própria.

Como se eu fosse um outro homem.

Pessoas como a sua tia maldita acham que sou um cínico, um destruidor de lares. Um libertino. Nunca seduzi uma mulher em minha vida. Eu gosto da cama, gosto do corpo feminino, gosto do jeito que mesmo a mais fútil das mulheres fica linda quando tira suas roupas e pensa que está dando um passo profundo e imoral. Sempre agem assim, da primeira vez. Sabe o que está quase extinto no seu gênero?

Ele olhou para mim de lado, então eu fiz que não.

Inocência. A única vez que se vê a inocência é quando uma mulher tira sua roupa e não consegue olhar em seus olhos (como eu também não conseguia, na época). Só durante esse primeiro momento Botticelli, após a primeira vez que ela tira suas roupas. Então ela murcha. A velha Eva toma posse. A rameira. Adeus, Anadiômena.

Quem é ela?, perguntei.
Ele explicou. Estava pensando que eu não deveria deixar ele falar daquele jeito, está tecendo uma rede ao meu redor. Não pensei nisso, eu *senti*.
Ele disse: Conheci dúzias de mulheres e garotas como você. Algumas eu conheci bem, algumas eu seduzi contra sua natureza e contra minha natureza, com duas delas até me casei. Mulheres que mal conhecia, só fiquei ao lado delas numa exibição, no metrô, sei lá.
Depois de um tempo, ele disse: Você já leu Jung?
Não, eu disse.
Ele deu um nome para a espécie feminina. Não que o nome ajude. A doença é igualmente ruim.
Diga-me o nome, eu disse.
Ele disse, você não conta às doenças seus nomes.
Então fez-se um silêncio estranho, como se chegássemos ao fim, como se ele esperasse que eu reagisse de outra forma. Que sentisse mais raiva ou indignação, talvez. Eu fiquei furiosa e indignada mais tarde (de um jeito peculiar). Mas fico contente de não ter fugido. Foi uma daquelas noites que amadurecem a gente. Logo percebi que ou teria que me comportar como uma garotinha assustada que um ano antes ainda ia ao colégio; ou como uma adulta.
Você é uma garota esquisita, ele disse por fim.
Antiquada, eu disse.
Você seria terrivelmente chata se não fosse tão bonita.
Obrigada.
Não esperava de verdade que você fosse pra cama comigo.
Eu sei.
Ele me olhou por um bom tempo. Então ele mudou, pegou o tabuleiro e jogamos xadrez, e ele me deixou vencer. Ele não admitiria, mas tenho certeza que sim. Nós mal conversamos, parecíamos nos comunicar através das peças, havia algo de muito simbólico em minha vitória. Que ele queria que eu

sentisse. Não sei o que era. Não sei se ele queria que eu enxergasse minha "virtude" triunfar sobre o seu "vício", ou algo mais sutil, que às vezes perder é ganhar.

Na vez seguinte em que apareci, ele me deu um desenho que havia feito. Era um desenho do *vriki* e de duas xícaras sobre o banco. Lindamente desenhado, absolutamente simples, sem excesso ou nervosismo, totalmente livre daquela visão marota de estudante de arte que existe nos desenhos de objetos simples que eu faço.
 Apenas as duas xícaras, o pequeno *vriki* de cobre e sua mão. A mão de alguém. Repousada perto de uma das xícaras, como moldada em gesso. No verso, ele escreveu: *Après*, e a data. E então, *pour "une" princesse lointaine*. O *"une"* fora sublinhado com muita ênfase.
 Queria falar sobre Toinette. Mas estou muito cansada. Quero fumar quando escrevo, e isso deixa o ar tão abafado.

29 de outubro

(Manhã.) Ele já foi? Lewes.
Toinette.
Foi um mês após a noite do disco. Eu devia ter imaginado, ela esteve ronronando ao meu redor por dias, com seus olhares arqueados. Pensei que tinha algo a ver com Piers. E aí, uma noite eu toco a campainha e percebo que a tranca estava aberta, então abri a porta e olhei para as escadas lá em cima, ao mesmo tempo em que Toinette olhava para baixo. E estávamos olhando uma para a outra. Depois de um instante, ela se aproximou da escada e vestiu as roupas. Não disse nada, só fez sinal para que eu subisse e entrasse no estúdio e, o que foi pior, eu estava vermelha, e ela, não. Ela achava graça.

Não fique assim, ela disse. Ele vai voltar num minuto. Ele só saiu para... mas nunca escutei o que era, porque eu saí.

Nunca tinha realmente analisado os motivos que me deixaram *tão* furiosa ou *tão* indignada ou *tão* magoada. Donald, Piers, David, todo mundo sabe que ela vive em Londres como vivia em Estocolmo — ela mesma me contou, eles me contaram. E G.P. havia me contado como *ele* era.

Não foi apenas ciúmes. Era como se alguém como G.P. pudesse ser próximo de uma pessoa como ela — alguém tão real e alguém tão falso, tão superficial, tão desapegado. Mas por que ele deveria me considerar, afinal de contas? Não existe motivo nenhum.

Ele é vinte e um anos mais velho do que eu. Nove anos mais jovem que papai.

Durante muitos dias, não era com G.P. que eu estava chateada, mas comigo mesma. Com minha mente bitolada. Eu me obriguei a encontrar, a ouvir Toinette. Ela não se gabou nem um pouco. Acho que foi coisa do G.P. Ele mandou que ela não se exibisse.

Ela voltou no dia seguinte. Disse que foi para dizer que estava arrependida. E (suas palavras) "Aconteceu e pronto".

Fiquei tão enciumada. Eles me fizeram sentir mais velha do que eles. Eram como crianças levadas. Felizes-com-um-segredo. E que eu era frígida. Não suportaria ver G.P. No fim, deve ter sido uma semana depois, ele me ligou de novo uma noite em que estava na casa da Caroline. Não tinha voz de culpado. Eu disse que estava muito ocupada para vê-lo. Que não sairia naquela noite, não. Se ele me pressionasse, eu teria recusado. Mas parecia que ele ia desligar, e eu disse que poderia sair no dia seguinte. Queria tanto que ele soubesse que eu estava magoada. Não se pode estar magoada pelo telefone.

Caroline disse: Acho que você está vendo ele demais.

Eu disse: Ele está tendo um *affaire* com aquela garota sueca. Nós chegamos a conversar sobre o assunto. Fui muito justa. Eu o defendi. Mas quando me deitei na cama, eu o acusei para mim mesma. Durante horas.

A primeira coisa que ele disse no dia seguinte (não estou mentindo) — ela tem sido uma megera com você?

Eu disse: Não. De jeito nenhum. Então, como se eu não me importasse: Por que seria?

Ele riu. Eu sei o que você está sentindo, ele pareceu dizer. Fiquei com vontade de estapear seu rosto. Não conseguia fingir que não me importava, o que só piorava as coisas.

Ele disse: Homens são desprezíveis.

Eu disse: O mais desprezível neles é que conseguem assumir isso com um sorriso no rosto.

Isso é verdade, ele disse. E fez-se um silêncio. Preferia não ter vindo, preferia cortá-lo da minha vida. Olhei para a porta do quarto. Estava entreaberta, eu conseguia ver a quina da cama.

Eu disse: Ainda não sou capaz de guardar a vida em compartimentos. Só isso.

Olhe, Miranda, ele disse, aqueles vinte longos anos que nos separam. Eu adquiri mais conhecimento da vida do que você, eu vivi mais e traí mais e vi mais traição. Em sua idade a gente está explodindo de ideais. Você acha que, só porque às vezes consigo enxergar o que é trivial e o que é importante na arte, eu deveria ser mais virtuoso. Mas eu não quero ser virtuoso. Meu charme (se tenho algum) é a pura franqueza. E experiência. Bondade, não. Não sou um homem bom. Talvez moralmente eu seja mais novo do que você. Consegue me entender?

Ele só estava dizendo o que eu sentia. Eu era rígida e ele, flexível, e devia ser o contrário. A culpa é minha.

Mas fiquei pensando: ele me levou ao concerto e voltou mais tarde para ela. Eu me lembrei de momentos em que toquei a campainha e ninguém respondeu. Agora vejo que foi tudo ciúme sexual, mas na hora aquilo parecia uma traição de princípios. (Ainda não sei — tudo está tão turvo na minha cabeça. Não posso julgar.)

Eu disse: Gostaria de ouvir Ravi Shankar. Não podia dizer: Eu te perdoo.

Então nós escutamos música. E jogamos xadrez. Ele me venceu. Nenhuma referência à Toinette, exceto no finalzinho, nas escadas, quando ele disse: Nós terminamos.

Não disse nada.

Ela só queria se divertir, ele disse.

Mas nunca mais foi o mesmo. Era como uma espécie de trégua. Eu o vi algumas vezes mais, mas nunca sozinho, eu escrevi duas cartas para ele quando fui à Espanha, e ele me respondeu com um cartão-postal. Eu o vi uma vez no começo deste mês. Mas vou escrever sobre isso outra hora. E vou escrever sobre a estranha conversa que tive com aquela mulher, Nielsen.

Algo que Toinette disse. Ela disse, ele falou sobre os filhos dele, e eu senti pena. Como eles pediam para ele não ir até a pomposa escola preparatória deles, mas para encontrá-los na cidade. Envergonhados de serem vistos com ele. De como Robert (na Universidade Marlborough) se julga tão superior.

Ele nunca me falou nada sobre eles. Talvez pense em segredo que eu devo pertencer ao mesmo mundo deles.

Um mundinho pedante de colégio de classe média.

(Noite.) Tentei desenhar G.P. de memória novamente, hoje. Inútil.

C. ficou sentado, lendo *O Apanhador no Campo de Centeio* depois do jantar. Várias vezes eu olhei para ele para ver quantas páginas mais sobravam para ele ler.

Ele só está lendo para me mostrar o quanto se esforça.

Eu estava passando em frente à porta da frente (banho), e ele disse: Bem, obrigado por uma noite adorável, agora boa noite. E fiz como se fosse abrir a porta. Estava trancada, é claro. Parece emperrada, eu disse. E ele não sorriu, só ficou me olhando. Eu disse: É só uma brincadeira, eu sei — ele disse. É muito *sui generis* — ele me fez sentir como uma boba. Apenas porque não sorriu.

É claro que G.P. estava sempre tentando me levar pra cama. Eu não sei por que, mas vejo com mais clareza agora do que na época. Ele me chocava, me infernizava, me provocava — nunca de um jeito indecente. Indiretamente. Ele nunca me forçou a nada. Nunca me tocou. Quer dizer, ele me respeitava de um jeito muito estranho. Não acho que ele realmente conhecesse a si mesmo. Ele queria me chocar — para me atrair ou para me afastar, ele não sabia. Deixava ao acaso.

Mais fotos hoje. Não muitas. Eu disse que o flash irritava muito os meus olhos. E não gosto dele me dando ordens. Ele é terrivelmente obsequioso, você poderia isso, você se constrangeria... não, ele não diz "constranger". Mas é um milagre que não diga.

Você devia participar de concursos de beleza, ele disse enquanto rebobinava o filme.

Obrigada, eu disse. (Nosso jeito de conversar é uma loucura, não percebo até escrever no papel. Ele fala como se eu fosse livre para ir embora a qualquer momento, e eu respondo igual.)

Aposto que você arrasaria num daqueles você-sabe-muito-bem, ele disse.
Olhei para ele, confusa. Numa daquelas roupas de banho francesas, ele disse.
Um biquíni?, perguntei.
Não posso permitir conversas assim, então eu olhei friamente para ele. É isso o que você quis dizer?
Numa fotografia, ele disse, ficando vermelho.
E o mais estranho é: eu sei que era isso mesmo o que ele quis dizer. Ele não tentou ser indecente, não estava insinuando nada, apenas sendo desajeitado. Como sempre. Ele queria dizer literalmente o que disse. Eu ficaria bem numa foto de biquíni.
Costumava pensar: agora vai. Ele é muito reprimido, mas agora ele vai se soltar.
Mas não acredito mais nisso. Não acho que ele esteja reprimindo nada. Não há nada para reprimir.

30 de outubro

Uma adorável caminhada noturna. Grandes clarões no céu, sem luar, punhados de cálidas estrelas brancas por todos os lados, como diamantes leitosos, e um belíssimo vento. Vindo do oeste. Eu o convenci a darmos voltas e mais voltas pelo jardim, dez ou doze vezes. Os ramos sussurrando, uma coruja piando no mato. E o céu totalmente selvagem, totalmente livre, todo aquele vento, e o ar, e o espaço, e as estrelas.

O vento cheio de aromas e de lugares distantes. Esperanças. O mar. Estou certa de que senti o cheiro do mar. Eu disse (depois, é claro, que estava amordaçada lá fora): Estamos perto do mar? E ele disse: Quinze quilômetros. Eu disse: Perto de Lewes. Ele disse: Não posso dizer. Como se alguém o tivesse proibido estritamente de falar. (Eu costumo perceber isso nele — uma repugnante natureza bajuladora e boazinha, dominada por outra, perversa.)

Dentro da casa, foi o oposto. Conversamos sobre sua família, novamente. Estive bebendo cidra. Eu bebo (um pouco) para ver se consigo deixá-lo bêbado e desatento, mas por enquanto ele não tocou na bebida. Ele não é abstêmio, diz. Então é só seu senso de vigília. Não será corrompido.

M. Me conte mais sobre sua família.
C. Não há nada mais para contar. Que pudesse *lhe* interessar.
M. Isso não é resposta.
C. É o que eu disse.
M. É o que eu lhe disse.
C. Costumavam dizer que eu era bom em inglês. Isso foi antes de te conhecer.
M. Não importa.
C. Imagino que você só tirava dez.
M. Isso mesmo.
C. Eu me graduei em matemática e biologia.

M. (Estava contando os pontos — suéter — lã francesa sofisticada.) Bom, dezessete, dezoito, dezenove...
C. Ganhei um prêmio pelos meus hobbies.
M. Muito esperto. Me conte mais sobre seu pai.
C. Eu já disse. Ele era um representante. Artigos de papelaria e escritório.
M. Um caixeiro-viajante.
C. Eles chamam de representantes, hoje em dia.
M. Ele morreu num acidente de carro antes da guerra. Sua mãe fugiu com outro homem.
C. Ela não prestava. Como eu. (*Lancei um olhar indiferente. Graças a Deus, ele raramente deixa escapar seu senso de humor.*)
M. Então sua tia tomou conta de você.
C. Foi.
M. Como a sra. Joe e Pip.
C. Quem?
M. Deixa pra lá.
C. Ela é boa. Ela me manteve longe do orfanato.
M. E sua prima, Mabel? Você nunca disse nada sobre ela.
C. Ela é mais velha do que eu. Trinta anos. Há um irmão mais velho, ele se mudou para a casa do meu tio Steve na Austrália, depois da guerra. Ele é um autêntico australiano. Está lá há anos. Nunca o encontrei.
M. E você não tem mais ninguém da família?
C. Tem uns parentes do tio Dick. Mas eles e a tia Annie nunca se deram.
M. Você não me contou como é a Mabel.
C. Ela é deformada. Tem espasmos. Muito esperta. Sempre quer saber tudo o que você fez.
M. Ela não anda?
C. Só em casa. Temos que levá-la na cadeira de rodas para passear.
M. Talvez eu a tenha visto.
C. Não perdeu grandes coisas.

M. Por que você não tem pena dela?
C. É como se você tivesse que ter pena dela o tempo todo. Culpa da tia Annie.
M. Explique.
C. Ela gosta de deformar tudo à sua volta, também. Não sei explicar. Como se ninguém mais tivesse o direito de ser normal. Quer dizer, ela não reclama em voz alta. São seus olhares, e você precisa tomar muito cuidado. Imagine, por exemplo, que eu diga algo sem pensar uma noite, e de manhã eu quase perca o ônibus, e precise correr como o diabo. É quase certo que tia Annie vá dizer: Pense em como você é sortudo por poder correr. Mabel não diria nada. Ela só olharia.
M. Que malvada.
C. Você precisa tomar cuidados com o que diz.
M. Cuidado.
C. Eu quis dizer cuidado.
M. Por que você não fugiu? Podia morar numa pensão.
C. Eu já pensei sobre isso.
M. Porque elas eram duas mulheres sozinhas. Você foi um cavalheiro.
C. Estava mais para um cavaleiro. (*Patéticas suas tentativas de ser cínico.*)
M. E agora elas estão na Austrália estragando a vida de seus outros parentes.
C. Imagino que sim.
M. Elas escrevem cartas?
C. Sim. Mabel, não.
M. Você leria uma carta delas um dia desses?
C. Pra quê?
M. Eu gostaria.
C. (*grande luta interna*) Eu recebi uma hoje de manhã. Estou com ela. (*Uma longa barganha, mas no fim das contas ele tirou a carta do bolso.*) São estúpidas.
M. Esqueça. Leia pra mim. Tudo.

Ele sentou-se perto da porta, e eu tricotei, tricotei e tricotei — não me lembro da carta palavra por palavra, mas era algo assim: Querido Fred (esse é o nome que ela me chama, ele disse, ela não gosta de Ferdinand — corado de vergonha). Fiquei feliz de receber notícias suas e, como disse em minha última carta, o dinheiro é seu, Deus tem sido muito generoso contigo e você não deveria se deixar levar por tamanha bondade, e espero que não tenha seguido esse caminho, seu tio Steve diz que propriedades dão mais trabalho do que realmente valem. Notei que você não respondeu minha pergunta sobre a faxineira. Sei como são os homens e lembre-se do que dizem, que a limpeza é próxima da divindade. Eu não tenho direito de reclamar, e você tem sido muito generoso, Fred, tio Steve, os garotos e Gertie não entendem por que você não veio conosco, Gert apenas mencionou hoje de manhã que você deveria estar aqui, seu lugar é com a gente, mas não pense que não sou grata. Espero que Nosso Senhor me perdoe, mas esta tem sido uma grande experiência, e você não reconheceria Mabel, ela está bronzeada com o sol daqui, e tudo é muito agradável, mas eu não gosto da poeira. Tudo aqui fica sujo e eles vivem de um jeito diferente de como vivemos em casa, falam inglês mais parecido com o dos americanos (mesmo o tio Steve) do que com o nosso. Eu não me importaria de voltar à casa da Blackstone Road, me preocupo em pensar na umidade e na poeira, espero que você tenha feito o que eu disse e limpado todas os quartos e os lençóis como eu disse, que tenha arrumado uma boa faxineira como eu disse, e espero para sua casa também.

 Fred, estou preocupada com todo aquele dinheiro, não vá perder a cabeça, o mundo está cheio de golpistas (ela se refere a mulheres, ele disse) hoje em dia, eu eduquei você tão bem quanto pude, e se você fizer besteira é como se eu fizesse besteira. Não devo mostrar esta carta a Mabel, ela diz que você não gostaria. Sei que você é maior de idade (maior que 21, ela quer dizer, ele disse), mas eu me preocupo com você por tudo o que aconteceu (ela quer dizer, pelo fato de eu ser um órfão, ele disse).

Gostamos de Melbourne, é uma cidade grande. Semana que vem vamos a Brisbane para ficar novamente com Bob e sua esposa. Ela escreveu uma carta muito bonita. Eles vão nos encontrar na estação. Tio Steve, Gert e as crianças mandam lembranças. Assim como Mabel e eu, com muito amor.

Então ela diz que eu não deveria me preocupar com o dinheiro, que o que elas têm é o suficiente. Então ela espera que eu arrume uma mulher que trabalhe, ela diz que as mais jovens não são boas de faxina, hoje em dia.

(*Fez se um longo silêncio.*)

M. Você gostou da carta?
C. Ela sempre escreve assim.
M. Ela me deixou enjoada.
C. Ela não teve uma educação formal.
M. Não é a *gramática*. É sua mentalidade mesquinha.
C. Ela cuidou de mim.
M. Certamente que sim. Ela cuidou de você, e vai continuar cuidando. Ela fez de você um completo idiota.
C. Muito obrigado.
M. Mas é a verdade!
C. Claro, você está certa. Como sempre.
M. Não diga isso! (Deixei o tricô de lado e fechei meus olhos.)
C. Ela não foi mandona comigo, nem metade do que você é.
M. Não sou mandona. Eu tento lhe ensinar.
C. Você me ensina a desprezá-la e a pensar como você, e logo você vai me abandonar e eu ficarei sem ninguém.
M. Agora você está dando uma de coitadinho.
C. É isso que você não entende. Você só precisa entrar num ambiente e as pessoas gostam de você, você pode

falar com todo mundo, você entende as coisas, mas quando...
M. *Cala* a boca. Você já é feio o bastante sem precisar chorar.

Eu guardei o tricô. Quando olhei de volta, ele estava parado, de boca aberta, tentando dizer algo. Eu sabia que o tinha magoado, sei que ele merece ser magoado, mas aí está, eu o magoei. Ele parecia *tão* carrancudo. E me lembrei que ele me deixara sair no jardim. Eu me senti mal.

Fui até ele e disse que estava arrependida e ofereci minha mão, mas ele não a apertou. Foi esquisito, ele tinha uma certa dignidade, estava realmente magoado (talvez fosse isso) e deixava claro. Então eu peguei seu braço e fiz com que ele se sentasse novamente, e disse: Eu vou te contar um conto de fadas.

Era uma vez (eu disse e ele ficou encarando o chão com o olhar duplamente amargurado) um monstro muito feio que havia capturado uma princesa e a trancafiado na masmorra do seu castelo. Todas as noites, ele a fazia se sentar com ele e a obrigava a dizer: "Você é muito bonito, milorde". E toda noite ela dizia: "Você é muito feio, seu monstro". E então o monstro ficava muito magoado e triste e encarava o chão. Então uma noite, a princesa disse: "Se você fizer tal coisa e coisa e tal, você pode ser bonito", mas o monstro disse: "Não posso, não posso". A princesa disse: "Tente, tente". Mas o monstro disse: "Não posso, não posso". Toda noite era igual. Ele pedia que ela mentisse, e ela se recusava. Então a princesa começou a pensar que ele realmente gostava de ser um monstro e muito feio. Então um dia ela viu que ele estava chorando quando ela falou, pela quinquagésima vez, que ele era feio. Então ela disse: "Você será bonito se fizer uma coisinha só. Você aceita?". Sim, ele disse, finalmente ele tentaria. Ela disse: "Então, me deixe ir embora". E ele a deixou ir embora. E de repente, ele deixou de ser feio, ele era um príncipe que se livrara da maldição. E ele seguiu a princesa para fora do castelo. E eles viveram felizes para sempre.

Sabia que aquilo era uma tolice enquanto falava em voz alta. Droga. Ele não disse nada, ele continuou olhando para baixo.

Eu disse: Agora é sua vez de contar uma história de fadas.

Ele só disse: Eu te amo.

E sim, ele teve mais dignidade do que eu, e me senti pequena, malvada. Sempre zombando, apunhalando, odiando ele e demonstrando isso. Foi engraçado, nós sentamos em silêncio encarando um ao outro, e eu tive a sensação que sentira uma ou duas vezes antes, a mais completa proximidade — *não* amor ou atração, ou simpatia, de forma alguma. Mas destinos interligados. Como náufragos numa ilha — num bote — juntos. *De todas as formas*, sem querer estar juntos. Mas estando juntos.

Eu também percebo a tristeza em sua vida, terrível. E nas vidas de sua tia e de sua prima miseráveis, e de seus parentes na Austrália. O enorme peso enfadonho e sem salvação de suas vidas. Como nos desenhos de Henry Moore das pessoas nos túneis durante os bombardeios. Pessoas que nunca poderiam ver, sentir, dançar, desenhar, chorar com música, sentir o mundo, os ventos do oeste. Nunca *sendo*, em qualquer sentido.

Apenas essas três palavras, ditas para valer. Eu te amo.

Desprovidas de esperança. Ele as disse como se tivesse dito: Eu tenho câncer.

Seu conto de fadas.

31 de outubro

Nada. Eu o analisei hoje à noite.
Ele se sentou todo tenso ao meu lado.
Estávamos olhando gravuras de Goya. Talvez tenham sido as próprias gravuras, mas ele se sentou e eu pensei que ele não estava realmente olhando para elas. Mas pensando apenas em estar tão perto de mim.
Sua inibição. É absurda. Eu conversava com ele como se pudesse facilmente ser normal. Como se não fosse um maníaco mantendo-me prisioneira aqui. E sim um homem jovem a fim de pequenas provocações de sua adorável namoradinha.
É por que nunca vejo mais ninguém. Ele se tornou a norma. Esqueço de comparar.

Outra vez com G.P. Foi logo depois do otário insensível (o que ele disse sobre o meu trabalho). Eu estava inquieta uma noite dessas. Fui até seu apartamento. Umas dez horas. Ele estava de roupão.
Estava indo pra cama, ele disse.
Queria ouvir música, eu disse. Vou embora. Mas não fui.
Ele disse: É tarde.
Eu disse que estava deprimida. Aquele fora um dia terrível e Caroline se comportou feito uma boba durante o jantar.
Ele me deixou subir e me fez sentar no divã, pôs um disco e desligou as luzes, e a lua entrou pela janela. Ela se assentou sobre minhas pernas e meu colo através da luz celestial, uma linda e vagarosa lua prateada. Navegando. E ele se sentou na poltrona do outro lado do quarto, na escuridão.
Foi a música.
As *Variações Goldberg*.
Teve uma delas, perto do final, que era muito lenta, muito simples, muito triste, porém de uma beleza muito além das palavras ou desenhos, ou de qualquer coisa além da música, linda ao luar. Música-lunar, tão prateada, tão distante, tão nobre.

Nós dois naquele quarto. Sem passado, sem futuro. Toda a intensidade profunda daquela uma-única-vez. Uma sensação de que tudo deve acabar, a música, nós mesmos, a lua, tudo. Que se chegasse ao coração das coisas você encontraria tristeza para sempre e sempre, em todo canto; mas uma bela tristeza prateada, como um rosto de Cristo.

Aceitar a tristeza. Sabendo que fingir que era tudo alegria seria uma traição. Traição a todos os tristes naquele momento, todos que já foram tristes algum dia, traição àquela música, tão verdadeira.

Em toda aquela confusão, e ansiedade, e a precariedade, e os negócios de Londres, construir uma carreira, sentir paixonites, arte, aprender, se agarrar freneticamente a experiências — de repente esse quarto silencioso e prateado repleto com aquela música.

Era como deitar de costas, como fizemos na Espanha quando dormimos fora enxergando por cima dos galhos das figueiras os corredores de estrelas, os grandes mares e oceanos estrelados. Sabendo o que significava *estar* num universo.

Chorei. Em silêncio.

No final ele disse: Posso ir pra cama, agora? Gentilmente, tirando sarro de mim um pouquinho, me trazendo de volta à Terra. E eu fui. Não acho que falamos nada. Não me lembro. Ele abriu aquele sorrisinho contido, viu que eu estava comovida.

Seu tato perfeito.

Teria ido pra cama com ele naquela noite. Se ele pedisse. Se ele chegasse e me beijasse.

Não por causa dele, mas por estar viva.

1º de novembro

Um novo mês, e uma nova sorte. A ideia do túnel continua me perseguindo, mas a dificuldade até agora foi encontrar algo com que cavar o concreto. Então ontem eu estava fazendo meus exercícios de prisioneira na sala superior do porão e vi um prego. Um daqueles velhos e grandes, caído perto da parede num canto afastado. Derrubei meu guardanapo para que pudesse ver mais de perto. Não poderia pegá-lo, ele me observa tão de perto. E é difícil com as mãos atadas. Então, hoje quando estava perto do prego (ele sempre está sentado nos degraus), eu disse (fiz de propósito): Corra e me traga um cigarro. Estão na cadeira, perto da porta. É claro que ele não iria. Ele disse: Qual é o jogo?

Eu fico aqui, não vou me mexer.

Por que você mesma não vai buscá-los?

Por que às vezes eu gosto de lembrar dos tempos quando os homens eram gentis comigo. Só isso.

Não achei que funcionaria. Mas funcionou. Ele repentinamente decidiu que não havia nada que eu pudesse fazer, nada que eu pudesse recolher. (Ele tranca objetos numa gaveta quando venho aqui.) Então ele saiu pela porta. Um segundo apenas. Mas me inclinei feito um relâmpago, peguei o prego e o escondi no bolso da minha saia — feito especialmente com esse propósito — e fiquei parada exatamente como ele me deixara quando voltou num salto. Então fiquei com meu prego. E fiz ele pensar que pode confiar em mim. Dois coelhos com uma cajadada só.

Nada. Mas pareceu uma tremenda vitória.

Comecei a colocar meu plano em prática. Durante dias estive contando a Caliban que eu não via por que P e M e todo mundo deveriam ficar às escuras sem saber se eu ainda existia ou não. Pelo menos, ele poderia contar-lhes que eu ainda estava viva e bem. À noite, após o jantar, eu disse que ele poderia comprar papel na Woolworths e usar luvas e tudo mais. Ele tentou se esquivar, como sempre. Mas insisti. Esmagava todas as suas objeções. E no final das contas senti que ele estava realmente começando a pensar que poderia fazer isso por mim.

Eu disse que ele poderia enviar a carta em Londres, para manter a polícia afastada. E que eu queria todo o tipo de coisas de Londres. Preciso mantê-lo afastado por pelo menos três ou quatro horas. Por causa do alarme. E então vou tentar meu túnel. O que estive pensando é que as paredes deste porão (e da sala superior) são feitas de pedras — não um bloco de pedra — então, atrás das pedras deve haver terra. Tudo o que preciso fazer é atravessar essa superfície de pedras e então estarei em terra macia (só imagino).

Talvez seja loucura. Mas estou ardendo de vontade de tentar.

Aquela Nielsen.

Eu a encontrei mais duas vezes na casa de G.P., quando havia outras pessoas lá — uma delas era seu marido, um dinamarquês, um tipo de importador. Ele falava inglês perfeitamente, então soava perfeitamente errado. Afetado.

Eu a encontrei um dia quando ela saía do cabeleireiro, e eu entrava para marcar um horário para Caroline. Fez aquele olhar indisposto que mulheres como ela põem sobre garotas da minha idade. O que a Minny chama de bem-vinda-à-tribo-das-mulheres. Significa que elas vão tratar você como uma adulta, mas elas não acham de verdade que você é uma delas, e de qualquer maneira, têm ciúmes de você.

Ela me convidou para um café. Fui boba, eu devia ter mentido. Foi uma conversa fiada, sobre mim, sobre sua filha, sobre arte. Ela tem conhecimentos, e tentou me impressionar com nomes importantes. Mas o que admiro é o que as pessoas sentem a respeito da arte. Não o que ou quem elas conhecem.

Sei que ela não pode ser lésbica, mas se encaixa perfeitamente na descrição. Coisas em seus olhos que ela não ousaria lhe contar. Mas quer que você pergunte.

Não dá para saber o que houve e o que ainda rola entre mim e G.P., ela parecia dizer. Quero ver você perguntar.

Ela falou à beça sobre a Charlotte Street no fim dos anos 1930 e durante a guerra. Dylan Thomas. G.P.

Ele gosta de você, ela disse.

Eu sei, respondi.

Mas foi um choque. Tanto que ela soubesse (será que ele lhe disse?) quanto que quisesse discutir o assunto. Eu sei que ela queria.

Ela queria discutir o assunto *pra valer*.

E depois falou da filha.

Disse: Ela está com dezesseis. Simplesmente não consigo me entender com ela. Às vezes, quando falo com ela me sinto como um animal num zoológico. Ela só fica lá fora e me observa.

Eu sei que ela já havia contado essa história antes. Ou lido em algum lugar. Dá para perceber.

São todas iguais, as mulheres como ela. Não são as adolescentes e as filhas que são diferentes. Nós não mudamos, somos apenas jovens. É essa gente boba de meia-idade dos dias de hoje, que precisa se manter jovem, eles é que mudaram. Essa tola e desesperada tentativa de estar com a gente. Não podem ficar com a gente. Nós não queremos eles do nosso lado. Não queremos que eles se vistam com nossas roupas, falem do nosso jeito e tenham nossos interesses. Eles nos imitam tão mal que é impossível respeitá-los.

Mas aquilo me fez sentir, aquele encontro com ela, que G.P. realmente me amava (me queria). Há um laço profundo entre nós — seu jeito de me amar, meu jeito de lhe querer muito bem (amando mesmo, mas não sexualmente), um sentimento de que estamos tateando um compromisso. Uma espécie de névoa de desejo não resolvido e de tristeza entre nós. Algo que outras pessoas (como a mulher N) jamais conseguiriam entender.

Duas pessoas num deserto, tentando ao mesmo tempo achar a si mesmas e achar um oásis onde poderiam viver juntas.

Comecei a pensar mais e mais assim — é uma crueldade terrível do destino ter colocado esses vinte anos entre nós. Por que ele não podia ser da minha idade, ou eu da sua? Então esse lance de idade não seria mais um fator determinante que tira o amor de cara da jogada, mas uma muralha cruel do destino foi construída entre nós. Não penso mais: a muralha está entre nós. Penso: a muralha que nos mantém separados.

2 de novembro

Ele apareceu com o papel depois do jantar, e ditou uma carta absurda que eu tive que escrever.

Então o problema começou. Eu tinha preparado um bilhete curtinho, escrito em letras bem miudinhas, que coloquei às escondidas no envelope quando ele não estava olhando. Era muito pequeno, e nas melhores histórias de espionagem o bilhete não seria notado.

Ele notou.

E ficou furioso. Aquilo fez com que ele visse as coisas sob a fria luz da realidade. Mas ele estava genuinamente chocado que eu estivesse assustada. Não consegue se imaginar me matando ou me violentando, e isso já é alguma coisa.

Deixei que sofresse a sós, mas depois tentei ser boazinha com ele (porque eu sei que preciso fazer com que ele mande aquela carta). *Foi* um parto. Nunca tinha visto ele assim tão magoado.

Ele desistiria de tudo e me deixaria ir pra casa?

Não.

O que ele queria fazer comigo, então? Me levar pra cama?

Ele me deu um olhar, como se eu estivesse sendo bem desagradável.

Então tive uma inspiração. Eu fiz um teatrinho. Sua escrava oriental. Ele gosta quando banco a boba. As coisas mais estúpidas que faço ele chama de espertas. Ele mesmo chega ao ponto de me acompanhar, cambaleando atrás de mim (não que eu seja tão deslumbrante) como uma girafa.

Então consegui que ele me deixasse escrever outra carta. Ele espiou novamente o envelope.

Então eu o convenci de ir a Londres, como meu plano exigia. Eu lhe dei uma lista ridícula de compras (a maioria das coisas eu não queria, mas era para deixá-lo ocupado). Finalmente, ele concordou. Gosta que eu o bajule, o brutamontes.

Um pedido — não, eu não peço coisas a ele, eu ordeno. Mandei que ele comprasse um George Paston. Eu lhe dei uma lista de galerias onde ele poderia encontrar obras do G.P. Até tentei convencê-lo de ir ao estúdio.

Mas assim que soube que era em Hampstead, ele percebeu o truque.

Queria saber se eu conhecia esse George Paston. Não, eu disse, bem, só de nome. Mas não fui muito convincente; e fiquei com medo que ele não comprasse nenhum de seus quadros em canto algum. Então eu disse: Ele é um amigo casual, é bem velho, mas é um bom pintor, e ele precisa muito do dinheiro, e eu gosto muito de alguns de seus quadros. Nós poderíamos pendurá-los nas paredes. Se você comprar direto dele, não estaríamos dando dinheiro às galerias, mas vejo que você está assustado com a ideia — eu disse —, então não se fala mais nisso. É claro que ele não caiu *nessa*.

Queria saber se G.P. era um desses pintores de parede. Eu o fuzilei com meu olhar.

C. Estava só brincando.
M. Então, pare.

Um pouco depois, disse, ele vai querer saber de onde eu vim e tudo mais.

Eu disse a ele o que dizer, e ele disse que pensaria a respeito. O que em calibanês significa "não". Era esperar demais; e provavelmente não há nada de G.P. em nenhuma galeria.

Não me preocupo, porque não vou estar aqui uma hora dessas amanhã. Vou escapar.

Ele vai sair depois do café da manhã. Vai me deixar o almoço preparado. Então devo ter quatro ou cinco horas (a menos que ele trapaceie e não compre tudo o que pedi, mas ele nunca falhou antes).

Sinto pena do Caliban esta noite. Ele *vai* sofrer quando eu me mandar. Não haverá mais nada. Ficará sozinho com toda sua neurose sexual, sua neurose classista, sua inutilidade e seu vazio. Ele pediu por isso. Não sinto pena de verdade. Mas não estou completamente indiferente.

4 de novembro

Não consegui escrever ontem. Muito chateada.
    Fui muito idiota. Consegui que ele saísse de casa o dia inteiro, ontem. Tive horas para fugir. Mas nunca cheguei a pensar nos problemas. Eu me imaginei escavando punhados de terra macia e argilosa. O prego foi inútil, não escavou o cimento de maneira adequada. Achei que ele se esfarelaria facilmente. Mas era terrivelmente duro. Levei horas para conseguir retirar uma pedra. Não havia terra por trás, e sim outra pedra, maior, caiada, e nem consegui ver onde ela terminava. Consegui tirar outra pedra da parede, mas não adiantou. Lá estava a mesma pedra por detrás. Comecei a ficar desesperada, vi que o túnel não funcionaria. Eu bati violentamente na porta, tentei forçá-la com o prego, e acabei machucando minha mão. Só isso. Tudo o que consegui no final das contas foi machucar minha mão e quebrar algumas unhas.
    Não sou forte o suficiente sem ferramentas. Mesmo com ferramentas.
    No fim, coloquei as pedras de volta e salpiquei (tão bem quanto pude) o cimento, e misturei com água e talco para camuflar o buraco. É típico do que me passa pela cabeça aqui dentro — de repente eu me convenço que a escavação precisaria ser feita em um número x de dias, que a única tolice era achar que eu terminaria tudo de uma só vez.
    Então eu perdi um tempão tentando esconder o lugar.
    Mas não deu certo, pequenos pedaços caíram, e eu havia começado no lugar mais óbvio, onde ele certamente perceberia.
    Então, desisti. De repente, decidi que era um caso perdido, uma estupidez, uma inutilidade. Como um desenho ruim. Sem salvação.
    Quando ele chegou, viu de cara. Ele sempre bisbilhota assim que entra. Então ele procurou ver quão longe eu havia ido. Sentei na cama e o observei. No final, joguei o prego nele.

Ele cimentou as pedras de volta. Ele diz que é rocha maciça em volta de tudo.

Não falei com ele a noite toda, nem olhei as coisas que ele comprou, ainda que pudesse ver que uma delas era uma moldura de quadro.

Tomei um comprimido para dormir e fui para a cama logo após o jantar.

Então, hoje de manhã (acordei cedo), antes de ele descer, decidi deixar passar como algo sem importância. Para me sentir normal.

Não para desistir.

Desembrulhei todas as coisas que ele havia comprado. Em primeiro lugar, um quadro de G.P. É o desenho de uma garota (uma mulher jovem), um nu, diferente de todas as coisas que eu tinha visto dele, e acho que deve ser algo que ele fez muito tempo atrás. É totalmente *ele*. Tem a simplicidade do seu traço, a aversão à pieguice, ao expressionismo à la Topolski. Ela está meio virada, pendurando ou retirando um vestido de um cabide. Um rosto bonito? É difícil de dizer. Um corpo roliço como um Maillol. Inferior a dúzias de coisas que ele produziu desde então.

Mas real.

Eu o beijei assim que o retirei do embrulho. Fiquei olhando algumas de suas linhas não como linhas, mas como coisas que ele havia tocado. A manhã inteira. Agora.

Amor, não. Humanidade.

Caliban ficou surpreso que eu estivesse tão positivamente alegre quando ele chegou. Eu agradeci a ele por todas as coisas que ele comprou. Eu disse: Você não pode ser um prisioneiro decente se não tentar fugir, e agora não vamos falar sobre isso — concorda?

Ele disse que telefonou para todas as galerias que lhe indicara. Só havia aquele quadro.

Muito obrigada, eu disse. Posso ficar com ele aqui embaixo? E quando eu for, deixarei ele com você. (Não devo — ele disse que preferiria ter um desenho meu, de qualquer forma).

Eu perguntei se ele tinha enviado a carta. Ele disse que sim, mas eu vi que estava ficando corado. Disse que acreditava nele e que seria um truque muito do sujo se não enviasse a carta que eu estava segura que ele havia enviado.

Tenho quase certeza que ele amarelou, como amarelou com o cheque. Era bem a cara dele. Mas nada que eu diga vai fazer com que envie a carta. Então decidi que devo supor que ele enviou a carta.

Meia-noite. Tive que parar. Ele desceu.

Ficamos ouvindo os discos que ele comprou.

"Música para Percussão e Celesta", de Bartók.

A mais adorável.

Ela me fez lembrar do verão passado em Collioure. O dia em que fomos, nós quatro com os estudantes franceses, pelo caminho das azinheiras até a torre. As azinheiras. Uma cor absolutamente nova, de um castanho incrível, ruivo, ardente, sangrado, no lugar de onde eles retiraram a cortiça. As cigarras. O mar de um índigo selvagem, visto entre os troncos, e o calor e o cheiro de tudo queimado por ele. Piers, eu e todo mundo, exceto Minny, ficamos meio altinhos. Dormir na sombra, acordar avistando entre as folhas o céu de um azul-cobalto, pensando em como seria impossível pintar certas coisas, como um pigmento azul qualquer poderia sequer representar a vívida cor azul do céu? Eu logo senti que não queria pintar, pintar seria apenas se exibir, o lance era experimentar, e experimentar para sempre.

A beleza do sol límpido sobre os troncos vermelho-sangue.

E voltando eu fiz uma longa caminhada com um rapaz simpático e tímido, Jean-Louis. Seu inglês ruim e meu francês ruim, e mesmo assim nos entendemos. Ele era terrivelmente tímido. Assustado com Piers. Com ciúmes dele. Ciúmes do braço à minha volta, do tolo e desajeitado Piers. E então eu descobri que Jean-Louis queria ser padre.

Piers ficou tão rude depois disso. Aquele medo estúpido, cruel e desajeitado que os machos ingleses têm de serem delicados e verdadeiros. Ele não conseguia enxergar que era claro que o pobre Jean-Louis gostou de mim, é claro que ele se sentia sexualmente atraído, mas havia essa outra coisa, não era realmente timidez, era uma determinação em se tornar um padre e viver no mundo. Um esforço simplesmente colossal em se chegar a um acordo consigo mesmo. Como destruir todos os quadros que você já pintou e começar de novo. Só que ele precisava fazer isso todos os dias. Toda vez que ele via uma garota de quem gostasse. E tudo o que Piers tinha a dizer foi, aposto que ele tem sonhos eróticos com você.

Tão apavorante, aquela arrogância, aquela insensibilidade dos meninos que foram de escolas públicas. Piers está sempre repetindo o quanto odiou Stowe. Como se isso resolvesse tudo. Eu sempre percebo quando ele não entende alguma coisa. Ele se torna cínico, diz algo chocante.

Quando contei a G.P. sobre isso, bem depois, ele apenas disse, pobre comedor de escargot, ele provavelmente ficou de joelhos rezando para conseguir esquecer você.

Vendo Piers jogar pedras no mar — onde foi aquilo? — em algum lugar perto de Valência. Tão bonito, como um jovem deus, dourado de sol, com seus cabelos escuros. Sua sunga de banho. E Minny disse (ela estava deitada ao meu lado, ah, é tão nítido), ela disse, não seria ótimo se Piers fosse burro?

Então ela disse, você iria pra cama com ele?

Eu disse, não. E depois, não sei.

Piers se aproximou naquela hora, e queria saber por que ela estava sorrindo.

Nanda acabou de me contar um segredo, ela disse. Sobre você.

Piers fez alguma piada sem graça e saiu para buscar o almoço no carro com o Peter.

Que segredo, eu quis saber.

Corpos ganham do cérebro, ela disse.

A sabichona Carmen Grey sempre sabe o que dizer.

Sabia que você ia falar isso, disse ela. Ela estava desenhando na areia e eu estava de bruços, olhando-a. Ela disse: O que eu quero dizer é que ele é tão bonito que a gente até esquece que ele é tão estúpido. Você pode pensar: Eu poderia casar com ele e lhe ensinar. Não é? E você sabe que não dá. Ou você poderia ir pra cama com ele só por curtição, e um dia você perceberia que estava apaixonada pelo corpo dele e que não conseguiria viver sem ele, e você estaria aprisionada com aquele cabeça de jerico para todo o sempre.

Então ela disse: Não é assustador?

Não mais do que tantas outras coisas.

Sério. Se você casar com ele eu nunca mais falo com você.

E ela estava falando sério. Aquele olhar afiado como uma lança tão típico dela. Eu me levantei e lhe dei um beijo antes de ir me encontrar com os rapazes. E ela ficou lá, sentada, ainda olhando para a areia.

Nós duas somos sagazes demais. Não dá pra evitar. Mas ela sempre disse: Eu acredito nisso, devo agir assim. Tem que ser alguém que seja no mínimo igual a você, que consiga enxergar as coisas de longe tão bem quanto você. E o lance do corpo vai estar sempre em segundo lugar. E eu sempre pensei secretamente: Carmen vai ser mais uma solteirona. É complicado demais ter ideias tão definitivas.

Mas agora penso em G.P. e o comparo com Piers. E Piers não tem nada a seu favor. Apenas um corpo dourado atirando pedras a esmo no mar.

5 de novembro

Fiz ele sofrer hoje à noite.

Comecei atirando coisas lá em cima. Primeiro as almofadas e depois, pratos. Queria quebrá-los não era de hoje.

Mas eu fui uma fera, de verdade. Mimada. Ele sofreu bastante. É tão fraco. Ele deveria ter me dado um tapa na cara.

Ele chegou a me agarrar, para me impedir de quebrar outro de seus malditos pratos. Nós quase nunca nos tocamos. Eu odiei. Foi como água gelada.

Eu lhe dei uma lição. Mandei a real sobre ele e sobre o que ele deveria fazer da vida. Mas ele não escuta. Ele gosta quando falo sobre ele. Não importa o que eu diga.

Não vou escrever mais. Estou lendo *Razão e Sensibilidade*, e preciso saber o que acontece com Marianne. Marianne sou eu; Eleanor é como eu devo ser.

O que acontece se ele sofrer uma batida? Um infarto. Qualquer coisa.

Eu morro.

Não conseguiria sair. Tudo o que consegui anteontem foi provar isso.

6 de novembro

É de tarde. Nada de almoço.
 Outra fuga. Tão perto, me pareceu em certo ponto. Mas nunca foi. Ele é um demônio.
 Tentei o truque da apendicite. Pensei nele semanas atrás. Sempre pensei nele como um último recurso. Algo que eu não deveria arriscar sem estar preparada. Não escrevi aqui a respeito disso, caso ele encontrasse isto.
 Esfreguei talco no rosto. Então quando ele bateu na porta esta manhã eu engoli um bocado de sal e água que guardara, e pressionei minha língua e o momento foi perfeito, ele entrou e me viu vomitando. Eu fiz uma baita encenação. Deitada na cama com meus cabelos bagunçados e segurando minha barriga. Ainda de pijamas e de roupão. Gemendo um pouco, como se agisse com tremenda bravura. O tempo todo ele ficou parado e disse: Qual o problema, qual o problema? E tivemos uma espécie de discussão, Caliban queria me persuadir a não ir ao hospital, e eu insistindo que ele precisava me levar. E então ele pareceu se convencer. Murmurou alguma coisa sobre aquilo ser "o fim" e saiu correndo.
 Ouvi a porta de ferro ser aberta (eu ainda estava olhando para a parede), mas não ouvi ser trancada. Depois, a porta de fora. E então o silêncio. Foi tão estranho. Tão repentino, tão completo. Tinha funcionado. Eu peguei as meias e os sapatos e corri até a porta de ferro. Estava entreaberta uns quatro ou cinco centímetros. Pensei que poderia ser uma armadilha. Então continuei com a encenação, abri a porta e disse seu nome numa voz de pobre coitada pelo sótão e pelas escadas acima. Consegui ver a luz, tampouco havia trancado a porta de fora. Passou pela minha cabeça que aquilo era exatamente o que ele faria, ele não iria ao médico. Ele fugiria. Surtaria completamente. Mas ele não levou o furgão. Ou eu teria ouvido o motor. Mas não ouvi. Devo ter esperado vários minutos, eu deveria saber, mas não conseguia suportar o suspense.

Puxei a porta e corri para fora. E lá estava ele. De cara. Em plena luz do dia.

Esperando.

Não consegui fingir que estava doente. Calcei os sapatos. Ele segurava algo (um martelo?) com a mão, olhos bem abertos, estou certa que ele ia me atacar. Nós meio que ficamos estáticos por um instante, nenhum dos dois sabendo o que fazer. Então, me virei e corri de volta. Não sei por que, não parei para pensar. Ele veio atrás, mas parou quando me viu entrar (como instintivamente eu sabia que ele faria — meu único lugar a salvo dele é aqui embaixo). Eu ouvi ele se aproximar e trancar a porta.

Eu sabia que era a coisa certa a se fazer. Aquilo salvou minha vida. Se tivesse gritado ou tentado escapar ele poderia ter me espancado até morrer. Ele tem momentos em que está possesso, bem fora de controle.

É o truque dele.

(Meia-noite.) Ele me trouxe o jantar aqui embaixo. Não disse uma palavra. Eu passei a tarde fazendo uma tira em quadrinhos dele. O Terrível Conto de um Rapaz Inofensivo. Absurda. Mas eu preciso segurar as rédeas da realidade e do horror. Ele começa como um camareiro gentil e termina como um monstro babão de filme de terror.

Quando estava indo embora, mostrei os quadrinhos para ele. Não riu, simplesmente olhou para os desenhos com atenção.

É óbvio, ele disse. Quer dizer, óbvio que eu tirasse sarro da sua cara.

Sou uma entre uma fileira de espécimes. É quando tento bater as asas que ele me odeia. Meu papel é estar morta, presa por um alfinete, sempre a mesma, sempre linda. Ele sabe que parte da minha beleza reside em estar viva, mas é morta que ele me quer. Ele me quer viva-porém-morta. Eu me sinto terrivelmente fortalecida hoje. O fato de estar viva e em transformação, e o fato de eu ter uma mente consciente e ter mudanças de humor, e tudo isso estava se tornando um incômodo.

Ele é sólido, imutável, determinado. Um dia, me mostrou o que chamou de jarro de insetos. Estou presa lá dentro. Batendo as asas contra o vidro. Mas como consigo ver através dele, ainda penso que conseguirei escapar. Tenho esperanças. Mas é tudo uma ilusão.

Uma grossa redoma de vidro.

7 de novembro

Como os dias se arrastam. Hoje. Insuportavelmente longo.

Meu único consolo é o desenho de G.P. Amadurece dentro de mim. Do meu ser. É a única coisa viva, exclusiva, criativa que existe aqui. É a primeira coisa que olho quando acordo, a última à noite. Fico em frente dele e o observo. Conheço cada traço. Ele fez um remendo num dos pés da modelo. Existe algo ligeiramente fora de eixo na composição como um todo, como se faltasse alguma coisinha em algum lugar. Mas está viva.

Depois do jantar (voltamos ao normal) Caliban me entregou *O Apanhador no Campo de Centeio* e disse: Eu li. Entendi na mesma hora, pelo seu tom de voz, o que ele quis dizer — "e não achei grandes coisas".

Eu me sinto desperta, farei o diálogo.

M. Então?
C. Não vejo muito sentido no livro.
M. Você percebe que este é um dos mais brilhantes estudos sobre a adolescência já escritos?
C. Achei o personagem meio confuso.
M. É claro que ele é confuso. Mas ele sabe que está confuso, ele tenta expressar o que sente, os seus defeitos fazem dele um ser humano. Você não sente pena dele?
C. Não gosto do jeito que ele fala.
M. Eu não gosto do jeito que você fala. Mesmo assim não trato você com desrespeito ou antipatia.
C. Imagino que seja muito esperto. O jeito como ele escreve e tudo mais.
M. Eu te dei esse livro para ler porque pensei que você poderia se identificar com ele. Você é um Holden Caulfield. Ele não se encaixa em lugar nenhum e você também não.
C. Não me surpreende, do jeito que ele age. Ele não tenta se encaixar.

M. Ele tenta construir algum tipo de realidade em sua vida, algum tipo de decência.
C. Não é realista. Frequentar uma escola grã-fina e ter pais endinheirados. Ele não se comportaria desse jeito. Na minha opinião.
M. Eu sei o que você é. Você é o Velho do Mar.
C. Quem é esse?
M. O velho terrível que Simbad precisa carregar nas costas. É isso o que você é. Você sobe nas costas de tudo o que é vital, de tudo aquilo que tenta ser honesto e livre, e você os derruba.

Não vou prosseguir. Discutimos — não, nós não discutimos, eu falo e ele tenta se desviar das minhas palavras.

É verdade. Ele é o Velho do Mar. Não posso suportar idiotas como o Caliban, com seu grande fardo de pequeneza, egoísmo e maldade de todos os tipos. E uns poucos são obrigados a carregar tudo isso. Os médicos, os professores e os artistas — não que não existam traidores entre eles, mas a esperança que existe está com eles — com a gente.

Porque eu sou um deles.

Sou um deles. Sinto e já tentei comprovar isso. Senti durante meu último ano no internato Ladymont. Havia poucas entre nós que nos importávamos, e havia as tolas, as esnobes, as pretendentes a debutantes, as queridinhas do papai, as amazonas e as gatinhas sensuais. Eu jamais voltarei a Ladymont. Porque não suportaria aquela atmosfera sufocante das coisas "garantidas" e das pessoas "certas" e do comportamento "correto". (Boadicea escreveu "apesar de seus estranhos pontos de vista políticos" em minha dissertação — que ousadia!) Eu não vou ser uma veterana de um lugar assim.

Por que deveríamos tolerar tamanho calibanismo? Por que toda pessoa boa, vital e criativa deve ser martirizada pela grande gororoba universal?

Em tal situação eu sou uma representante.

Mártir. Prisioneira, incapaz de crescer. À mercê do ressentimento, dessa odiosa e monumental inveja dos Calibans desse mundo. Porque eles nos odeiam, eles nos odeiam por sermos diferentes, por não sermos eles, por eles mesmos não serem como nós. Eles nos perseguem, nos ignoram, nos desdenham, bocejam em nossa cara, eles vendam os próprios olhos e tapam seus ouvidos. Fazem qualquer coisa para evitar tomar conhecimento a nosso respeito ou para nos respeitar. Eles rastejam atrás dos melhores de nós depois que morrem. Pagam milhares e milhares por Van Goghs e Modiglianis nos quais eles teriam cuspido na época em que foram pintados. Gargalhado. Feito piadas grosseiras.

Eu os odeio.

Odeio os ignorantes e sem educação. Odeio os pomposos e os falsos. Odeio a inveja e o ressentimento. Odeio os intricados e os malvados e os coitadinhos. Odeio todas as pessoas pequenas, enfadonhas e comuns que não sentem vergonha de serem enfadonhas e pequenas. Odeio o que G.P. chama de Gente Nova, a nova classe de gente com seus carros, seu dinheiro, suas TVs, suas estúpidas vulgaridades e sua estúpida e rastejante imitação da burguesia.

Amo a honestidade e a liberdade e a doação. Amo construir, amo fazer, amo ser ao extremo, amo tudo o que não é sentar, olhar, copiar e estar morto por dentro.

G.P. riu quando soube que fui do Partido Trabalhista uma época (bem no início). Lembro que ele disse: Você está apoiando o partido que deu luz à Gente Nova — não percebe?

Eu disse (estava chocada, porque, por tudo que ele havia dito sobre outras coisas, achava que ele devia ser trabalhista, sei que ele tinha sido um comunista, antes): Eu prefiro que tenhamos Gente Nova do que gente pobre.

Ele disse: essa Gente Nova ainda é pobre. São a nova forma de pobreza. Os outros não tinham dinheiro, esses não têm alma.

De repente ele disse: Você já leu *Major Barbara*?

Como a peça provava o modo como as pessoas precisavam ser salvas financeiramente antes que você pudesse salvar suas almas.

Elas esqueceram de uma coisa, ele disse. Elas trouxeram o Bem-Estar Social, mas esqueceram da própria Barbara. Afluência, afluência, e nenhuma alma à vista.

Sei que ele está errado em algum ponto (estava exagerando). É *preciso* ser de esquerda. Todas as pessoas decentes que eu conheci eram contra os conservadores. Mas vejo o que ele quer dizer, eu percebo, cada vez mais e em todos os cantos, o terrível peso morto dessa obesa Gente Nova. Corrompendo tudo. Vulgarizando tudo. Violando o campo, como papai diria com seu humor rural. Tudo é produzido em massa. Tudo é massificado.

Sei que deveríamos encarar o rebanho, controlar o estouro da boiada como num filme de faroeste. Trabalhar por eles e ter tolerância com eles. Jamais ficaria numa torre de marfim, é o que há de mais desprezível, escolher abandonar a vida porque ela não lhe cai bem. Mas às vezes é assustador, pensar na luta que é a vida quando é levada a sério.

Tudo isso é papo. Provavelmente devo encontrar alguém e me apaixonar e casar com ele, e as coisas vão dar a impressão de que estão mudando e eu não me importarei mais. Eu me tornarei um Mulherzinha. Alguém do time inimigo.

Mas é *assim* como me sinto atualmente. Que pertenço a um tipo de bando de gente que precisa resistir contra todo o resto. Não sei quem são eles — homens famosos, vivos e mortos, que lutaram pelas coisas certas, criaram e pintaram do jeito certo, e pessoas infames que eu conheço e não mentem sobre as coisas, que tentam não ser preguiçosos, que procuram ser humanas e inteligentes. Sim, pessoas como G.P., com todos os seus defeitos. Seu Defeito.

Elas nem chegam a ser pessoas boas. Têm seus momentos de fraqueza. Momentos de sexo e momentos de bebedeira. Momentos de covardia e dinheiro. Eles passam férias na Torre de Marfim. Mas uma parte deles faz parte do bando.
Os Escolhidos.

9 de novembro

Sou vaidosa. Não sou um deles. Eu *quero* ser um deles, e isso não é a mesma coisa.

Claro, Caliban não é um representante típico da Gente Nova. Ele é um antiquado incorrigível (ele chama o toca-discos de "gramofone"). E tem sua falta de confiança. Eles não têm vergonha de quem são. Me lembro de P dizendo que eles pensam que são todos iguais aos melhores assim que compram uma TV e um carro. Mas, lá dentro, Caliban é um deles — ele tem esse ódio do inusitado, essa vontade que todos sejam o mesmo. E o péssimo uso do dinheiro. Por que as pessoas deveriam ter dinheiro se elas não sabem como usá-lo?

Fico enjoada cada vez que penso em todo o dinheiro que Caliban ganhou; e de todas as outras pessoas como ele que ganham dinheiro.

Tão egoístas, tão maldosas.

G.P. disse, naquele dia: Os pobres honestos são os ricos vulgares sem dinheiro. A pobreza os obriga a ter boas qualidades, orgulho e outras coisas, para além do dinheiro. Então, quando conseguem dinheiro, não sabem o que fazer com ele. Esquecem suas antigas virtudes, que afinal de contas não eram virtudes reais. Pensam que a única virtude é ganhar mais dinheiro e poder gastá-lo. Não conseguem imaginar que existem pessoas para quem o dinheiro não é nada. Que as coisas mais bonitas não dependem de dinheiro.

Não estou sendo honesta. Ainda quero dinheiro. Mas sei que é errado. Acredito em G.P. — não preciso acreditar quando ele diz essas coisas, posso ver que é verdade —, ele raramente se preocupa com dinheiro. Ele tem apenas o suficiente para comprar seus materiais, para viver, para tirar umas férias por ano, para se manter. E tem uma dúzia de outros — Peter. Bill McDonald. Stefan. Eles não vivem no mundo do dinheiro. Se eles têm, eles gastam. Se não têm, seguem em frente.

Pessoas como Caliban não têm cabeça para o dinheiro. Eles só precisam ter um pouquinho, como a Gente Nova, e se transformam em monstros. Todas aquelas pessoas horrendas que não me davam dinheiro quando eu estava coletando. Vou dizer, eu só precisava olhar em seus olhos. Os burgueses dão dinheiro porque ficam envergonhados se você os incomodar. Pessoas inteligentes doam, ou pelo menos eles olham para você com sinceridade e dizem não. Não sentem vergonha. Mas a Gente Nova é mesquinha demais para doar e pequena demais para admitir isso. Como o homem horrível em Hampstead (um deles) que disse: Vou te dar cinquenta centavos se você provar que o dinheiro não vai parar no bolso de alguém. Ele achou que estava sendo engraçado.

Dei as costas a ele, o que foi errado, porque meu orgulho era menos importante que as crianças. Então, mais tarde, eu doei uma libra por ele.

Mas ainda o odeio.

Com Caliban, é como se alguém o obrigasse a beber uma garrafa inteira de uísque. Ele não aguenta. A única coisa que o manteve decente antes foi a pobreza. Estar preso num lugar e num emprego.

É como pôr um cego num carro veloz e deixar que ele dirija para onde quiser, do jeito que achar melhor.

Uma coisa boa para encerrar. O disco de Bach chegou hoje, eu já toquei ele duas vezes. Caliban disse que gostou, mas que ele não era "musical". Mesmo assim, ele se sentou com o tipo de expressão correta em seu rosto. Vou tocar as partes que eu gosto novamente. Vou deitar na cama no escuro ouvindo a música e vou pensar que estou com G.P. e que ele está deitado bem ali com os olhos fechados, e suas bochechas marcadas, e seu nariz de judeu; como se ele estivesse em sua própria tumba. Só que não há nada de morto nele.

Mesmo assim. Esta noite Caliban estava atrasado.

Onde você esteve, provoquei. Ele apenas pareceu estar surpreso, não disse nada. Eu disse: Você está tão atrasado.

Ridículo. Eu queria que ele chegasse. Com frequência eu quero que ele venha.

Para você ver como estou solitária.

10 de novembro

Tivemos uma briga esta noite sobre o dinheiro dele. Eu disse que deveria doar a maior parte. Tentei envergonhá-lo para que se sentisse obrigado a doar o dinheiro. Mas ele não confia em nada. Isso é o que ele tem de pior. Como o cara em Hampstead, ele desconfia que as pessoas não usem o dinheiro coletado para o propósito que alegam. Ele acha que todo mundo é corrupto, que todo mundo tenta pegar o dinheiro para si mesmo.

Não adianta dizer que eu sei que o dinheiro é usado para causas legítimas. Ele diz: Como você sabe? E é claro que eu não tenho como responder a isso. Eu só posso dizer o que eu sinto — o dinheiro *deve* ir para onde precisem. Então ele sorri como se eu fosse inocente demais para estar certa.

Eu o acusei (não muito incisivamente) de não ter enviado o cheque da Campanha do Desarmamento Nuclear. Eu o desafiei a mostrar um recibo. Ele disse que a doação era anônima, que não havia mandado seu endereço. Estava na ponta da língua: Eu vou verificar quando estiver livre. Mas não disse nada. Porque seria mais uma razão para ele não me deixar sair. Ele estava vermelho, tenho certeza de que estava mentindo, do mesmo jeito que mentiu sobre a carta para P e M.

Não é tanto uma falta de generosidade — uma legítima avareza. Quer dizer (esquecendo o absurdo da situação), ele é generoso comigo. Gasta centenas de libras comigo. Ele me mataria com sua generosidade. Com chocolates, cigarros, comida e flores. Eu disse outra noite que gostaria de um perfume francês — foi só um capricho, de verdade, mas este quarto fede a desinfetante e Bom Ar. Tomo vários banhos, mas não me sinto limpa. E disse que eu adoraria sair e cheirar as inúmeras fragrâncias para ver qual delas eu preferia. Ele chegou hoje de manhã com *catorze* frascos diferentes. Ele vagou por todas as farmácias. É loucura. Quarenta libras em perfumes.

É como viver nas Mil e Uma Noites. Ser a favorita do harém. Mas o único perfume que você realmente quer é a liberdade.

Se eu pudesse pôr uma criança faminta na frente dele, e dar a ela de comer para que ele visse ela melhorar, sei que ele daria o dinheiro. Mas tudo que vai além do que ele paga e vê com os próprios olhos é motivo de desconfiança para ele. Não acredita em nenhum outro mundo além daquele em que ele vive e vê. É ele que está aprisionado; em seu próprio mundo, estreito e cheio de ódio.

12 de novembro

Só falta mais uma noite. Não ouso pensar nisso, em não escapar. Estive relembrando ele, recentemente. Mas agora acho que deveria ter deixado surgir mais ou menos por acaso. Hoje eu decidi que organizaria uma pequena festa amanhã à noite. Devo mencionar que me sinto diferente a seu respeito, que eu quero ser sua amiga e cuidar dele em Londres.

Não chega a ser uma mentira, sinto certa responsabilidade em relação a ele que eu mesma não entendo. Costumo odiá-lo tanto, acho que eu deveria odiá-lo para sempre. Mas nem sempre é assim. Minha piedade vence, e quero ajudá-lo. Penso nas pessoas que poderia lhe apresentar. Ele poderia ir ao amigo psiquiatra da Caroline. Eu seria como Emma e lhe arrumaria um casamento, e com resultados mais felizes. Como uma jovem Harriet Smith, com quem poderia ser tímido e sensato e feliz.

Sei que preciso estar preparada caso não seja libertada. Eu digo a mim mesma que há uma chance em cem de que ele mantenha sua palavra.

Mas ele precisa manter sua palavra.

G.P.
Não o vejo há uns dois meses, mais de dois meses. Estive na França e na Espanha e depois em casa. (Eu tentei vê-lo duas vezes, mas ele esteve longe setembro inteiro.) Recebi um cartão-postal em resposta às minhas cartas. E só.

Liguei pra ele e perguntei se poderia dar uma passada lá, na primeira noite que estive de volta com Caroline. Ele disse que seria melhor no dia seguinte, que esperava algumas pessoas naquela noite.

Ele pareceu feliz em me ver. Eu tentava parecer como se não tivesse me esforçado para ficar bonita. Mas eu tinha.

E lhe contei tudo sobre a França e a Espanha, e os Goyas e Albi e tudo mais. Piers. E ele ouviu, ele não me contaria mesmo o que estivera fazendo, só que mais tarde ele me mostrou uma das coisas que havia pintado em Hebrides. E eu me senti envergonhada. Porque nenhum de nós fez muita coisa, estivemos tão ocupados deitados sob o sol (quer dizer, quanta preguiça) e admirando grandes quadros que acabamos não desenhando muita coisa.

Eu disse (depois de pelo menos uma hora tagarelando): Estou falando muito.

Ele disse: Não me incomoda.

Ele estava tirando a ferrugem de uma velha roda de ferro com um ácido. Ele a encontrou num brechó em Edimburgo e a trouxe até aqui. Tinha uns dentes estranhos, ele achava que era parte de um antigo relógio de igreja. Uns raios afunilados bem elegantes. Era muito bonita.

Não dissemos nada por um tempinho, eu estava ao seu lado, encostada contra o banco, observando enquanto ele limpava a ferrugem da roda. Então ele disse: Senti sua falta.

Eu disse: Não é possível.

Ele disse: Você me tirou do sério.

Eu disse (cavalo comendo o peão): Você tem visto Antoinette?

Ele disse: Não. Achei que eu tinha dito a você que eu mandei ela embora. Ele olhou para o lado. Seu olhar de lagarto. Ainda chocada? Fiz que não com a cabeça.

Me perdoa?

Eu disse: Não há o que se perdoar.

Ele disse: Fiquei pensando em você em minha viagem às ilhas Hebrides. Eu queria te mostrar tantas coisas.

Eu disse: Queria que você estivesse com a gente na Espanha.

Ele estava ocupado lixando os raios da roda. Disse: É muito velha, veja só como está corroída. Então, no mesmo tom de voz: Na verdade, decidi que quero me casar com você. Eu não disse nada, e não conseguiria olhar para ele.

Ele disse: Pedi para você vir aqui quando eu estivesse sozinho porque estive pensando bastante sobre isso. Tenho o dobro da sua idade, deveria saber lidar com esse tipo de coisas

— Deus sabe que não é a primeira vez. Não, deixe-me terminar. Decidi que não posso mais te ver. Eu ia te contar assim que você chegou. Não posso continuar perdendo a cabeça por sua causa. Mas eu fico assim quando você está aqui. Isso não é uma manobra para pedir você em casamento. Estou tentando evitar ao máximo. Você me conhece, sabe que tenho idade suficiente para ser seu pai, e não sou nem um pouco confiável. Mesmo assim, você não me ama.

Eu disse: Não saberia explicar. Não há uma palavra para o que sinto.

Precisamente, ele respondeu. Estava limpando as mãos com gasolina. Muito precisa e clínica. Então eu preciso pedir que você me deixe para que eu volte a ficar em paz.

Eu olhei suas mãos. Estava chocada.

Ele disse: De certa maneira, você é mais velha do que eu. Você nunca esteve profundamente apaixonada. Talvez nunca fique. Ele disse: O amor acontece. Aos homens. Você volta a ter vinte anos, você sofre como sofrem os jovens de vinte anos. Todas as irracionalidades estúpidas dos vinte anos. Posso ver com muita clareza agora, mas não me sinto assim. Quando você telefonou eu quase mijei nas calças de excitação. Sou um velho apaixonado. Um típico personagem cômico. Completamente ultrapassado. Sem graça.

Por que você acha que eu nunca ficarei profundamente apaixonada?, eu disse. Ele levou um tempo absurdamente longo para limpar as mãos.

Ele disse: Eu disse talvez.

Eu só tenho vinte.

Ele disse: Uma oliveira de trinta centímetros não deixa de ser uma árvore. Mas eu certamente disse talvez.

E você não é velho. Não tem nada a ver com nossas idades.

Ele me respondeu com um olhar levemente magoado, sorriu e disse: Você precisa me deixar com uma válvula de escape.

Fomos fazer café, a pequena cozinha desgraçada, e eu pensei: de qualquer maneira, não conseguiria viver aqui com ele

— só o esforço doméstico. Uma vil e irrelevante onda de covardia burguesa.

Ele disse, de costas para mim: Até você partir, achei que era a mesma coisa de sempre. Pelo menos tentei pensar que era isso. É por isso que me comportei mal com sua amiga sueca. Para exorcizar você. Mas você voltou. Na minha mente. De novo e de novo, na Escócia. Eu costumava sair da casa da fazenda, à noite, e ir ao jardim. Olhava para o sul. Você entende?

Sim, eu disse.

Era você, entende? Não era a mesma coisa de sempre.

Então ele disse: É um olhar que você ganha de repente. Quando já não é mais uma criança.

Que tipo de olhar?

Da mulher que você será, ele disse.

Uma boa mulher?

Muito mais do que uma boa mulher.

Não há palavras para dizer o que ele disse. Infelizmente, quase sem querer. Gentil, mas levemente amargurado. E honesto. Sem provocar, sem frieza. Mas vindo do seu peito. Eu estive olhando para baixo o tempo todo em que conversamos, mas ele me fez olhar para cima, e nossos olhos se encontraram e eu sei que algo passou entre nós. Podia sentir. Quase como um toque físico. Nos transformando. Ele dizendo algo em que realmente acreditava, e eu sentindo.

Ele continuou me encarando, então eu fiquei envergonhada. E mesmo assim ele me encarou. Eu disse: Por favor, não me encare desse jeito.

Ele se aproximou e passou o braço sobre meus ombros e então me conduziu gentilmente até a porta. Ele disse: Você é muito bonita, às vezes é linda. Você é sensível, é determinada, você tenta ser honesta, você consegue ser ao mesmo tempo alguém jovem e natural, pedante e antiquada. Você até mesmo joga xadrez muito bem. Você é como a filha que eu gostaria de ter. É provavelmente por isso que eu quis tanto você durante esses últimos meses.

Ele me empurrou pela porta aberta, olhando pra fora, e eu não conseguia enxergá-lo.

Não posso dizer essas coisas a você sem virar o seu rosto. E você não deve virar seu rosto, de jeito algum. Agora, vá.

Senti ele pressionar meus ombros por um instante. E ele me deu um beijo na cabeça. E me empurrou. E eu desci dois ou três degraus antes de parar e olhar para trás. Ele estava sorrindo, mas era um sorriso triste.

Eu disse: Por favor, não fique assim muito tempo.

Ele fez que não com a cabeça. Não sei se queria dizer "não, não ficarei" ou "não, é perda de tempo esperar que isso se resolva logo". Talvez ele mesmo não soubesse. Mas parecia triste. Ele parecia completamente triste.

É claro que eu *parecia* triste. Mas não me sentia triste de verdade. Ou não era um tipo de tristeza que machucasse, não uma tristeza completa. Eu cheguei a me aproveitar dela. Terrível, mas verdade. Eu cantarolei no caminho de volta pra casa. O romance, o mistério. O viver.

E o que aconteceu desde então?

Nos dois primeiros dias, fiquei achando que ele telefonaria, que aquilo era uma forma de capricho. Então eu pensei: não devo encontrar com ele por alguns meses, talvez anos, e aquilo parecia ridículo. Desnecessário. Estúpido além da conta. Odiei o que parecia ser *sua* fraqueza. Pensei: se ele é assim, que se dane.

Isso não durou muito tempo. Decidi que assim era melhor. Ele estava certo. Era melhor romper de uma vez. Não conseguiria me concentrar no trabalho. Ser prática ou eficiente e tudo aquilo que eu não sou de verdade por natureza.

O tempo todo pensando: Eu o amo? Então, obviamente, havia muitas dúvidas, eu não conseguia.

E agora preciso escrever o que estou sentindo agora. Porque eu mudei novamente. Eu sei. Posso sentir.

Aparências; sei que é uma imbecilidade ter noções preconcebidas a respeito de aparências. Ficar excitada quando Piers me beija. Ter que olhar para ele às vezes (não quando ele está prestando atenção em mim, por causa de sua vaidade), mas captando sua aparência intensamente. Como um desenho bonito de algo feio. Você esquece a feiura. Sei que Piers é moralmente e fisicamente feio — é superficial e chato, falso.

Mas mesmo aí eu mudei.

Penso em G.P. me abraçando e me fazendo carinho.

Há um certo tipo de curiosidade pervertida em mim — quer dizer, todas as mulheres que ele teve e todas as coisas que ele deve saber na cama.

Posso imaginar como ele faria amor comigo e não me sinto constrangida. Muito experiente e gentil. Divertido. Tantas coisas, mas não *o* mais importante. Se é para a vida toda.

Então tem suas fraquezas. A sensação de que ele provavelmente me trairia. E sempre pensei no casamento como uma aventura juvenil, duas pessoas da mesma idade participando juntas, descobrindo juntas, amadurecendo juntas. Mas eu não teria nada para lhe dizer, nada para lhe mostrar. Toda a ajuda viria do lado dele.

Eu vi tão pouco do mundo. Agora sei que, de muitas maneiras, G.P. representa um tipo de ideal. Seu senso do que é importante, sua independência, sua recusa em fazer o que os outros querem. Suas posições. Tem que ser alguém com essas qualidades. E ninguém mais que eu conheci possui as qualidades que ele tem. Os alunos da Slade *parecem* ter — mas são muito jovens. É fácil ser franco e mandar as convenções ao inferno quando se tem a nossa idade.

Uma ou duas vezes eu pensei se aquilo tudo não seria uma armadilha. Como um sacrifício no xadrez. Imaginando que eu dissesse nas escadas: faça o que quiser comigo, mas não me mande embora.

Não, não acredito que ele faria isso.

A passagem do tempo. Dois anos atrás eu não conseguiria sonhar em me apaixonar por um homem mais velho. Sempre fui aquela que argumentava a favor de idades iguais no internato. Eu me lembro de ser uma das mais enojadas quando Susan Grillet casou com um Baronete Bestial quase três vezes mais velho que ela. Minny e eu costumávamos conversar sobre nos proteger contra os tipos "paternais" (por causa de M) e não nos casarmos com maridos-paternos. Não penso mais assim. Acho que preciso de um homem mais velho do que eu porque parece que eu sempre consigo enxergar através dos garotos que encontro. E não acho que G.P. seja um marido-paternal.

Não adianta. Eu podia seguir escrevendo argumentos contra e a favor a noite toda.

Emma. A história de estar numa posição entre a garotinha inexperiente e a mulher experiente, e o terrível problema *do* homem. Caliban é sr. Elton. Piers é Frank Churchill. Mas G.P. seria o sr. Knightley?

É claro que G.P. viveu uma vida e teve visões que fariam o sr. Knightley se revirar no túmulo. Mas o sr. Knightley nunca seria um falso. Porque ele era um inimigo da pretensão, do egoísmo, do esnobismo.

E ambos têm o nome de homem que eu realmente não suporto. George. Talvez haja uma moral nisso.

18 de novembro

Eu não como nada há cinco dias. Bebi um pouco d'água. Ele me traz comida, mas não toquei numa única migalha.

Amanhã vou voltar a comer novamente.

Meia hora atrás, eu me levantei e me senti fraca. Precisei me sentar novamente. Nunca me senti tão doente. Somente dores de barriga e um pouco fraca. Mas isso foi diferente. Um aviso.

Não vou morrer por ele.

Não senti necessidade de comida. Estive tão cheia de ódio por ele e por suas atrocidades.

Sua covardia cruel.

Seu egoísmo.

Seu calibanismo.

19 de novembro

Esse tempo todo eu não quis escrever. Às vezes eu queria. Mas me pareceu uma fraqueza. Como aceitar as coisas. Sabia que assim que escrevesse eu não ligaria mais. Mas agora acho que é preciso escrever. Registrar. Ele fez *isso* comigo.

Ultraje.

O mínimo de companheirismo, humanidade, boa vontade que havia entre nós se foi.

A partir de agora, somos inimigos. De ambos os lados. Ele disse coisas que provam que *ele* também me odeia.

Ele se ressente da minha existência. Exatamente assim.

Ele ainda não percebe completamente, porque está tentando ser bonzinho comigo no momento. Mas está muito mais próximo do que já esteve, um dia desses ele vai se levantar e dizer a si mesmo — eu a odeio.

Algo perverso.

Quando acordei do clorofórmio, estava na cama. Eu estava de calcinha e sutiã, mas ele deve ter tirado todo o resto.

Fiquei furiosa, naquela primeira noite. Enlouquecida com o nojo. Suas mãos grosseiras e asquerosas me tocando. Retirando minhas meias. Repugnante.

Então pensei no que ele poderia ter feito. E não fez. Decidi não jogar na sua cara.

Optei pelo silêncio.

Berrar com alguém sugere que ainda existe contato.

Desde então pensei em duas coisas.

Primeiro: ele é esquisito o suficiente para me despir sem pensar, de acordo com alguma noção demente sobre a coisa "apropriada" a se fazer. Talvez ele tenha pensado que eu não poderia dormir na cama vestida.

E então isso talvez tenha sido uma espécie de lembrete. De todas as coisas que ele poderia ter feito, mas não fez. Seu cavalheirismo. E eu aceito isso. Tive sorte.

Mas chego a sentir medo que ele não tenha feito nada. O que ele é?

Há um abismo entre nós agora. Que será para sempre intransponível.

Ele diz agora que vai me soltar após novas quatro semanas. É só papo. Não acredito nele. Então o alertei que vou tentar matá-lo. Eu vou. Não pensaria duas vezes.

Vejo o quão errada eu fui antes. O quão cega.

Eu me prostitui para Caliban. Quer dizer, eu deixei que ele gastasse toda aquela grana comigo, e ainda que dissesse a mim mesma que era justo; não era. Porque eu me sentia vagamente agradecida, eu fui boa com ele. Mesmo minhas provocações eram simpáticas, mesmo meu escárnio e minha repulsa. Mesmo quando quebrava coisas. Por que assim eu tomava conhecimento a seu respeito. E minha atitude deveria ter sido a que eu tomarei de agora em diante — gelo.

Congelá-lo até a morte.

Ele é totalmente inferior a mim em todos os sentidos. Sua única superioridade está em sua habilidade de me manter aqui. Esse é seu único poder. Ele não consegue se comportar, ou pensar, ou falar, ou fazer qualquer outra coisa melhor do que eu — nem perto disso —, então ele vai ser o Velho do Mar até que eu o derrube de alguma forma.

Terá que ser pela força.

Estive sentada aqui pensando em Deus. Não acho que eu ainda acredite em Deus. Não sou apenas eu, acho que todos os milhões que devem ter vivido assim durante a guerra. As Anne Franks. E através da história. O que eu acho que *sei* agora é que Deus não intervém. Ele nos deixa sofrer. Se você reza clamando por liberdade, então talvez você tenha alívio porque rezou, ou porque as coisas aconteçam de qualquer maneira que lhe ofereça liberdade. Mas Deus não pode escutar. Não há nada humano a respeito dele, como ouvir, ou ver, ou sentir pena, ou ajudar. Quer dizer, talvez Deus tenha criado o mundo e as leis fundamentais da matéria e da evolução. Mas ele não se preocupa com os indivíduos. Ele planejou que alguns indivíduos são felizes, alguns tristes, alguns sortudos, outros não. Quem é triste, quem não é, ele não sabe, e ele não se importa. Então ele não existe de verdade.

Esses últimos dias me senti desprovida de Deus. Eu me senti mais pura, menos confusa, menos cega. Ainda acredito em um Deus. Mas ele é tão distante, tão frio, tão matemático. Entendo que precisamos viver como se não houvesse Deus. Orações, devoções e hinos de louvor — tudo é bobo e inútil.

Estou tentando explicar por que estou rompendo com meus princípios (nunca cometer violência). Esse ainda é meu princípio, mas vejo que precisamos romper com os princípios algumas vezes para conseguirmos sobreviver. Não adianta confiar vagamente na sorte, na Providência ou na generosidade divina. Você precisa agir e lutar sozinho.

O céu está absolutamente vazio. Lindamente puro e vazio.

Como se os arquitetos e os operários vivessem todos nas casas que construíram! Ou que pudessem viver em todas elas. É óbvio, está a um palmo do seu nariz. *Deve* haver um Deus e ele *não consegue* saber de nada a nosso respeito.

(Mesma noite.) Eu fui muito má com ele o dia inteiro. Por diversas vezes, ele tentou conversar, mas eu o fiz calar a boca. Queria que ele me trouxesse algumas coisa? Eu disse: Não quero nada. Sou sua prisioneira. Se você me der comida, devo comê-la para me manter viva. Nossas relações de agora em diante são estritamente aquelas de uma prisioneira e um carcereiro. Agora, por favor, me deixe só.

Felizmente eu tenho muito o que ler. Ele continua me trazendo cigarros (se não trouxer, não pedirei a ele) e comida. É tudo o que quero dele.

Ele não é humano; ele é um espaço vazio disfarçado de ser humano.

20 de novembro

Estou fazendo com que ele deseje nunca ter me visto. Ele trouxe um pouco de feijão cozido pro almoço. Estava lendo na cama. Ele parou por um momento e então começou a sair. Eu saltei da cama, peguei o prato e o atirei em cima dele. Não gosto de feijão cozido, ele sabe, imagino que tenha estado preguiçoso. Não estava de mau humor, apenas fingi estar. Ele ficou ali parado com pedaços imundos de caldo laranja sobre suas roupas tão limpas, com cara de acanhado. Não quero almoço nenhum — eu joguei na cara dele. E me virei de costas.

Comi chocolate a tarde inteira. Ele não reapareceu até a hora do jantar. Tinha caviar, salmão defumado e frango frio (ele compra a marmita pré-cozida em algum lugar) — apenas coisas que ele sabe que eu gosto — e uma dúzia de outras coisas que ele sabe que eu gosto, o malandro. A malandragem não é comprar essas coisas, é que não consigo evitar a gratidão (não cheguei a dizer que estava agradecida, mas não o alfinetei), é que ele me oferece com tanta humildade, com tamanha pose de por-favor-não-me-agradeça e eu-mereço-tudo-isso. Quando ele estava pondo a mesa para o jantar, tive um desejo irresistível de gargalhar. Terrível. Eu quis desabar sobre a cama e gritar. Ele foi tão perfeitamente ele mesmo. E me sinto tão enclausurada.

Aqui embaixo meu humor muda rapidamente. Estou toda determinada a fazer uma coisa, uma hora depois, já quero outra coisa.

Não adianta. Não sou alguém que odeia por natureza. É como se, em algum lugar dentro de mim, uma certa quantidade de boa vontade e gentileza são manufaturados todos os dias; e eu tenho que pôr para fora. Se eu prender dentro do peito, aquilo logo explode.

Não fui simpática com ele, não quero ser simpática com ele, não devo ser simpática com ele. Mas foi uma luta não ser trivial com ele. (Quer dizer, pequenas coisas como "estava ótima a comida".) Como se eu não dissesse nada. Quando ele disse: "Desejaria algo mais" (como um mordomo), eu disse: "Sim, pode sair, agora", e me virei. Ele teria um choque se pudesse ver meu rosto. Estava sorrindo, e quando ele bateu a porta, eu gargalhava. Não consegui evitar de novo. Histeria.

Algo que tenho feito bastante esses dias. Ficar me olhando no espelho. Às vezes, não pareço real para mim mesma, de repente parece que não é o meu reflexo a apenas trinta ou quarenta centímetros de distância. Preciso olhar de lado. Vejo meu rosto inteiro, meus olhos. Tento ver o que meus olhos dizem. O que eu sou. Por que estou aqui.

É porque estou tão sozinha. Preciso olhar para um rosto inteligente. Qualquer um que tenha sido trancafiado desse jeito deve entender. Você se torna real demais para si mesmo de um jeito estranho. Como você nunca foi anteriormente. Uma parte muito grande de você é entregue a pessoas comuns, suprimida, numa vida comum. Eu vejo meu rosto e vejo como ele se move como se fosse o rosto de outra pessoa. Eu me encaro.

Eu me sento comigo.

Às vezes é como um tipo de feitiço, e eu preciso pôr a língua para fora e enrugar meu nariz para romper o encanto.

Eu me sento aqui no silêncio absoluto com o meu reflexo, numa espécie de estado de miséria.

Num transe.

21 de novembro

É o meio da noite. Não consigo dormir.
Eu me odeio.
Quase me transformei numa assassina esta noite.
Eu nunca mais serei a mesma.
É difícil escrever. Minhas mãos estão atadas. Consegui retirar a mordaça.
Tudo começou no almoço. Percebi que eu estava tendo que lutar para não ser simpática com ele. Porque senti que precisava conversar com alguém. Mesmo ele. Pelo menos ele é um ser humano. Quando ele saiu depois do almoço, quis chamá-lo de volta para conversar. O que senti foi bem diferente do que decidi que deveria fazer dois dias atrás. Então tomei uma nova decisão. Eu nunca poderia acertá-lo com nada que tem aqui embaixo. Eu o observei com bastante atenção, tendo isso na cabeça. E ele nunca fica de costas para mim. Além disso, não tenho arma. Então, pensei, preciso subir e encontrar alguma coisa, algum recurso. Tive várias ideias.
Caso contrário, tive medo de cair na velha armadilha de sentir piedade dele.
Então fui um pouquinho mais simpática na hora do jantar e disse que precisava de um banho (precisava mesmo). Ele saiu, voltou, nós subimos. E lá, no que pareceu um sinal, especialmente deixado lá para mim, havia um pequeno machado. Estava no batente da janela da cozinha, que fica perto da porta. Ele devia estar cortando lenha do lado de fora e esqueceu de escondê-lo. Já que eu ficava aqui embaixo o tempo todo.
Atravessamos a passagem rápido demais para que eu conseguisse fazer alguma coisa. Mas eu me deitei na banheira e pensei. E decidi que precisava ser feito. Eu tinha que pegar o machado e acertá-lo com a ponta cega, nocauteá-lo. Não tinha a mínima ideia de onde seria o melhor lugar para acertá-lo na cabeça ou de quão forte precisaria ser o golpe.

Então pedi para voltar imediatamente. Quando passávamos pela porta da cozinha, deixei cair meu talco e outras coisas, e fiquei de lado, em direção ao batente da janela, como se procurasse ver onde elas tinham caído. Ele fez exatamente o que eu queria e se abaixou para recolher minhas coisas. Não estava nervosa, eu peguei o machado com muito cuidado, não raspei a lâmina e preparei a ponta cega. E então... foi como acordar de um pesadelo. Eu tinha que acertá-lo e não conseguia, mas precisava.

Então ele começou a se levantar (tudo isso aconteceu num instante, na verdade) e eu o acertei. Mas ele estava se virando, e não o acertei em cheio. Ou com força o bastante. Quer dizer, eu tive um ataque de pânico na hora agá. Ele caiu de lado, mas eu sabia que não estava desmaiado, ele ainda conseguiu me segurar, de repente senti que precisava matá-lo ou ele me mataria. Eu o acertei novamente, mas ele estava com o braço levantado, ao mesmo tempo me chutou e me derrubou no chão.

Foi tudo um grande horror. Ofegando, brigando, como animais. Então eu percebi — não sei, humilhada. Parece absurdo, mas foi assim. Como uma estátua deitada ao seu lado. Como uma mulher gorda tentando se levantar da grama.

Nós nos levantamos, ele me empurrou em direção à porta, me segurando com força. Mas isso foi tudo. Eu tinha a impressão de que ele também se sentia assim: enojado.

Achei que alguém poderia ter escutado, ainda que eu não tenha conseguido gritar. Mas estava ventando. Era uma noite úmida e fria. Ninguém estaria nas ruas.

Fiquei deitada na cama. Logo parei de chorar. Estou deitada há horas no escuro, pensando.

22 de novembro

Estou envergonhada. Eu me destronei impiedosamente.
Cheguei a uma série de decisões. Pensamentos.
Violência e força são erradas. Se uso a violência, eu desço ao mesmo nível dele. Significa que não tenho fé de verdade no poder da razão, da compaixão e da humanidade. Que consolo as pessoas só porque isso me agrada, não porque eu acredite que elas precisam de minha compaixão. Estive pensando novamente no internato, nas pessoas que consolei ali. Sally Margison. Eu a consolei apenas para mostrar às Virgens Castas que eu era mais esperta do que elas. Que faria com que elas fizessem coisas para mim que não fariam para si mesmas. Donald e Piers (porque eu também os consolei de certa maneira) — mas eles são ambos jovens atraentes. Houve provavelmente centenas de outras pessoas que precisavam de consolo, de minha compaixão, muito mais do que eles dois. E de qualquer maneira, a maioria das garotas faria de tudo pela chance de consolá-los.

Eu desisti rápido demais com Caliban. Preciso tomar uma nova atitude a seu respeito. A relação prisioneiro-carcereiro foi uma tolice. Não vou cuspir nele novamente. Ficarei em silêncio quando ele me irritar. Eu o tratarei como alguém que precisa de minha compaixão e de minha compreensão. Seguirei tentando ensinar a ele um pouco sobre arte. Sobre outras coisas.

Só há um jeito de fazer as coisas. O jeito certo. Não o que eles chamariam de "o Jeito Certo" na escola. Mas o jeito que você sente que é o correto. O *meu* jeito certo.

Sou uma pessoa moral. Não me sinto envergonhada de ser moral. Não deixarei que Caliban me transforme em imoral: mesmo que ele mereça todo o meu ódio e minha amargura *e* um machado em sua cabeça.

(Mais tarde.) Tenho sido boa com ele. Quer dizer, não a mesma que tinha sido ultimamente. Assim que ele apareceu, fiz com que ele me deixasse ver sua cabeça, e passei um pouco de desinfetante no ferimento. Ele estava nervoso. Eu o deixei agitado. Ele não confia em mim. E é precisamente isso que eu não poderia deixar acontecer.

É difícil, sem dúvida. Quando estou sendo grossa com ele, ele tem um jeito todo especial de aparentar sentir pena de si mesmo, e começo a me odiar. Mas assim que começo a ser gentil com ele, um tipo de autossatisfação parece surgir em sua voz e em seus modos (muito discreto, ele tem sido a humildade em pessoa o dia inteiro, sem repreender o que houve noite passada, é claro) e eu começo a querer incitá-lo e a esbofeteá-lo novamente.

Uma corda bamba.

Mas isso clareou a atmosfera.

(Noite.) Tento ensiná-lo sobre o que procurar na arte abstrata, após o jantar. É inútil, ele meteu na sua cabeça medíocre que arte é uma perda de tempo (não entende por que eu insisto) até se conseguir uma reprodução exata, quase fotográfica, e que fazer composições adoráveis (Ben Nicholson) é vagamente imoral. Vejo que aqui existe uma padrão legal, ele disse. Mas ele não há de conceder que "fazer um padrão legal" seja arte. Para ele, o fato é que certas palavras têm conotações muito fortes e terríveis. Tudo a respeito da arte o envergonha (e eu imagino que o fascina). É *tudo* vagamente imoral. Ele sabe que a grande arte é grande, mas "grande" significa que está trancada em museus e é tema de assunto quando se quer impressionar. Arte viva, arte moderna é um choque para ele. Você não consegue conversar sobre ela, porque a palavra "arte" desencadeia nele uma série de ideias chocantes, embaraçosas.

Queria saber se existem muitas pessoas como ele. Claro que conheço a vasta maioria — em especial a Gente Nova — que não se importa nem um pouco com nenhuma forma de arte. Mas será que é porque pensam como ele? Ou apenas porque não se importam? Quer dizer, será que a arte realmente é um tédio para elas (então simplesmente não a desejam em suas vidas) ou será que, secretamente, a arte é capaz de escandalizar e consternar essas pessoas, de tal maneira que elas precisam fingir que estão entediadas?

23 de novembro

Acabei de terminar *Sábado à Noite, Domingo de Manhã* (Alan Sillitoe). Um espanto. Ele me espantou por ser como é, e me espantou por eu estar onde estou.

Ele me espantou do mesmo jeito que *Room at the Top* (John Braine), quando eu o li, ano passado. Sei que são muito espertos, deve ser maravilhoso saber escrever como Alan Sillitoe. Real, autêntico. Dizer o que você pensa. Se ele fosse um pintor, seria maravilhoso (ele seria como John Bratby, muito melhor), ele seria capaz de retratar Nottingham e ficaria maravilhoso. Porque ele pintaria tão bem, colocando o que teria visto, as pessoas o admirariam. Mas não basta escrever bem (quero dizer, escolher as palavras certas e tal) para ser um bom escritor. Porque eu acho que *Sábado à Noite, Domingo de Manhã* é nojento. Acho Arthur Seaton nojento. E acho que o mais nojento de tudo é que Alan Sillitoe não demonstra sentir nojo pelo seu jovem personagem. Acho que eles pensam que rapazes como aquele são realmente legais.

Odiei o jeito como Arthur Seaton não se importa com nada além da sua vidinha. Ele é malvado, obtuso, egoísta, bruto. Por ele ser cafona, odiar seu trabalho e ser bem-sucedido com as mulheres, deveria ser vital.

A única coisa que eu gostei nele foi a sensação de que há algo ali que poderia ser usado para o bem se fosse apreendido.

É a introspecção dessa gente. Eles não se importam com o que acontece no resto do mundo. Na vida.

Vivem dentro de uma caixa.

Talvez Alan Sillitoe queira atacar a sociedade que produz pessoas assim. Mas ele não deixou isso claro. Sei o que ele fez, ele se apaixonou pelo que estava pintando. Ele começou a pintar a feiura verdadeira, mas então a feiura o conquistou, e ele tentou trapacear. Embelezar.

Isso me espantou também por causa de Caliban. Vejo que há algo de Arthur Seaton nele, só que nele esse algo está de cabeça pra baixo. Quer dizer, ele sente o ódio por outras coisas e outras pessoas que não são como ele. Ele tem aquele egoísmo — não chega mesmo a ser um egoísmo honesto, porque ele põe a culpa na vida e então curte ser egoísta com a consciência limpa. Ele é obstinado, também.

Isso me espantou porque eu acho que todo mundo agora, exceto a gente (e nós estamos contaminados), tem esse egoísmo e essa brutalidade, seja de forma escondida, sorrateira e perversa, ou óbvia e crua. A religião está morta, não há nada que segure a Gente Nova, eles vão se tornar mais e mais fortes e vão nos engolir.

Não, não podem. Por causa de David. Por causa de pessoas como Alan Sillitoe (diz na contracapa que ele era filho de um operário). Quer dizer, a Gente Nova inteligente sempre vai se revoltar e passar para o nosso lado. A Gente Nova destrói a si mesma, porque ela é tão estúpida. Eles nunca conseguem manter os inteligentes. Especialmente os mais jovens. Queremos algo mais do que ter dinheiro e manter as aparências.

Mas é uma batalha. É como estar numa cidade sitiada. Eles estão à nossa volta. E precisamos resistir.

É uma batalha entre mim e Caliban. Ele é a Gente Nova e eu faço parte dos Escolhidos.

Devo lutar com minhas armas. Não com as dele. Não com o egoísmo e a brutalidade e a vergonha e o ressentimento.

Ele é pior do que os Arthur Seatons da vida.

Se Arthur Seaton visse uma estátua moderna de que não gostasse, ele a quebraria. Mas Caliban a cobriria com uma lona. Não sei o que é pior. Acho que é o jeito de Caliban.

24 de novembro

Estou ficando desesperada, preciso fugir. Não tenho mais alívio desenhando, ouvindo discos ou lendo. A carência ardente que sinto (que todos os prisioneiros devem sentir) é por outras pessoas. Caliban é apenas meia pessoa, quando muito. Eu quero ver dezenas e dezenas de rostos desconhecidos. É como estar com uma sede terrível e tomar copos e copos de água aos goles. Exatamente assim. Li uma vez que ninguém suporta mais do que dez anos na prisão, ou mais do que um ano em confinamento solitário.

Não dá pra imaginar como seja a prisão do lado de fora. Você acha, bem, que haverá muito tempo para pensar e para ler, que não seria tão horrível assim. Mas é horrível. É a lerdeza do tempo. Juro que os relógios do mundo ficaram séculos mais lentos desde que vim para cá.

Eu não deveria reclamar. Essa é uma prisão de luxo.

E tem a astúcia diabólica dele sobre os jornais e o rádio e tudo mais. Nunca fui muito de ler os jornais, ou de escutar as notícias. Mas ser totalmente desconectada? É tão estranho. Sinto que perdi toda as minhas referências.

Perco horas deitada na cama pensando em como escapar.
Intermináveis.

25 de novembro

(Tarde.) Hoje de manhã eu conversei com ele. Fiz com que posasse como um modelo. Então perguntei o que realmente queria que eu fizesse. Eu deveria virar sua amante? Mas isso o espantou. Ficou corado e falou que *isso* ele poderia comprar em Londres.

Eu disse que ele era uma caixinha chinesa. E ele é.

A caixinha de dentro diz que eu deveria amá-lo; de todas as formas. Com o meu corpo, com a minha mente. Respeitá-lo e apreciá-lo. Isso é tão completamente impossível — mesmo se eu conseguisse superar a parte física, como eu jamais poderia olhar para ele de outra maneira que não fosse com desprezo?

Esmagar sua cabeça num muro de pedra.

Não quero morrer. Eu me sinto persistente. Devo *sempre* desejar sobreviver. Eu vou sobreviver.

26 de novembro

A única coisa inusitada sobre ele — é como ele me ama. A Gente Nova comum não conseguiria amar nada como ele me ama. Isso é, cegamente. Absolutamente. Como Dante e Beatriz.
    Ele curte estar desesperadamente apaixonado por mim. Eu esperaria o mesmo de Dante. Vagando ao redor, sabendo que tudo era inútil e ganhando muito material criativo dessa experiência.
    Ainda que, claro, Caliban não consiga receber nada além do seu próprio e miserável prazer.
    Pessoas que não *fazem* nada. Eu as odeio.

Como tive medo de morrer naqueles primeiros dias. Não quero morrer porque eu continuo pensando no futuro. Estou desesperadamente curiosa para saber o que a vida há de me trazer. O que acontecerá comigo, como vou amadurecer, o que acontecerá nos próximos cinco anos, dez, trinta. O homem com quem me casarei, os lugares onde viverei e aqueles que vou conhecer. Crianças. Não é apenas uma curiosidade egoísta. Esta é a pior era possível na história para se morrer. Viagem ao espaço, ciências, o mundo todo acordando e se alongando. Uma nova era está começando. Sei que ela é perigosa. Mas é maravilhoso estar viva agora.
    Eu amo, adoro *minha* era.

Hoje, continuo tendo ideias. Uma delas foi: homens sem criatividade somado a oportunidades para criar dá igual a homens maus.
    Outra foi: matá-lo foi quebrar minha promessa no que acredito. Algumas pessoas diriam: Você é apenas uma gota, sua quebra de promessa é apenas uma gota, isso não importa. Mas todo o mau que há no mundo é feito de pequenas gotas. É tolice falar sobre a falta de importância das pequenas gotas. As pequenas gotas e o oceano são a mesma coisa.

Estive sonhando acordada (não foi a primeira vez) sobre morar com G.P. Ele me iludiu, ele me deixou, ele é bruto e cínico comigo, estou desesperada. Nesses devaneios, não há muito sexo, é só nossa vida juntos. Em ambientes românticos. Paisagens nórdicas com ilhas e o mar. Chalés brancos. Às vezes, o Mediterrâneo. Nós estamos juntos, muito próximos em espírito. Tudo como nas revistas mais bobinhas, em detalhes. Mas há a proximidade de espírito. Isso é pra valer. E as situações que eu imagino (onde ele me abandona) são reais. Quer dizer, dói demais pensar nelas.

Às vezes não estou muito longe do mais completo desespero. Ninguém sabe que continuo viva. Por ora, sou dada como morta, aceitaram que estou morta. É isso aí — a situação real. E existem as situações futuras em que sento na cama e penso sobre isso: meu *mais profundo* amor por um homem; sei que não consigo fazer coisas do tipo amar pela metade, sei que tenho amor reprimido dentro de mim, eu acabarei cedendo, entregando meu coração, meu corpo, minha mente e minha alma a um mulherengo como G.P. Que vai me trair. Eu sei. Tudo começa gentil e racional no início dos devaneios em que vivo com ele, mas sei que não seria assim. Seria de um jeito apaixonado e violento. Ciumento. Desesperado. Amargo. Algo morreria dentro de mim. Ele também sairia magoado.

Se ele realmente me amasse, não poderia ter me mandado embora.

Se ele realmente me amasse, me teria mandado embora.

27 de novembro

Meia-noite.
Jamais conseguirei fugir. Isso me enlouquece. Eu preciso, preciso, preciso fazer alguma coisa. Sinto como se estivesse nas entranhas do mundo. Eu sinto todo o peso do mundo pressionando sobre esta pequena caixa. Ela fica menor, menor, menor. Posso senti-la encolher.
Quero gritar às vezes. Até perder a voz. Até a morte.
Não consigo escrever. Não existem palavras.
Completo desespero.

Estou desse jeito o dia inteiro. Um tipo de pânico sem fim em câmera lenta.

No que ele poderia ter pensado quando me trouxe até aqui?
Algo deu errado com seus planos. Não estou agindo como a garota dos sonhos que eu era. Sou seu gato por lebre.
Será que é por isso que ele me mantém aqui? Esperando que a Miranda dos sonhos apareça?
Talvez eu devesse ser sua garota-dos-sonhos. Pôr meus braços em volta dele e beijá-lo. Fazer-lhe elogios, carinhos, afagos. Beijá-lo.
Não quis dizer isso. Mas me fez pensar.
Talvez eu realmente devesse beijá-lo. Mais do que beijá-lo. Amá-lo. Deixar o Príncipe Encantado sair da toca.
Levo horas pensando entre cada uma das frases que escrevo.
Preciso fazer com que ele sinta que finalmente fui tocada por seu cavalheirismo e etc. e tal...
É extraordinário.
Ele precisaria agir.
Estou certa de que posso fazer isso. Pelo menos ele é escrupulosamente limpo. Ele tem cheiro de sabonete e nada mais.
Vou dormir com essa ideia.

28 de novembro

Hoje, tomei uma tremenda decisão.

Imaginei-me indo pra cama com ele.

Seria inútil apenas beijá-lo. Preciso dar-lhe um choque tão tremendo que ele terá que me libertar. Porque você não pode aprisionar alguém que se entregue a você.

Eu estarei em suas mãos. Não poderia jamais ir à polícia. Eu só poderia desejar que ele ficasse em silêncio.

É tão óbvio. Bem aqui na minha cara.

Como um sacrifício bem feito no xadrez.

É como desenhar. Não se pode hesitar numa linha. A ousadia é a linha.

Pensei em todas as questões sexuais. Quisera saber um pouco mais sobre os homens, quisera estar completamente segura, que eu não precisasse fazer coisas que ouvi, li, entendi pela metade, mas vou deixá-lo fazer o que Piers quis fazer na Espanha — o que eles chamam de amasso. Me levar pra cama, se ele quiser. Brincar comigo, se ele quiser. Mas não chegar aos finalmentes. Vou dizer a ele que estou naqueles dias, se ele tentar ir longe demais. Mas eu acho que ele vai ficar tão assustado que conseguirei que faça tudo o que quero. Quer dizer, vou fazer toda a parte da sedução. Sei que seria um risco com noventa e nove por cento dos homens, mas acho que ele é o centésimo. Ele vai parar quando eu mandar que pare.

Mesmo que chegue a esse ponto. Que ele não pare. Vou correr o risco.

Há duas coisas. Uma é a necessidade de fazer com que ele me deixe ir. A outra sou eu. Algo que escrevi em 7 de novembro: "Amo ser ao extremo, amo tudo o que não é sentar e olhar". Mas não estou indo nem um pouco ao extremo. Estou apenas sentada e olhando. Não apenas aqui. Mas com G.P.

Toda essa conversa de Virgens Castas, de "me guardando" para o cara certo. Sempre desprezei isso. E, mesmo assim, sempre esperei.

Com o meu corpo, quero dizer.
Preciso me afastar dessa mediocridade.
Eu estive submersa numa espécie de desespero. Algo vai acontecer, eu digo. Mas nada vai acontecer, a menos que eu faça acontecer.
Preciso agir.
Outra coisa que escrevi (você escreve coisas e as implicações berram — é como perceber de repente que se está surdo): "Devo lutar com minhas armas. Não com as dele. Não com o egoísmo e a brutalidade e a vergonha e o ressentimento."
Assim sendo, com generosidade (eu me entrego), e gentileza (eu beijo a fera), e sem culpa (faço o que faço por minha vontade), e perdão (ele não consegue evitar).
Até mesmo um bebê. O bebê dele. Qualquer coisa. Pela liberdade.
Quanto mais eu penso a respeito, mais certeza eu tenho de que esse é o caminho.
Ele tem segredos. Ele deve me desejar fisicamente.
Talvez não seja "capaz".
Seja o que for, virá a tona.
Saberemos onde estamos.

Não tenho escrito muito sobre G.P. nesses últimos dias. Mas penso muito a respeito dele. A primeira e a última coisa que vejo todos os dias é o seu quadro. Começo a odiar essa desconhecida que foi sua modelo. Ele deve ter ido pra cama com ela. Talvez seja sua primeira esposa. Tenho que perguntar pra ele quando sair daqui.
Porque a primeira coisa que vou fazer — a primeira coisa realmente positiva, depois de ter visto minha família, será visitá-lo. Dizer que ele esteve sempre nos meus pensamentos. Que ele é a pessoa mais importante que eu conheci. A mais real. Que eu *tenho* ciúmes de todas as mulheres que já dormiram com ele. Ainda não consigo dizer que o amo. Mas agora começo a ver que isso é porque eu não sei o que é o amor.

Sou Emma, com suas tolas teorias espertinhas sobre o amor e o casamento, e o amor é algo que vem em roupas diferentes, de jeitos diferentes e rostos diferentes, e talvez leve muito tempo para aceitá-lo, para ser capaz de chamá-lo de amor.

Talvez ele seja frio e seco quando a hora chegar. Diga que sou muito jovem, que ele não estava realmente falando sério, e — uma centena de coisas. Mas não tenho medo. Eu corro o risco.

Talvez ele esteja no meio de um *affaire* com alguém.

Eu diria: Voltei porque não tenho tanta certeza de que não estou apaixonada por você.

Eu diria: Fiquei nua com um homem que eu detestava. Estive no fundo do poço.

Eu me entregaria a ele.

Mas ainda não consigo suportar vê-lo fugindo com alguém. Reduzindo tudo a sexo. Eu ficaria pálida e morreria por dentro se ele agisse assim.

Sei que não é muito emancipado da minha parte.

Mas é como me sinto.

Sexo não importa. O amor, sim.

Esta tarde, eu queria pedir a Caliban para enviar uma carta a G.P. por mim. Que loucura. É claro que ele não mandaria. Ficaria com ciúmes. Mas preciso tanto ir lá em cima e abrir a porta do estúdio, e vê-lo em seu banco, olhando para mim sobre os ombros, como se ele não tivesse o menor interesse em ver quem era. Ali parado, com seu sorriso cansado, e com olhos que entendem as coisas tão rápido.

É inútil. Estou pensando no preço antes da pintura.

Amanhã. Eu devo agir agora.

Comecei hoje, na verdade. Eu o chamei de Ferdinand (não de Caliban) três vezes, e o elogiei por uma horrível gravata nova. Eu sorri pra ele, me comprometi totalmente em parecer como se eu gostasse de tudo a seu respeito. Ele certamente não deu nenhum sinal de ter percebido. Mas ele não sabe o que o aguarda amanhã.

Não consigo dormir. Levantei de novo e pus o disco de clavicórdio do G.P. Talvez ele também tenha escutado o disco, pensando em mim. A Invenção que eu mais gosto é aquela depois da preferida dele — ele ama a quinta, e eu, a sexta. Então estamos lado a lado com Bach. Costumava achar que Bach era um chato. Agora ele me domina, ele é *tão* humano, tão cheio de climas, gentilezas e peças maravilhosas, e coisas tão simples-profundas que eu as toco várias vezes seguidas, mais ou menos como copiava os desenhos de que gostava.

Acho que talvez eu apenas tente pôr meus braços em volta dele e o beije. Nada mais. Mas ele se acostumaria. Se arrastaria. Precisa ser um choque.

Tudo isso tem a ver com minha atitude mandona em relação à vida. Sempre soube aonde ia, como eu queria que as coisas acontecessem. E elas *aconteceram* como eu quis, e eu achava normal que elas acontecessem, porque *eu* sabia aonde ia. Mas tive sorte com todo o tipo de coisas.

Sempre tentei acontecer em minha vida; mas é hora de deixar que a vida aconteça para mim.

30 de novembro

Meu Deus.
  Fiz algo terrível.
  Preciso deixar de lado. Olhar com calma.
  É inacreditável. Que eu fiz isso. Que aconteceu o que aconteceu. Que ele seja quem ele é. Que eu seja quem eu sou. As coisas terminaram assim.
  Piores do que nunca.

Decidi fazer esta manhã. Sabia que precisava fazer algo extraordinário. Algo que sacudisse a mim e a ele também.
  Eu negociei tomar um banho. Eu fui simpática com ele o dia inteiro.
  Eu me embonequei toda após o banho. Um mar de perfume Mistouko. Parei em frente ao fogo, exibindo meus pés descalços para o seu deleite. Estava nervosa. Não sabia se conseguiria levar aquilo adiante. E estava com minhas mãos atadas. Mas eu virei três copos de xerez.
  Fechei meus olhos e comecei os trabalhos.
  Fiz ele sentar e então me sentei no seu colo. Ele estava todo rígido, tão assustado, que eu tive que continuar. Se ele me agarrasse, talvez eu tivesse parado. Deixei o casaco entreaberto, mas ele apenas ficou ali, sentado, comigo em seu colo. Como se nunca tivéssemos nos visto antes e isso fosse parte de uma brincadeira bobinha em uma festa. Dois estranhos numa festa, que não gostavam muito um do outro.
  De um jeito sujo e pervertido, aquilo foi excitante. A mulher-em-mim alcançando o homem-dentro-dele. Não sei explicar, foi também a sensação de que ele não sabia o que fazer. Que ele era um virgem completo. Era uma vez uma velha senhora em Cork que levou um jovem seminarista para dar uma volta. Eu devia estar bêbada.
  Precisei forçá-lo a me beijar. Ele fez uma leve insinuação de estar com medo de perder a cabeça. Não me importo, eu

disse. E o beijei novamente. Ele devolveu o beijo, então, como se quisesse atravessar minha cabeça com seus tímidos e miseráveis lábios fininhos. Sua boca era doce. Ele cheirava a banho, e eu fechei os meus olhos. Não foi tão ruim.

Mas então ele foi até a janela e não conseguia mais voltar. Ele queria fugir, mas não conseguia, então ficou parado em frente à sua escrivaninha, meio de costas, enquanto eu me ajoelhava seminua em frente à lareira e soltava meus cabelos, para deixar tudo muito óbvio. No final tive que me levantar, ir até ele e trazê-lo de volta à lareira. Fiz com que desatasse minhas mãos, ele estava sob uma espécie de transe, e então eu tirei suas roupas e as minhas também.

Eu disse: Não fique nervoso, é o que eu quero. Seja natural. Mas ele não conseguia, ele não conseguia, eu fiz *tudo* o que pude.

Mas nada aconteceu. Ele não reagia. Ele chegou a me apertar firme, uma vez. Mas não era natural. Apenas uma imitação desesperada de como ele deveria imaginar como as coisas eram pra valer. Uma farsa patética que não convenceu.

Ele não consegue.

Não há um homem dentro dele.

Eu me levantei, estávamos deitados no sofá, e me ajoelhei perto dele, disse que não se preocupasse. Agi de forma maternal. Vestimos nossas roupas.

E gradualmente aquilo veio à tona. A verdade a seu respeito. E, mais tarde, o seu verdadeiro eu.

Um psiquiatra uma vez lhe disse que ele nunca seria capaz.

Ele disse que costumava imaginar nós dois deitados na cama. Só deitados. Nada mais. Eu ofereci fazermos isso. Mas ele não queria. Lá no fundo, lado a lado com a bestialidade e o amargor, há uma tremenda inocência. Ela lhe dá ordens. Ele deve protegê-la.

Ele disse que me amava, ainda assim.

Eu disse: Seu amor é o amor-próprio. Não é amor, é egoísmo. Não é em mim que você pensa, mas naquilo que você sente a meu respeito.

Não sei o que é, ele disse.

Então eu cometi um erro, achei que tudo havia sido um sacrifício em vão, achei que deveria fazer com que ele apreciasse o que eu fizera, que ele deveria me soltar — então tentei dizer a ele. E o seu eu verdadeiro veio à tona.

Ele ficou furioso. Não me respondia.

Estávamos o mais distante do que nunca. Eu disse que sentia pena dele, e ele saltou sobre mim. Foi horrível. Comecei a chorar.

A frieza horrível, sua desumanidade.

Ser sua prisioneira. Ter que ficar. Ainda.

E perceber finalmente que é assim que ele é.

Impossível de entender. O que ele é? O que ele quer? Por que eu estou aqui se ele não consegue?

É como se acendesse um fogo na escuridão e tentasse nos aquecer. E tudo o que eu consegui foi ver a sua face verdadeira.

A última coisa que eu disse foi: Não poderíamos estar mais distantes. Ficamos nus um na frente do outro.

Mas estamos.

Eu me sinto melhor, agora.

Estou contente que o pior já passou. Fui louca por me arriscar assim.

Já é o bastante ter sobrevivido.

1º de dezembro

Ele esteve aqui embaixo, eu estive no porão acima, e tudo ficou claro. Ele está furioso comigo. Nunca esteve tão furioso antes. Não é uma bobagem. É uma raiva profunda, contida.

Isso me deixa furiosa. Ninguém jamais conseguiria entender o quanto me entreguei ontem. O esforço de se doar, de arriscar, de entender. De mandar para longe todos os instintos naturais.

É ele. E é sua estranha masculinidade. Já não estou bem. O mau humor quando você não se entrega, e o ódio quando você o faz. Homens inteligentes devem desprezar a si mesmos por serem assim. Por sua falta de lógica.

Homens azedos e mulheres feridas.

Claro, eu descobri o seu segredo. Ele odeia isso.

Eu pensei e pensei a respeito disso.

Ele sempre deve ter sabido que não conseguiria fazer nada comigo. E ainda assim toda aquela conversa sobre me amar. Isso tem que significar algo.

Isso é o que eu acho. Ele não consegue ter nenhum prazer normal comigo. Seu prazer é me manter prisioneira. Pensando em todos os outros homens que o invejariam se soubessem. Me possuindo.

Então ser simpática com ele é ridículo. Quero ser tão desagradável que ele não sinta prazer algum em me manter aqui. Vou jejuar novamente. Não terei absolutamente nada a ver com ele.

Ideias estranhas.

Que pela primeira vez na minha vida eu fiz algo original. Algo que dificilmente outros poderiam ter feito. Eu virei dura como aço quando ficamos nus. Aprendi o que "ficar dura como aço" significa.

A última essência de Ladymont em mim. Está morta.

Lembro de dirigir o carro de Piers em algum lugar próximo a Carcassonne. Todos queriam que eu parasse. Mas eu queria passar dos cento e vinte. E pisei fundo até conseguir. Os outros se assustaram. Eu também.

Mas provei que conseguia.

(Final da tarde.) Lendo *A Tempestade* novamente, a tarde toda. Não é mais o mesmo, agora que aconteceu o que aconteceu. A pena que Shakespeare sente por seu Caliban, eu sinto (por baixo do ódio e do nojo) por meu Caliban. Meias criaturas.

"Um monstrengo Malhado — não havia forma humana."

"Vamos ver meu escravo Caliban, que jamais é cortês."

"Que açoite e não bondade afeta"

Próspero: ... mesmo imundo, com carinho, e abriguei-te
Na minha cela até que ameaçaste
A honra de minha filha.

Caliban: O ho ho, quem dera eu conseguir!
E se não me impedisse eu populava
A ilha de Calibans...

O desprezo de Próspero por ele. Seu entendimento de que a gentileza seria inútil.

Estéfano e Trínculo são o bilhete de loteria. Seus vinhos, o dinheiro que ele ganhou.

Terceiro ato, cena II. "Choro para sonhar de novo." Pobre Caliban. Mas somente porque *ele* jamais ganhou na loteria.

"... e no futuro vou ter siso."

"Que bravo é o mundo novo!"

Que doentio é o mundo novo.

Ele acaba de sair. Eu disse que faria jejum a menos que ele me deixasse subir. Ar fresco e luz do sol todos os dias. Ele se esquivou. Foi brutal. Sarcástico. Chegou a dizer que eu estava "esquecendo de quem dava as ordens".

Ele mudou. Ele me assusta agora.

Eu lhe dei até amanhã de manhã para se decidir.

2 de dezembro

Vou subir. Ele vai converter um quarto. Disse que levaria uma semana. Eu disse: Tudo bem, mas se for mais um truque para ganhar tempo...

Veremos.

Deitei na cama ontem à noite e pensei em G.P. Imaginei estar na cama com ele. Queria estar na cama com ele. Queria seu maravilhoso e fantástico jeito ordinário de ser.

Sua promiscuidade é criativa. Vital. Mesmo que ela machuque. Ele cria amor, vida e excitação ao seu redor; ele vive, as pessoas que ele ama se lembram dele.

Sempre me senti assim. Às vezes. Promíscua. Qualquer um que eu veja, mesmo algum garoto no metrô, um homem, eu penso em como ele seria na cama. Olho a boca e as mãos, faço uma cara séria e penso neles me possuindo na cama.

Mesmo Toinette, indo pra cama com alguém. Costumava achar isso uma bagunça. Mas o amor é lindo, qualquer amor. Mesmo que seja apenas sexo. A única coisa que é feia é essa falta de amor gélida e sem vida que há entre mim e Caliban.

Esta manhã, imaginava que eu havia escapado e que Caliban ia a julgamento. Eu depunha a *seu* favor. Dizia que seu caso era trágico, que ele precisava de simpatia e de psiquiatria. De perdão.

Não estava sendo nobre. Eu o desprezo demais para odiá-lo.

É engraçado. Eu provavelmente deporia em seu favor.

Sei que não deveríamos nos encontrar novamente.

Eu nunca poderia curá-lo. Porque eu sou sua doença.

3 de dezembro

Eu deveria ter um *caso* com G.P.

Eu me casaria, se ele quisesse.

Quero a aventura, o risco de me casar com ele.

Estou cansada de ser jovem. Inexperiente.

De ter muito conhecimento, mas nenhuma vivência.

Quero um filho dele dentro de mim.

Meu corpo não conta mais. Se for só isso o que ele quiser, que ele o tenha. Eu jamais poderia ser uma Toinette. Uma colecionadora de homens.

Sendo mais esperta (como eu achava) que a maioria dos homens, e mais esperta do que todas as garotas que conheço. Sempre pensei que eu sabia mais, sentia mais, compreendia mais.

Só que eu nem mesmo sei o suficiente para lidar com Caliban. Todos os tipos de migalhas que sobraram do internato. Dos dias em que eu era uma adorável filhinha de papai de classe média. Tudo isso desapareceu. Quando estava em Ladymont, pensava que sabia manipular um lápis com muita destreza. E então quando fui para Londres, comecei a perceber que não sabia. Estava cercada de pessoas que eram tão habilidosas quanto eu. Mais, até. Eu não começara ainda a aprender como levar minha vida — ou a vida dos outros.

Sou eu que preciso de consolo.

É como o dia que você entende que bonecas são bonecas. Eu vejo quem eu era e vejo como eu era boba. Um brinquedo com o qual eu brincava bastante. É um pouco triste, como uma boneca de pano no fundo de uma caixa de papelão.

Inocente, e usada, e orgulhosa, e boba.

G.P.

Eu me sentirei magoada, perdida, surrada e golpeada. Mas será um pouco como estar numa tempestade de raios, depois desse buraco negro.

É simples assim. Ele carrega o segredo da vida com ele. Algo primaveral. Nada imoral.

É como se eu apenas o tivesse visto na penumbra; e agora de repente o visse ao amanhecer. Ele é o mesmo, mas tudo é diferente.
   Eu olhei no espelho hoje e pude ver nos meus olhos. Eles parecem muito mais velhos e mais jovens. Parece impossível explicar com palavras. Mas é exatamente assim. Estou mais velha e mais jovem. Estou mais velha por que aprendi. Estou mais jovem porque muito do que há em mim consiste em coisas que pessoas mais velhas me ensinaram. Toda a lama de suas ideias rançosas em meus sapatos.
   Os meus novos sapatos.

O poder das mulheres! Nunca me senti tão cheia desse poder misterioso. Homens são uma piada.
   Somos tão fracas fisicamente, tão inúteis com as coisas. Ainda, mesmo hoje em dia. Mas somos mais fortes do que eles. Podemos suportar sua crueldade. Eles não suportam a nossa.
   Eu acho — me entregarei a G.P. Ele pode me ter. E o que quer que ele faça comigo, ainda terei a mulher em mim na qual ele nunca conseguirá pôr as mãos.
   Tudo isso é papo. Mas eu me sinto cheia de desejos. Nova independência.
   Não penso nisso agora. Hoje. Sei que vou escapar. Eu sinto. Não consigo explicar. Caliban nunca conseguirá me vencer.
   Penso nas pinturas que devo fazer.
   Noite passada eu pensei numa, era um tipo de campo amarelo-manteiga (amarelo-manteiga-de-fazenda) subindo até um céu branco luminoso, e o sol nascendo. Uma cor rosa estranha, soube exatamente qual, cheia de uma tranquilidade silenciosa, o começo das coisas, o canto da cotovia, sem cotovias.

Dois estranhos sonhos contraditórios.
   O primeiro foi muito simples. Eu andava pelos campos, não sabia com quem eu estava, mas era alguém de quem eu

gostava muito, um homem. G.P., talvez. O sol brilhava nas espigas de milho. E de repente vimos andorinhas voando rasante sobre o milho. Podia ver suas costas reluzindo, como seda azul-escura. Voavam muito baixo, piando à nossa volta, todas na mesma direção, rasantes e felizes. E eu me senti repleta de felicidade. Eu disse: Que inacreditável, olhe as andorinhas. Foi muito simples, as andorinhas inesperadas e o sol e o milho verde. Estava repleta de felicidade. A mais *pura* sensação da primavera. Então eu acordei.

Mais tarde eu tive outro sonho. Estava na janela no primeiro andar de uma casa enorme (Ladymont?) e havia um cavalo preto lá embaixo. Estava furioso, mas eu me senti segura porque ele estava lá embaixo, lá fora. Mas de repente ele se virou e galopou em direção à casa, e para o meu pavor deu um salto gigantesco para cima e me encarou com seus dentes à mostra. Ele atravessou o vidro da janela. Ainda assim eu pensei: ele vai se matar, estou segura. Mas ele se estatelou e sacudiu em volta do pequeno quarto, e então percebi que ele iria me atacar. Não havia para onde fugir. Acordei novamente, tive que acender a luz.

Foi a violência. Foi todo aquele ódio e todo aquele medo.

4 de dezembro

Não devo manter um diário quando sair daqui. Não é saudável. Ele mantém minha sanidade aqui embaixo, me dá alguém com quem conversar. Mas é vazio. Você escreve o que gostaria de ouvir.

Engraçado. Você não faz assim quando desenha seu próprio retrato. Não há a tentação de trapacear.

É doentio, doentio, todo esse pensar a meu respeito. Mórbido.

Anseio pintar, e pintar *outras* coisas. Campos, casas sulistas, paisagens, vastas áreas abertas sob uma vasta e aberta iluminação.

É o que estive fazendo hoje. Climas de luz lembrados da Espanha. Paredes ocres banhadas de branco da luz do sol. As paredes de Ávila. Pátios de Córdoba. Não tento reproduzir o lugar, mas a luz do lugar.

Fiat lux.

Estive tocando os discos do Modern Jazz Quartet um atrás do outro. Não há noite na música deles, não há mergulhos esfumaçados. Rajadas e brilhos, e pequenas efervescências de luz, luz das estrelas, e às vezes meio-dia a pino, uma presença tremenda de luz, como candelabros de diamantes flutuando no céu.

5 de dezembro

G.P.

O Estupro à Inteligência. Pelas massas endinheiradas, a Gente Nova.

As coisas que ele diz. São chocantes, mas você se lembra delas. Elas permanecem. Sólidas, feitas para durar.

Estive desenhando céus o dia inteiro. Só traço uma linha a um centímetro da margem da folha. Esta é a Terra. Então eu não penso em nada além do céu. Céus de junho, dezembro, agosto, chuvas primaveris, trovoadas, alvoradas e crepúsculos. Desenhei dúzias de céus. Apenas o céu, nada mais. Apenas uma linha simples e os céus acima.

Um pensamento estranho: não gostaria que isto não tivesse acontecido. Porque se eu fugir, serei uma pessoa completamente diferente e, imagino, melhor. Porque se eu não fugir, se algo horrível acontecer, eu ainda serei aquela pessoa que eu era, e permaneceria igual se isto não tivesse acontecido, não seria a pessoa que agora quero ser.

É como cozer uma cerâmica no forno. Você corre o risco de rachar ou deformar a peça.

Caliban está muito quieto. Uma espécie de trégua.

Vou pedir para ir lá em cima, amanhã. Quero ver se ele está mesmo fazendo alguma coisa.

Hoje eu pedi a ele que me amarrasse e amordaçasse, e me deixasse sentar no pé da escadaria do porão com a porta aberta. No final, ele concordou. Então eu pude olhar para cima e ver o céu. Um céu pálido e cinza. Vi pássaros voando, pombos, eu acho. Ouvi barulhos externos. Foi a primeira luz do dia decente que vi em dois meses. Uma luz viva. Ela me fez chorar.

6 de dezembro

Fui lá em cima para tomar um banho e vimos o quarto que eu devo ocupar. Ele fez algumas coisas. Ele vai ver se consegue achar uma velha poltrona windsor. Desenhei um esboço dela, para ajudá-lo.

Aquilo me deixou feliz.

Estou inquieta. Não consigo escrever aqui. Eu me sinto como se já fugisse pela metade.

O que me fez sentir que ele estava mais normal foi esse trechinho de conversa.

M. (*estávamos de pé no quarto*). Por que você não me deixa subir e viver aqui como sua convidada? Se eu lhe der minha palavra de honra?
C. Se cinquenta pessoas viessem a mim, pessoas honestas e respeitadas de verdade, e jurassem piamente que você não fugiria, eu não confiaria nelas. Não confiaria no mundo inteiro.
M. Você não pode passar a vida sem confiar em ninguém.
C. Você não sabe como é ser sozinho.
M. Como acha que eu tenho me sentido nesses últimos dois meses?
C. Aposto que muitas pessoas pensam em você. Sentem sua falta. Eu poderia estar morto e ninguém que eu conheço se importaria.
M. Sua tia.
C. Ela.
(*Fez-se um silêncio.*)
C. (*ele de repente deixou escapar*). Você não sabe quem você é. Você é tudo. Eu não tenho nada se você se for.
(*E fez-se um grande silêncio.*)

7 de dezembro

Ele comprou a poltrona. Ele a trouxe aqui pra baixo. É boa. Eu não a colocaria aqui embaixo. Não quero nada daqui de baixo. Uma mudança completa. Amanhã vou subir as escadas de vez. Eu perguntei a ele depois, noite passada. E ele concordou. Eu não precisei esperar a semana inteira.

Ele foi até Lewes comprar mais algumas coisas para o quarto. Vamos ter um jantar de comemoração.

Ele tem sido muito mais bonzinho, nesses dois últimos dias.

Não vou perder a cabeça e tentar sair correndo na primeira oportunidade. Ele vai me observar, eu sei. Não posso imaginar o que ele vai fazer. As janelas estarão cobertas de madeira e ele vai trancar a porta. Mas haverá maneiras de ver a luz do dia. Mais cedo ou mais tarde haverá uma chance (se ele não me deixar sair por vontade própria) de escapar.

Mas eu sei que será uma única chance. Se me pegar fugindo, ele vai me trazer aqui de volta na mesma hora.

Então tem que ser uma chance muito boa. Garantida.

Eu digo a mim mesma que devo me preparar para o pior.

Mas há algo nele que me diz que desta vez ele vai cumprir o que prometeu.

Eu peguei o resfriado dele. Não importa.

Ai, meu Deus, meu Deus, eu poderia me matar.

Ele vai me matar de aflição.

Ainda estou aqui embaixo. Ele nunca falou a sério.

Ele quer tirar fotos. Esse é o seu segredo. Ele quer tirar minhas roupas e... meu Deus, eu nunca soube até hoje o que significava a repugnância.

Ele disse coisas indescritíveis para mim. Que eu era uma mulher das ruas, que eu estava pedindo aquilo que ele me sugeria.

Fiquei louca de ódio, joguei um tinteiro em cima dele.

Ele disse que se eu não posasse ele me proibiria de tomar banhos ou de sair do porão. Eu ficaria aqui o tempo inteiro.

O ódio entre nós. Transbordou em ebulição.

Peguei seu maldito resfriado. Não consigo pensar direito.

Não conseguiria me matar, estou furiosa demais com ele.

Ele sempre abusou de mim. Desde o começo. Aquela história do cachorro. Ele se aproveita do meu coração. Então o vira ao contrário e pisa em cima dele.

Ele me odeia, quer me corromper e me despedaçar e me destruir. Ele quer que eu me odeie tanto que eu mesma me destrua.

A maldade final. Ele não me trouxe o jantar. Eu devo jejuar, ainda por cima. Talvez me deixe faminta. Seria bem capaz.

Eu me recuperei do choque. Ele não vai me derrubar. Não vou me entregar. Não deixarei que ele me destrua.

Estou ardendo de febre, me sinto mal.

Tudo está contra mim, mas eu não vou desistir.

Estou deitada na cama com o quadro de G.P. ao meu lado. Segurando a moldura com uma das mãos. Como um crucifixo.

Vou sobreviver. Vou escapar. Não vou desistir.

Eu não vou desistir.

Odeio Deus. Odeio o que quer que tenha feito este mundo, odeio o que quer que tenha feito a raça humana, feito possíveis homens como Caliban, e possíveis situações como esta.

Se há um Deus, ele é uma grande e repugnante aranha na escuridão.

Ele *não pode ser bom*.

Esta dor, esta terrível transparência que há em mim, agora. Não era necessária. É tudo dor, e ela não resolve nada. Não dá luz à nada.

Tudo em vão. Tudo desperdiçado.

Quanto mais velho o mundo se torna, fica mais óbvio. A bomba e as torturas na Argélia, e os bebês famintos no Congo. Tudo fica maior e mais sombrio.

Mais e mais sofrimento para mais e mais pessoas. E mais e mais em vão.

É como se as luzes se apagassem num curto. Estou aqui, na verdade negra.

Deus é impotente. Não consegue nos amar. Ele nos odeia porque não consegue nos amar.

Toda a maldade e o egoísmo e as mentiras.

As pessoas não admitem, estão muito ocupadas nos seus batentes para perceber que as luzes se apagaram. Não podem ver a escuridão e o rosto de aranha além da grande teia que há em volta de tudo. Que isso é sempre o que existe se você raspar esta superfície de felicidade e bondade.

A escuridão e a escuridão e a escuridão.

Nunca havia me sentido assim, nunca imaginei que era possível. Mais do que o ódio, mais do que o desespero. Não se pode odiar o que não se pode tocar, eu nem posso sentir o que a maioria das pessoas sentem como desespero. É além do desespero. É como se eu não pudesse sentir mais nada. Eu vejo, mas não sinto.

Oh, Deus, se há um Deus.

Eu odeio além do ódio.

Ele acabou de descer. Eu estava dormindo sobre a cama. Febre.

O ar está tão abafado. Deve ser a gripe.

Eu me sentia tão podre que não disse nada. Sem energia para expressar meu ódio.

A cama está encharcada. Meu peito dói.

Não disse uma palavra a ele. Vai além das palavras. Queria ser um Goya. Conseguiria desenhar o ódio absoluto que carrego dentro de mim.

Estou tão assustada. Não sei o que vai acontecer se eu estiver doente pra valer. Não entendo por que o meu peito dói. Como se estivesse com bronquite há dias.

Mas ele teria que trazer um médico. Ele poderia me matar, mas não podia simplesmente me deixar morrer.

Ah, meu Deus, é horrível.

(Noite.) Ele trouxe um termômetro. Marcava 37 na hora do almoço e agora marcou 38. Eu me sinto *péssima*.

Estive na cama o dia inteiro.

Ele não é humano.

Ah, meu Deus, estou tão sozinha, tão completamente sozinha.

Não consigo escrever.

(Manhã.) Uma inflamação terrível nos brônquios. Estou tremendo muito.

Não consegui dormir de verdade. Sonhos horríveis. Esquisitos, sonhos muito vívidos. G.P. estava num deles. Acabei chorando. Eu me sentia tão assustada.

Não consigo comer. Sinto uma dor no pulmão quando respiro, e não consigo deixar de pensar que é pneumonia. Mas não pode ser.

Não vou morrer. Não vou morrer. Não por Caliban.

Sonho. Extraordinário.

Caminhando em Ash Grove, em L. Olho por cima das árvores. Vejo um avião no céu azul. Sei que ele vai cair. Mais tarde, vejo onde ele caiu. Estou assustada demais para seguir adiante. Uma garota avança em minha direção. Minny? Não consigo ver. Ela veste uma roupa grega bem peculiar — tecido ondulado. Branca. Em plena luz do sol, por entre as árvores estáticas. Parece me conhecer, mas eu não a conheço (não é Minny). Não se aproxima. Quero me aproximar. Dela. Eu acordo.

Se eu morrer, ninguém jamais saberá.

Isso me deixa com febre. Não consigo escrever.

(Noite.) Sem misericórdia. Sem Deus.
    Eu gritei com ele e ele ficou furioso. Eu estava fraca demais para impedi-lo. Ele me amarrou e me amordaçou e tirou suas fotos grotescas.
    Não me importo com a dor. A humilhação.
    Fiz o que ele queria. Para acabar logo.
    Não me preocupo mais comigo.
    Mas, meu Deus, a bestialidade de tudo aquilo.
    Estou chorando, estou chorando, não consigo escrever.

Não vou desistir.
    Não vou desistir.

Dezembro

Não consigo dormir. Estou enlouquecendo. Preciso porque preciso deixar a luz acesa. Sonhos sem sentido. Acho que tem outras pessoas aqui. P. Minny.
    É pneumonia.
    Ele tem que chamar um médico.
    É assassinato.
    Não posso escrever isso. Palavras são inúteis.
    (Ele veio.) Não me ouve. Eu implorei. Disse que é assassinato. Tão fraca. Trinta e nove graus. Vomitei.
    Nada sobre ontem à noite, ele ou eu.
    Aconteceu? Febre. Estou delirando.
    Se eu pelo menos soubesse o que eu fiz.
    Inútil inútil.
    Não vou morrer não vou morrer.

Querido G.P., esta

Meu Deus meu Deus não me deixe morrer.
   Deus não me deixe morrer.
   Não me deixe morrer.

o 3.

Papilio Machaon.
(Swallow-tail)

Thais Medesicaste

Danaida cuvier.

JOHN FOWLES
O COLECIONADOR

o3.

O que eu estava tentando dizer é que tudo foi inesperado.

Começou da pior maneira, porque quando desci às sete e meia eu a vi deitada perto do biombo, ela havia caído em cima dele e o derrubado, e eu me ajoelhei ao seu lado, e suas mãos eram como gelo, mas ela respirava, era como um suspiro áspero, muito breve, e quando eu a carreguei de volta pra cama ela despertou, deve ter desmaiado à noite quando foi por trás do biombo. Estava toda gelada, começou a tremer terrivelmente, e então a suar mais, e estava delirando, ela repetia: Chame o médico, chame o médico, por favor, chame o médico (às vezes dizia G.P., G.P., ela repetia, várias e várias vezes, como uma ladainha), não era sua voz de sempre, mas o que eles chamam de cantarolar, e ela não parecia ser capaz de fixar os olhos em mim. Ficou em silêncio por um instante, e então era "Yankee Doodle Dandy", só que as palavras eram todas balbuciadas como se ela estivesse bêbada e então interrompesse na metade. Por duas vezes ela chamou Minny, Minny, como se achasse que ela estivesse no quarto ao lado (era sua irmã), e então começou a resmungar vários nomes e palavras, todas misturadas com pedaços de frases. Então foi quando ela quis levantar, e eu tive que segurá-la. Ela lutou pra valer. Eu falava com ela, e ela parava por um minuto, mas assim que eu me afastava para trazer o chá ou algo assim ela se levantava de novo. Bem, eu a segurei e tentei ajudá-la a tomar o chá, mas a bebida a fez tossir, ela virou a cabeça de lado, não queria beber. Esqueci de dizer que ela estava com umas pústulas amareladas nojentas no canto dos lábios. E seu cheiro não era refrescante e límpido como antes.

No final eu fiz com que ela tomasse uma dose dupla dos comprimidos, na caixinha dizia para não exceder a dose recomendada, mas ouvi certa vez que você precisa tomar o dobro do recomendado, pois tinham medo de deixar o remédio muito forte por motivos legais.

Eu devo ter descido quatro ou cinco vezes naquela manhã, estava preocupado. Ela estava acordada, mas disse que não queria nada, ela sabia o que estava acontecendo, e fez que não com a cabeça assim mesmo. No almoço ela bebeu um pouco de chá e foi dormir, e eu me sentei no quarto de cima. Bem, na próxima vez que acendi as luzes, lá pelas cinco, ela estava acordada. Parecia fraca, muito corada, mas parecia saber muito bem onde estava, e saber quem eu era, seus olhos me seguiam de maneira bem normal, e pensei que o pior havia passado, a crise, como diriam.

Ela tomou mais um pouquinho de chá, e depois me fez ajudá-la detrás do biombo, ela mal conseguia andar, então eu a deixei por uns minutinhos e voltei e a ajudei de volta. Ela se deitou na cama com os olhos abertos, encarando o teto, tinha dificuldade em respirar normalmente, e eu já estava me retirando, mas ela me impediu.

Começou a falar numa voz baixa e rouca, ainda que bastante lúcida. Ela disse: "Estou com pneumonia. Você precisa chamar um médico".

Eu disse: O pior já passou, você está bem melhor.

"Preciso de penicilina ou algo assim." Então ela começou a tossir e não conseguia respirar, e certamente suava em bicas.

Então ela quis saber o que tinha acontecido naquela noite e na manhã, e eu lhe contei.

"Pesadelos terríveis", ela disse. Bem, eu disse que ficaria com ela a noite toda e que ela estava bem melhor, e ela me perguntou se eu tinha certeza de que ela parecia estar melhor, e eu disse que sim. Eu queria que ela melhorasse, então acho que estava imaginando coisas.

Prometi que se ela não melhorasse no dia seguinte eu a levaria para cima e chamaria um médico. Então ela quis subir imediatamente, ela ainda quis saber as horas, e quando eu disse, sem pensar, ela comentou que era de noite e que ninguém veria. Mas eu disse que nenhum dos quartos ou camas estavam arejados.

Então ela mudou, e disse: "Estou com tanto medo. Eu vou morrer". Não falou de uma vez só, ela fez pausas.

Ela disse: "Eu tentei te ajudar. Você tem que me ajudar agora". Eu disse que era claro que eu a ajudaria, lavei seu rosto de novo com a esponja e ela parecia que ia desmoronar, que era o que eu queria, mas ela falou novamente.

Disse em voz alta: "Papai? Papai?".

Vá dormir, eu disse. Você estará melhor amanhã.

Ela começou a chorar de novo. Não era um choro comum, ela apenas ficou deitada com as lágrimas em volta dos olhos, como se não soubesse que estava chorando. E então ela disse de supetão: "O que você vai fazer se eu morrer?".

Eu disse: Você não vai morrer, não seja boba.

"Você vai contar pra alguém?"

Não vou falar sobre isso, eu disse.

"Eu não quero morrer", ela disse. E então: "Eu não quero morrer", de novo. E uma terceira vez, e cada vez eu dizia não fale isso, mas ela não parecia ouvir.

"Você fugiria? Se eu morresse?"

Eu disse: Você é maluca.

"O que você faria com seu dinheiro?"

Eu disse: Por favor, vamos mudar de assunto, mas ela insistiu, depois de uma pausa, estava falando normalmente, mas fazia umas pequenos intervalos engraçados, e do nada ela voltava a dizer alguma coisa.

Disse que eu não sabia, não tinha pensado. Eu apenas tentava agradá-la.

"Doe para as crianças."

Eu disse: Que crianças, e ela disse: "Nós coletamos dinheiro para elas na estação passada, elas comem terra", e então um pouquinho depois: "Nós somos todos uns porcos, merecemos morrer", então concluí que eles seguraram o dinheiro que deveriam ter doado. Bem, depois disso ela caiu no sono pelo que devem ter sido dez minutos. Eu não me mexi, pensei que ela estava bem, dormindo, mas ela disse de repente: "Faria isso?", de novo, como se não tivéssemos parado de conversar. Então: "Você está aí?", e ela ainda chegou a tentar se sentar para me ver. É claro que eu a deitei com calma, mas ela estava desperta de novo e continuou falando sobre esse fundo em que ela havia coletado dinheiro.

Eu desisti de dizer que aquilo era uma bobagem só, ela não estava morrendo, então eu disse: Sim, eu faria, mas ela não ia morrer, e coisa e tal.

"Você promete?"

Sim.

Então ela disse: "Promessas". Então, depois de um tempinho: "Elas comem terra". E ela disse isso duas ou três vezes enquanto eu tentava acalmá-la, aquele assunto realmente a angustiava.

A última coisa que ela disse foi: "Eu te perdoo".

Ela estava delirando, é claro, mas eu disse que sentia muito, de novo.

Poderia se dizer que as coisas estavam diferentes agora. Eu esqueci tudo o que ela fez no passado e estava com pena dela, estava muito arrependido pelo que fiz com ela na outra noite, mas eu não tinha como saber que ela estava doente de verdade. Era leite derramado; o que estava feito, estava feito.

Era engraçado, na verdade, entretanto, justo quando eu pensava que estava de saco cheio com ela os velhos sentimentos voltaram à tona. Eu ficava pensando nas coisas boas, em como às vezes nos demos bem, e em todas as coisas que ela representava para mim em casa, quando eu não tinha mais nada. Toda a parte em que ela tirou as roupas e eu não mais a respeitava, aquilo pareceu irreal, como se ambos tivéssemos perdido a cabeça. Quer dizer, ela estando doente e eu cuidando dela parecia mais real.

Fiquei no quarto de cima, como na noite anterior. Ela ficou quieta por meia hora, mais ou menos, mas então começou a falar sozinha, eu perguntei: Você está bem?, e ela parou, só que mais tarde ela começou a falar novamente, ou melhor, a murmurar, e então ela disse meu nome bem alto, e disse que não conseguia respirar, e então ela soltou um catarro enorme. Era de um marrom escuro esquisito, eu não gostei nem um pouco, mas pensei que a cor podia ser efeito dos remédios. Depois disso, ela deve ter apagado por uma hora, mais ou menos, mas então começou a gritar, ela não conseguia, mas estava tentando, e quando fui correndo ela estava com metade do corpo para fora da cama. Não sei o que estava tentando fazer, mas ela não parecia me reconhecer e brigava como um tigre, apesar de estar tão enfraquecida. Eu precisei lutar com ela para deitá-la novamente.

Então ela começou a suar terrivelmente, seus pijamas estavam empapados, e quando tentei trocar a parte de cima ela começou a lutar, rolando como se estivesse enlouquecida, e ficando ainda mais suada. Eu nunca tive uma noite tão ruim, foi tudo horrível, não consigo descrever. Ela não conseguia dormir, eu dei a ela tantos comprimidos para dormir quanto achei que podia, mas eles não pareciam fazer efeito, ela apagava um pouquinho e então voltava àquele estado novamente, tentando sair da cama (uma vez foi antes que eu conseguisse evitar e ela caiu no chão). Às vezes, estava delirando, chamando por um G.P. e falando com pessoas que ela devia conhecer, imagino. Eu não liguei muito pra isso, desde que ela ficasse quietinha, deitada. Tirei sua temperatura, estava acima dos quarenta graus, e eu sabia que ela estava doente, muito doente.

Bem, lá pelas cinco horas na manhã seguinte, eu me levantei para tomar um pouco de ar fresco, parecia um outro mundo lá fora, e me convenci de que precisaria levá-la para cima e chamar um médico, eu não poderia adiar por muito mais tempo. Fiquei lá por uns dez minutos, junto à porta aberta, quando a ouvi me chamando novamente, ela soltou um pouco mais do catarro marrom-avermelhado e estava mal, então precisei tirá-la da cama e arrumar os lençóis novamente, enquanto ela se esparramava na cadeira. A maneira como ela respirava é que era o pior, tão curta e exaustiva, como se estivesse ofegando o tempo todo.

Naquela manhã (ela parecia mais quieta), foi capaz de ouvir o que eu dizia, então eu lhe disse que ia chamar um médico, e ela acenou, considerei que ela havia compreendido, ainda que não tenha falado nada. A noite anterior deve ter sugado todas as suas forças, ela só ficou lá, parada.

Eu sabia que poderia ter ido ao vilarejo e telefonado, ou até buscado um médico, mas por razões óbvias eu nunca fazia negócios lá, já que esse pessoal do vilarejo é fofoqueiro como só eles.

De qualquer maneira, eu estava há tanto tempo sem dormir que, na metade das vezes, eu não sabia o que estava fazendo. Eu não tinha para onde ir.

Bem, primeiro fui até Lewes (foi logo depois das nove), entrei na primeira farmácia que vi aberta e perguntei pelo médico mais próximo, que a garota me informou de uma lista que ela tinha. Era uma casa numa rua onde eu nunca estive. Vi na porta que a clínica abria as 8h30, e eu deveria ter imaginado que muita gente estaria esperando, como é de costume, mas por algum motivo me imaginei entrando e vendo o médico imediatamente. Eu devo ter parecido um tolo, com toda aquela gente olhando para mim, todas as cadeiras estavam tomadas, e outro rapaz esperava em pé. Bem, todos eles pareciam estar olhando para mim, eu não tive a coragem de ir direto até o médico, então me encostei na parede. Se ainda eu pudesse ter furado a fila, eu teria feito, e tudo teria saído bem, mas o problema era ter que lidar com todas aquelas pessoas na sala de espera. Há tempos que eu não ficava numa sala com outras pessoas, só entrando e saindo de lojas, eu me senti estranho, é como eu disse, elas todas pareciam estar olhando para mim, uma velhinha em especial não tirava os olhos de mim, pensei que minha aparência devia ser muito peculiar de alguma forma. Eu peguei uma revista da mesa, mas é claro que não li.

Bem, eu comecei a pensar ali no que aconteceria, tudo daria certo por um dia ou dois, o doutor e M talvez não conversassem, mas então... eu sabia o que ele diria, que ela deveria ser hospitalizada, eu não conseguiria cuidar dela de maneira adequada. E então eu pensei que deveria chamar uma enfermeira, mas ela não demoraria muito até perceber o que aconteceu — tia Annie sempre disse que as enfermeiras eram as maiores tagarelas de todas, ela nunca suportou pessoas enxeridas, e eu também não. O médico saiu naquele momento para chamar o próximo paciente, era um homem alto de bigode, e ele disse: "Próximo", como se estivesse enjoado daquelas pessoas. Quer dizer, ele parecia realmente irritado, não pense que era a minha imaginação, eu vi uma mulher fazer careta para outra ao seu lado quando ele voltou para o consultório.

Ele saiu novamente, e eu pude ver que ele era como os oficiais do Exército, eles não têm nenhuma compaixão com você, só sabem dar ordens, você não é da mesma classe deles, e eles tratam todos os demais como se fossem lixo.

Além disso tudo, aquela velha começou a me encarar novamente, e ela me fez suar o colarinho, eu não tinha dormido a noite inteira e estava completamente tenso, imagino. De qualquer maneira, eu sabia que aquilo já bastava. Então eu me virei e saí, e fui me sentar no furgão.

Foi ver aquelas pessoas todas. Aquilo me fez ver que Miranda era a única pessoa no mundo com quem eu queria viver. Fiquei farto daquela gente toda.

O que eu fiz foi ir à farmácia e dizer que eu queria algo para uma gripe muito forte. Eu nunca havia estado lá, felizmente não havia mais ninguém na loja, então eu podia inventar minha história. Disse que tinha um amigo que era uma Pessoa Peculiar (do tipo que não acredita em médicos), e ele estava com uma gripe danada, talvez com pneumonia, e tínhamos que dar algo a ele secretamente. Bem, a garota arrumou a mesma coisa que eu tinha comprado antes, e eu disse que queria penicilina ou outra coisa, mas ela disse que só com a receita médica. Infelizmente, o patrão apareceu naquele momento, e ela foi e lhe contou, e ele veio e disse que eu tinha que ver um médico e explicar o caso. Eu disse que pagaria o quanto fosse, mas ele só sacudiu a cabeça e disse que era contra a lei. Então ele quis saber se meu amigo vivia na região, e eu parti antes que ele começasse a bisbilhotar ainda mais. Tentei duas outras farmácias, mas elas disseram a mesma coisa, e eu estava assustado para continuar perguntando, então peguei o remédio que eles podiam vender, um tipo diferente.

Então voltei. Quase não consegui dirigir, estava tão cansado.

Claro que desci assim que cheguei, e ela continuava deitada, suspirando. Assim que me viu ela começou a falar, pelo jeito pensava que eu era outra pessoa, já que ela me perguntou se eu havia visto a Louise (nunca escutei Miranda falar nela antes) — felizmente ela não esperou uma resposta, começou a falar sobre algum pintor moderno, então ela disse que estava com sede. Não fazia sentido, as coisas pareciam ir e vir na sua cabeça. Bem, eu lhe dei de beber e ela se deitou por um pouquinho, e de repente pareceu voltar um pouco ao normal (seu raciocínio, quer dizer) pois ela disse: Quando P vai chegar, você vai buscá-lo?

Menti, foi uma mentira inocente, eu disse que ele estaria aqui em breve. Ela disse: Lave meu rosto, e quando eu fiz o que pediu, ela disse que precisava ver o que eu havia comprado. Não disse propriamente, foi um sussurro.

Ela disse que queria conseguir dormir.

É a febre, eu disse, e ela concordou, por um instante ela meio que entendeu tudo o que eu dizia, e ninguém acreditaria nisso, mas eu decidi voltar a Lewes e chamar um médico. Eu a ajudei a ir atrás do biombo, ela estava tão fraca que eu soube que ela não conseguiria fugir, então o que decidi foi que eu subiria e tentaria tirar duas horas de sono, e em seguida a levaria lá pra cima, iria até Lewes e chamaria outro médico.

Não sei o que aconteceu, eu sempre me levanto assim que o despertador toca; acho que eu devo ter esticado o braço e desligado o alarme enquanto dormia, não me lembro de ter acordado. Claro que eram quatro horas, não meio-dia e meia quando acordei. Claro que desci correndo para ver o que tinha acontecido. Ela tinha tirado a parte de cima do pijama, mas por sorte estava quente o bastante, não acho que isso teve qualquer importância, ela estava com uma febre horrível e não sabia quem eu era, e quando a carreguei para levá-la escada acima ela tentou lutar e gritou, mas estava tão fraca que não conseguia. Além disso, sua tosse impediu seus gritos e pareceu que ela reconhecia onde estávamos. Tive um certo trabalho para subir com ela pelas escadas, mas consegui, e a deitei na cama do quarto de visitas. (Eu já tinha ligado a calefação), e lá ela pareceu estar mais feliz. Ela não disse nada, o ar gelado a fez tossir e golfar, seu rosto ficou com uma cor arroxeada estranha. Eu disse: o médico está chegando, o que ela pareceu entender.

Fiquei um pouco para ver se ela ficaria bem, estava com medo de que ela tivesse força para abrir a janela e atrair a atenção de alguém passando na rua. Eu sabia que ela não conseguiria, mas eu parecia buscar razões para não sair. Fui diversas vezes até a porta do quarto aberta, ela estava deitada na escuridão, eu conseguia ouvi-la respirando, às vezes murmurando, uma vez ela me chamou e fui até lá, e parei ao seu lado, e tudo o que ela conseguiu dizer foi médico, médico, e eu disse: Ele está vindo, não se preocupe, e eu limpava seu rosto, e ela não parava de suar. Não sei por que eu não fui então, tentei, mas não conseguia, não conseguia suportar a ideia de não saber como ela estava, de não ser capaz de vê-la sempre que quisesse. Eu meio que estava apaixonado por ela novamente. E outra coisa, todos esses dias eu pensei: bem, ela vai superar isso com o tempo, vai precisar de mim, vai ser ótimo quando ela tiver virado a página.

Não sei por que, também pensei que o novo quarto fosse ajudar. Que faria diferença.

Era como naquela vez que precisei levar Mabel na cadeira de rodas. Podia pensar em uma dúzia de motivos para evitar. Você devia agradecer por ter pernas boas, tia Annie costumava dizer (elas sabiam que eu não gostava que me vissem empurrando a cadeira). Mas é meu caráter, é como eu fui feito. Não posso evitar.

O tempo passou, já devia ser meia-noite ou mais, e subi para ver como ela estava, para ver se ela tomaria uma xícara de chá, e não consegui que ela me respondesse, estava respirando mais rápido do que nunca, era horrível a maneira como ela ofegava, parecia engolir o ar como se nunca fosse o suficiente. Eu a sacudi, mas ela pareceu dormir, ainda que seus olhos estivessem abertos, seu rosto estava bem vívido, e ela parecia encarar algo no teto. Bem, eu fiquei com muito medo, pensei, vou lhe dar meia hora e então saio. Sentei do lado dela, podia ver que as coisas estavam definitivamente piores pelo jeito que ela suava, e seu rosto estava terrível. Outra coisa que ela fez durante aqueles dias foi mordiscar os lençóis. Espinhas estouraram por todas as partes, nos dois cantos dos lábios.

Após finalmente ter trancado a porta dela, só por precaução, fui novamente a Lewes, me lembro de ter chegado lá pouco depois de uma e meia, tudo estava fechado, é claro. Fui direto até a rua onde o médico morava e parei bem pertinho da casa dele. Eu só estava lá, sentado no escuro, bolando minha história direitinho, quando ouvi uma batidinha na janela. Era um policial.

Foi um susto terrível. Eu abaixei o vidro.

Só estava pensando o que você está fazendo aqui, ele disse.

Não me diga que é proibido estacionar.

Depende de suas intenções, ele disse. Ele viu minha carteira de motorista e anotou meu número, tudo muito calculado. Ele era um senhor de idade, não deve ter sido um bom profissional, ou não estaria mais patrulhando.

Bem, ele disse, você mora aqui?

Não, eu disse.

Sei que não, ele disse. É por isso que pergunto o que você está fazendo aqui.

Eu não fiz nada, eu disse. Pode ver no porta-malas, eu disse, e ele foi olhar, o trouxa. De qualquer maneira, aquilo me deu tempo para pensar numa história. Eu disse a ele que não conseguia dormir e estava dando uma volta, e então eu me perdi e parei para procurar no mapa. Bem, ele não acreditou em mim, ou pelo menos não pareceu acreditar, disse que eu devia ir pra casa.

O resultado disso foi que eu saí dirigindo, não conseguiria sair com ele vigiando a porta do médico, ele já estava com a pulga atrás da orelha. O que eu pensei em fazer foi dirigir até a casa para ver se ela estava pior, e se estivesse eu a levaria até o hospital e daria um nome falso, e depois pegaria o carro e teria que fugir e sair do país ou algo assim — não conseguia pensar em nada depois que a deixasse.

Bem, ela estava no chão novamente, havia tentado sair da cama, imagino que para ir ao banheiro ou tentar escapar. De qualquer maneira, eu a carreguei para a cama, ela parecia estar meio em coma, ela disse algumas palavras, mas não fizeram sentido para mim, e ela não entendeu nada do que eu disse.

Sentei ao seu lado quase a noite inteira, às vezes eu cochilei. Duas vezes ela se esforçou para sair da cama novamente, mas não conseguiu, ela tinha menos forças que uma pulga. Eu disse as mesmas coisas novamente, disse que o médico estava chegando e aquilo pareceu acalmá-la. Uma vez ela perguntou que dia era aquele, e eu menti, disse que era segunda (era quarta), e ela pareceu se acalmar um pouquinho, também. Ela só disse: Segunda, mas dava pra ver que não significava nada. Era como se o cérebro dela também estivesse afetado.

Foi quando soube que ela estava morrendo, eu soube naquela noite, eu podia ter contado a alguém.

Eu só fiquei ali sentado, ouvindo ela suspirar e murmurar (ela nunca parecia estar dormir de verdade), e pensei em como as coisas haviam mudado de rumo. Pensei sobre minha vida miserável e na vida dela, e em tudo mais.

Qualquer um ali teria enxergado a verdade. Que eu estava honesta e completamente desesperado, ainda que permanecesse sentado. Não podia fazer nada. Eu queria tanto que ela vivesse, e não podia me arriscar pedindo ajuda, eu estava abatido, qualquer um teria visto. Todos aqueles dias eu soube que nunca mais amaria ninguém igual. Só havia Miranda para sempre. Eu soube naquela hora.

Outra coisa foi: ela era a única que soube que eu a amava. Ela soube o que eu era de verdade. Não como os outros que jamais entenderiam.

Bem, amanheceu, o dia finalmente nasceu. Estranho, era uma beleza, não creio ter visto uma só nuvem o dia inteiro, um desses dias frios de inverno sem vento algum, e o céu fica todo azul. Parecia feito sob medida, muito apropriado, ver que ela se foi em paz. As últimas palavras que disse foram umas dez horas, quando disse (eu acho) "o sol" (estava surgindo na janela), e ela tentou se sentar, mas não conseguiu.

Ela não disse mais nenhuma palavra compreensível, e relutou por toda a manhã e a tarde, e se foi com o sol. Sua respiração se tornou muito fraca e (apenas para mostrar como eu estava) cheguei a pensar que ela havia caído no sono finalmente. Não sei exatamente quando ela morreu, eu sei que estava respirando lá pelas três e meia, quando desci para tirar um pouco da poeira e tirar as coisas da cabeça, e quando voltei, umas quatro horas, ela havia partido.

Estava deitada com sua cabeça virada de lado e sua aparência era horrível, sua boca estava aberta e seu olhos esbranquiçados como se ela tentasse ver a janela uma última vez. Toquei em sua pele, e ela estava fria, ainda que seu corpo estivesse morno. Corri e peguei um espelho. Sabia que era assim que se fazia, e segurei o espelho perto de sua boca, mas ele não embaçou. Estava morta.

Bem, eu fechei sua boca e abaixei as pálpebras. Não sabia o que fazer, fui preparar uma xícara de chá.

Quando ficou escuro, eu peguei seu corpo desfalecido e o carreguei até o porão. Eu sabia que se devem lavar os corpos mortos, mas eu não queria, não me parecia certo, então eu a deitei na cama, escovei os seus cabelos e cortei um cacho. Tentei arrumar seu rosto para que sorrisse, mas não consegui. Pelo menos, ela parecia estar em paz. Então eu me ajoelhei e fiz uma prece, a única que sabia era o pai-nosso, então rezei um pouco disso, e que Deus a tenha em um bom lugar, não que eu acredite em religião, mas me pareceu certo. Então subi as escadas.

Não sei por que, mas foi uma coisinha à toa; você imagina que seria vê-la morta ou carregá-la até o porão pela última vez, mas não; foi quando eu vi seus chinelos no quarto em que ficou aqui em cima. Eu peguei os chinelos e de repente soube que ela jamais os calçaria novamente. Eu nunca mais desceria e trancaria a porta novamente (engraçado, ainda a mantive trancada, apesar de tudo), e nada disso jamais aconteceria de novo, as coisas boas e as ruins. Soube então que ela estava morta, e morta significa que partira para sempre, e sempre, e sempre.

Esses últimos dias eu tive que sentir pena dela (assim que soube que não estava funcionando), e a perdoei por todas as outras coisas. Não enquanto estava viva, mas quando soube que ela morreu, foi quando eu finalmente a perdoei. Todo o tipo de lembranças boas voltaram. Eu me lembrei do começo, dos dias no Anexo, quando a observava na porta da frente, ou passando do outro lado da rua, e não conseguia entender como tudo aquilo aconteceu para ela estar lá embaixo, morta.

Era como uma ratoeira de brinquedo que vi uma vez, o rato entrava e as coisas se moviam, ele não conseguia voltar atrás, mas seguir adiante entrando em armadilhas cada vez mais elaboradas, até o fim.

Pensei no quão feliz eu estava, nos sentimentos que vivi nessas semanas que eu nunca tivera antes e que nunca mais terei.

Quanto mais eu penso nisso, pior fica.

A meia-noite chegou e eu não conseguia dormir, precisei deixar todas as luzes acesas, não acredito em espíritos, mas me sentia melhor com as luzes.

Fiquei pensando nela, pensando que talvez fosse minha culpa afinal, que ela fez o que fez e perdeu meu respeito, então pensei que a culpa era dela, foi ela mesma quem pediu. Então eu não sabia o que pensar, minha cabeça atirava para todos os lados, bang, bang, bang, e eu sabia que não conseguiria continuar morando em Fosters. Queria pegar a estrada e não voltar nunca mais.

Pensei: eu poderia vender tudo e ir para a Austrália. Mas primeiro precisaria encobrir tudo. Era muito trabalho. Então comecei a pensar na polícia. Decidi que o melhor a fazer seria ir à polícia e contar tudo para eles. Cheguei a pegar meu casaco e estava pronto pra ir.

Pensei que estava enlouquecendo, eu olhava no espelho e tentava ver em meu rosto. Tive essa ideia terrível, estava louco, todos conseguiriam ver, menos eu. Ficava lembrando de como as pessoas em Lewes pareciam olhar para mim de vez em quando, como as pessoas naquela sala de espera do médico. Todas elas sabiam que eu estava louco.

Deram duas horas. Não sei por que, comecei a pensar que era tudo um erro, ela não estava morta, talvez só estivesse dormindo. Então precisei descer para ter certeza. Foi horrível. Assim que eu desci até o porão, comecei a imaginar coisas. Por exemplo, que ela sairia de um canto com um machado. Ou que ela não estaria lá — apesar da porta estar trancada, ela teria desaparecido. Como num filme de terror.

Estava lá. Deitada, em silêncio. Toquei nela. Estava tão fria, tão fria que senti um arrepio. Ainda não conseguia entender que era verdade, há pouquíssimas horas ela ainda estava viva, e alguns dias atrás ela andava, desenhava, tricotava. Agora isso.

Então algo se moveu no outra canto do porão, lá perto da porta. Deve ter sido uma corrente de ar. Algo rompeu dentro de mim, perdi a cabeça, corri, subi as escadas e deixei o porão. Tranquei a porta de baixo duas vezes mais rápido, entrei em casa, tranquei a porta e todos os trincos.

Um pouquinho depois a tremedeira parou, eu me acalmei. Mas tudo no que conseguia pensar foi em como tudo aquilo era o fim. Não poderia viver com ela lá embaixo daquele jeito.

Foi quando tive a ideia. Ela voltava a toda hora, essa sensação de que ela tinha sorte de se ver livre de tudo, sem mais preocupações, sem precisar se esconder, sem aquelas coisas que você quer ser e nunca conseguirá realizar. Tudo terminado, de uma vez.

Tudo o que precisava fazer era me matar, então ou outros poderiam pensar o que quisessem. As pessoas na sala de espera, as pessoas do Anexo, tia Annie e Mabel, todas elas. Eu me livraria de tudo isso.

Comecei a pensar em como agir, em como eu poderia ir a Lewes assim que as lojas abrissem e comprar um monte de aspirinas e algumas flores, crisântemos eram suas favoritas. Então tomaria as aspirinas e desceria com as flores e me deitaria ao lado dela. Mandaria uma carta antes para a polícia. Então eles nos encontrariam aqui embaixo juntos. Juntos no Grande Além.

Seríamos enterrados juntos. Como Romeu e Julieta.

Seria uma verdadeira tragédia. Nada sórdida.

Eu teria o respeito merecido se agisse assim. Se destruísse as fotos, somente isso, as pessoas poderiam ver que eu nunca fiz nada de errado com ela, seria realmente trágico.

Pensei nisso, e então desci e fui pegar as fotos e os negativos, pronto para queimá-los de manhãzinha.

Era como se eu precisasse ter um plano definitivo. Qualquer coisa, desde que fosse definitivo.

Havia o dinheiro, mas eu não me importava mais. Ficaria para tia Annie e Mabel. Miranda falava em caridade, mas ela já estava meio fora de si.

Eu queria o que o dinheiro não consegue comprar. Se eu realmente tivesse uma mente suja, não teria passado por todos os problemas que tive, teria simplesmente visitado as mulheres que anunciam nos cartazes em Paddington e no Soho e teria feito o que eu quisesse. Dinheiro não compra felicidade. Devo ter escutado tia Annie dizer isso uma centena de vezes. Ha ha, sempre pensei: vamos tentar primeiro. Bem, eu tentei.

Porque o que existe é a sorte. É como na loteria — pior, não existem times bons e times ruins e possíveis empates. Você não pode prever como as coisas vão terminar. Apenas A versus B, C versus D, e ninguém sabe quem são A e B e C e D. É por isso que eu nunca acreditei em Deus. Acho que somos apenas insetos, vivemos um pouco e então morremos, e esse é o pacote completo. Não existe misericórdia. Sequer existe um Grande Além. Não existe nada.

Umas três horas eu cochilei, então subi para dormir pela última vez, me deitei na cama vendo tudo, indo a Lewes quando acordasse, voltando, acendendo a lareira, trancando a casa (uma última espiada em minha coleção) e então indo lá embaixo. Ela esperava por mim lá embaixo. Eu diria que estávamos apaixonados, na carta à polícia. Um pacto de suicídio. Seria "O Fim".

O₄

o 4.

Parnassius Apollo.
(Apollo)

Pieris thiria.

Vanessa Io.
(Peacock)

JOHN FOWLES
O COLECIONADOR

04.

E o que aconteceu foi que as coisas saíram um pouquinho diferente.

Não acordei antes das dez, era mais um dia lindo. Tomei café, depois fui até Lewes e comprei as aspirinas e as flores, e voltei e desci, e então pensei em dar uma última espiada nas coisas dela. Foi sorte ter feito isso. Achei o diário dela, que mostra que ela nunca me amou, que ela só pensava nela mesma e no outro homem o tempo todo.

Por casualidade, de qualquer maneira, assim que levantei, comecei a ter ideias mais sensatas, é típico da minha parte ver apenas o lado negativo das coisas à noite e acordar pensando diferente.

Essas ideias vieram a mim enquanto tomava café, não deliberadamente, elas apenas vieram. Sobre como eu poderia me livrar do corpo. Eu pensei, se não fosse morrer em umas poucas horas, eu poderia fazer assim e assado. Tive muitas ideias. Acho que agora eu gostaria de provar que elas funcionariam. Que ninguém iria descobrir.

Era uma linda manhã. O campo nos arredores de Lewes é muito bonito.

Também pensei que estava agindo como se eu a tivesse matado, mas ela morreu, no fim das contas. Um médico provavelmente não poderia fazer muita coisa, na minha opinião. Estava avançado demais.

Outra coisa, naquela manhã em Lewes, foi uma grande coincidência, eu estava dirigindo perto da floricultura quando uma garota de avental atravessou o cruzamento em que eu havia parado para deixar os pedestres passarem. Por um instante aquilo me sacudiu as ideias, pensei estar vendo um fantasma, ela tinha o mesmo cabelo, ainda que não fosse tão comprido; quer dizer, ela tinha a mesma altura e o mesmo jeito de andar de Miranda. Não consegui tirar meus olhos dela, e tive que estacionar o carro e voltar pelo caminho que ela estava, onde tive a sorte de vê-la entrar na Woolworths. Onde eu a segui e descobri que ela trabalhava no balcão de doces.

Bem, eu voltei com as coisas e desci para ver Miranda, arrumar as flores, na verdade; eu podia ver que não estava no clima para aquela história, e pensei que deveria pensar melhor, e então, de qualquer forma, eu encontrei o diário.

Os dias passaram, e já faz três semanas que tudo isso aconteceu.

Claro que eu nunca mais deverei ter uma hóspede aqui em casa, ainda que, agora que tia Annie e Mabel tinham decidido ficar na Austrália, não fosse difícil.

Ainda assim, só por curiosidade, tenho desde então pensado nos problemas que poderiam surgir com a garota da Woolworths. Ela mora no vilarejo do outro lado de Lewes, numa casa a quinhentos metros do ponto de ônibus. Você precisa andar por uma estradinha de terra até chegar lá. Como eu disse, seria possível (se eu não tivesse aprendido minha lição). Ela não é tão bonita como Miranda, é claro, na verdade ela é apenas uma vendedora comum, mas esse foi o meu erro anterior, mirar muito para o alto, eu devia ter visto que nunca conseguiria o que desejava de alguém como Miranda, com todas suas ideias metidas à besta e seus truques espertinhos. Eu deveria ter atraído alguém que me respeitaria mais. Alguém comum, a quem eu poderia ensinar.

Ela está na caixa que eu fiz, embaixo das macieiras. Levei três dias para cavar o buraco. Pensei que eu ficaria louco na noite em que a enterrei (eu desci e a coloquei dentro da caixa que havia feito e a levei para fora). Não creio que muitos outros conseguiriam ter feito o que fiz. Fiz de maneira científica. Planejei o que precisava ser feito e ignorei meus sentimentos naturais. Não suportava a ideia de ter que olhar para ela de novo, uma vez ouvi que eles ficam com manchas verdes e roxas, então entrei com um lençol barato que havia comprado na minha frente e o mantive esticado até chegar na cama, e então o joguei por cima do cadáver. Eu o enrolei e joguei todas as roupas de cama na caixa, e em seguida aparafusei a tampa. Tirei o cheiro com o fumigador e o ventilador.

O quarto está limpo e parece novo.

Eu devo guardar o que ela escreveu e seu cacho de cabelo no sótão, no cofre que só deverá ser aberto após a minha morte, algo que não espero que aconteça em menos de quarenta ou cinquenta anos. Ainda não decidi a respeito de Marian (outra M! Ouvi seu supervisor chamar seu nome), desta vez não será amor, será apenas pela curiosidade, e para comparar uma com a outra, e também pela outra coisa, que, como eu digo, eu gostaria de me aprofundar em mais detalhes e poderia ensiná-la. E as roupas serviriam. É óbvio que eu deixaria claro desde o começo quem é que manda e o que espero dela.

Mas ainda é apenas uma ideia. Só estou levando o aquecedor lá para baixo porque já estava precisando desumidificar o quarto faz um tempo.

IES.   PLATE XXVII.

Parnassius Apollo.
(Apollo)

Pieris thiria.

Vanessa Io.
(Peacock)

POSFÁCIO.

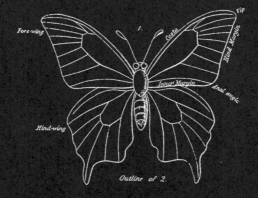

JOHN FOWLES
O COLECIONADOR

POSFÁCIO
REFERÊNCIAS ARTÍSTICAS

Contém Spoilers!

Os Beatles ainda eram residentes no Cavern Club quando John Fowles terminava de escrever seu romance de estreia. *O Colecionador*, publicado originalmente em 1963, é de certa forma um produto anterior à cultura pop — ou, pelo menos, a sua segunda onda, pós Elvis Presley e Andy Warhol. A primeira edição chegou às livrarias inglesas um pouco antes de sua capital ganhar o apelido Swinging London, período em que a cidade tornou-se o epicentro de revoluções que perduram até hoje nas artes, na moda e no comportamento. Somos todos filhos dos anos 1960.

O Colecionador é uma obra fundamental daquela década, junto de discos de Bob Dylan, Jimmy Hendrix e Os Mutantes, filmes de Stanley Kubrick, Sergio Leone e George Romero, e quadrinhos de Robert Crumb e Stan Lee. Já na primeira tiragem, o livro alcançava sucesso de crítica e público, e logo conquistaria o mundo em incontáveis edições e traduções.

No Brasil, durante anos foi um campeão de vendas do Círculo do Livro, editora que enviava seus títulos pelo correio para um clube de assinantes.

Em 1965, *O Colecionador* ganhou uma elogiada adaptação ao cinema. O filme do diretor William Wyler (*Ben Hur*, de 1959) obteve três indicações ao Oscar e saiu consagrado no festival de Cannes com os prêmios de melhor atriz para Samantha Eggar e melhor ator para Terence Stamp. Em 1974, seria a vez da atriz e cantora Marianne Faithfull interpretar Miranda na primeira das inúmeras montagens teatrais baseadas no romance.

Há muitos anos fora de catálogo no país, *O Colecionador* manteve-se um favorito dos sebos, e até hoje é possível encontrar resenhas apaixonadas sobre ele na internet. Com esta edição da DarkSide® Books, abre-se uma janela para que Miranda consiga sair do cativeiro e que sua história volte a encantar — assustar, revoltar, tirar o fôlego de — novas gerações de leitores.

Cinquenta e cinco anos após o lançamento original, a primeira obra-prima de John Fowles continua perigosamente atual. O feminismo, a solidão, a luta de classes, a liberdade, o que pode ou não ser considerado arte e o que pode ou não ser considerado amor... esses são apenas alguns dos temas que o autor traz à tona em uma história brilhantemente narrada sob dois pontos de vista antagônicos: o do sequestrador e de sua vítima. Numa época sem textão de redes sociais, era com literatura de qualidade que pensadores dissecavam o mundo à sua volta.

O Colecionador é sem dúvida um livro que precisa ser lido, relido, e discutido hoje. Manteve-se jovem porque muitas das angústias de seus dois protagonistas habitam os jovens até hoje. Como em O *Apanhador no Campo de Centeio* (1951), um clássico moderno que Miranda aconselha a Frederick Clegg. O existencialismo presente no romance de J.D. Salinger incomoda o colecionador de borboletas. Ele prefere idealizar a arte, e talvez seus sentimentos, como algo a ser aprisionado e exibido em uma moldura, belo e indefeso. Frederick dificilmente seria um leitor de John Fowles.

Esse embate cultural entre os protagonistas é um dos pontos fortes do livro que você tem em mãos. Na segunda parte, que corresponde ao seu diário no cativeiro, Miranda cita uma quantidade enorme de artistas e obras com a intimidade — e talvez um certo esnobismo — de quem estuda, admira e se dedica às artes. E aqui é preciso abrir um parágrafo.

John Fowles tinha 37 anos quando *O Colecionador* foi publicado. Ele não buscou referências na contracultura que ainda engatinhava. Não há, por exemplo, nenhuma citação em seu livro ao rock 'n' roll, se não levarmos em conta uma breve passagem em que Miranda descreve um incidente com Teddy Boys, a tribo urbana de roqueiros ingleses que se vestia com casacos de couro, no melhor estilo selvagem de Marlon Brando. Apesar de ser um dos autores mais influentes dos anos 1960, Fowles não bebeu da própria fonte. Muitas de suas referências são bem mais antigas, o que, a princípio, exigiria uma certa erudição dos leitores do século XXI. Você não precisa saber quem foi Piero della Francesca, pintor renascentista italiano, para compreender a história de Caliban e Miranda (já, já falamos sobre isso). Mas você pode entender as citações artísticas como pequenos *easter eggs* que dão mais profundidade à história e aos personagens.

Fowles não conseguiria prever ferramentas de pesquisa on-line ou enciclopédias colaborativas, que o leitor do século XXI pode muito bem acessar em busca de outras informações. Algumas delas nós já selecionamos aqui, para que você comece a decifrar um pouco mais dos inesquecíveis protagonistas de *O Colecionador* sem ter que se afastar das páginas deste livro.

REFERÊNCIAS DO TEATRO

A Tempestade, de William Shakespeare
Os estudiosos acreditam que essa tenha sido a última peça escrita pelo bardo inglês, por volta de 1611. Uma comédia romântica e mística sobre vingança, poder e amor. *A Tempestade* é citada constantemente em *O Colecionador*. A princípio como uma brincadeira.

Quando se apresenta a sua prisioneira, Frederick Clegg mente seu nome, e diz chamar-se Ferdinand. Uma coincidência inacreditável, pensa a garota, se referindo ao casal romântico da peça. Sim, Miranda e Ferdinand! A escolha do pseudônimo não fora intencional, Clegg estava nervoso com o interrogatório da jovem, inteligente demais para crer nas suas histórias mirabolantes. Sob pressão, ele adota o primeiro nome que lhe vem à cabeça, o apelido que seu tio lhe dera na infância. Mas em sua visão platônica, a referência a *A Tempestade* se encaixaria perfeitamente. A Miranda e o Ferdinand de Shakespeare são belos, inocentes e se apaixonam à primeira vista. Feitos um para o outro.

Já a Miranda de Fowles não pensa assim. Ela prefere chamar seu sequestrador de Caliban, um personagem bem diferente de *A Tempestade*. Caliban é filho de uma bruxa com o Diabo. Feio e malcheiroso, a ponto de ser confundido com um peixe morto. Mesquinho e vingativo, Caliban tenta violar Miranda, com a intenção de "povoar de Calibanzinhos" a ilha em que ambos são prisioneiros. Já para a estudante de artes em 1963, a ilha é um porão a duas horas de Londres. E seu Caliban representa todo o egoísmo e a maldade que existem no mundo.

Há inúmeras interpretações possíveis do simbolismo de *A Tempestade* em *O Colecionador*. O leitor com fôlego perderá dias on-line atrás de artigos e teses sobre o assunto. Mas dois temas aparecem com mais frequência. Primeiro, o feminismo. John Fowles ficou conhecido por dar protagonismo a mulheres

mulheres fortes, que não se conformam com o papel que a sociedade tenta lhe impor. Como, por exemplo, Sarah Woodruff, de seu romance de 1969, *A Mulher do Tenente Francês*. Miranda Grey é outra dessas lutadoras, bem diferente de sua xará do século XVII. A Miranda original parece desprovida de vontade própria, é pura e obediente, se apaixona por um homem que seu próprio pai escolheu. O contraste entre as duas Mirandas é gritante nesse sentido, ainda que Clegg não seja capaz de perceber.

Outro tema pertinente na comparação entre a peça e o romance é a humanização de Caliban. O personagem original foi descrito pelo dramaturgo como um "escravo deformado". Ele pode ser visto como um dos vilões da narrativa. É horrendo, bêbado e traiçoeiro, a ponto de planejar a morte de Próspero, seu mestre. Há quem hoje enxergue em Caliban uma caricatura de como os ingleses imaginavam os "selvagens" de um Novo Mundo que vinha sendo descoberto e colonizado pelos europeus.

Só que há mais em Caliban do que uma leitura superficial pode indicar. Ele ama a ilha em que nasceu, e que Próspero lhe tomou. Ama a natureza ao seu redor. E até poderia amar Miranda (a única mulher que conheceu na vida além de sua mãe), se alguém lhe ensinasse como. Exigir dele lealdade ou bons modos seria pedir um pouco demais a alguém que sempre foi tratado como monstro.

Comparado ao personagem shakespeariano, o Caliban de John Fowles é certamente muito mais monstruoso. Talvez não haja absolvição para seus pecados, mas ainda assim nós conseguimos entrar em sua mente, e ouvir o que ele tem a dizer. O autor acerta em dar voz ao personagem. No final, é quase impossível não sentir empatia por Frederick Clegg em várias passagens do livro. Muitas narradas por sua própria vítima. Há um pouco de Caliban e de Miranda em todos nós. E essa é uma das conclusões mais belas e assustadoras que chegamos, às vezes em silêncio, folheando as páginas de *O Colecionador*.

Major Barbara, de George Bernard Shaw
Escrita em 1907, sobre Barbara, uma oficial do Exército da Salvação, a peça reflete se devemos ou não aceitar caridade de fontes moralmente questionáveis. O mesmo dilema é vivido por Miranda, quando ela acredita ter convencido Clegg a doar parte de seu dinheiro para a Campanha pelo Desarmamento Nuclear.

Em outro momento, Miranda lembra do ponto de vista cínico de G.P. sobre a peça de Bernard Shaw que, segundo ele, prova "como as pessoas precisam ser salvas financeiramente antes que você possa salvar suas almas".

A peça ganhou uma adaptação cinematográfica em 1941 e inspirou uma canção da banda Aerosmith.

Pigmalião/My Fair Lady, de George Bernard Shaw
Ao lembrar de G.P. em seu diário, Miranda o compara ao professor Higgins, personagem da peça *Pigmalião* (1913) — mais tarde transformada no musical da Broadway, *My Fair Lady*, imortalizado no filme de 1964 com Audrey Hepburn.

O sr. Higgins é um professor de fonética obcecado em transformar uma pobre vendedora de flores numa dama da sociedade, corrigindo sua maneira caipira de falar inglês e lhe ensinando regras de etiqueta.

REFERÊNCIAS DA LITERATURA

O Apanhador no Campo de Centeio, de J.D. Salinger
Romance de 1951, um clássico da literatura mundial. Segundo Miranda, "um dos mais brilhantes estudos sobre a adolescência já escritos". Ela aconselha Clegg a ler o livro, pois acredita que ele poderia se identificar com o protagonista Holden Caulfield: ambos não se encaixam em lugar nenhum.

Grandes Esperanças, de Charles Dickens
Miranda compara a relação entre Clegg e a tia que lhe criou com os personagens Pip e sra. Joe do romance de Dickens, publicado originalmente em 1861. O livro é um clássico obrigatório em países de língua inglesa, mas Clegg parece não entender a citação, reforçando o abismo cultural entre ele e Miranda.

Razão e Sensibilidade; Emma, de Jane Austen
Em seu cativeiro, Miranda lê esses dois clássicos da romancista inglesa. Do primeiro, publicado originalmente em 1811, ela se compara às irmãs Eleanor e Marianne Dashwood, protagonistas cujas personalidades distintas refletem o título do livro. Miranda se vê sensível como Marianne, mas acredita que deveria ser racional como Eleanor.

Livro das Mil e Uma Noites, autor anônimo
Em determinado momento, Miranda compara Clegg ao Velho do Mar, personagem de uma das histórias do marujo Simbad, que consegue aprisioná-lo. Mas ela há de ser como Simbad, descobrindo uma maneira de subjugar seu inimigo por sua inteligência superior.

Sábado à Noite, Domingo de Manhã, de Alan Sillitoe
"Deve ser maravilhoso escrever como Alan Sillitoe", registra Miranda Grey em seu diário, após terminar de ler o romance

de estreia do autor inglês. Mas ao mesmo tempo, ela sente nojo do livro, publicado originalmente em 1958.

Sábado à noite, Domingo de Manhã conta a história de um jovem operário que desafia as convenções de classe e a hipocrisia da sociedade britânica. Um anti-herói amoral, preocupado apenas em vencer competições de bebedeira nos pubs londrinos e conquistar o maior número de garotas que puder, incluindo a esposa de um colega de fábrica, que trabalha no turno da noite. Miranda se diz chocada com o jeito egoísta e abrutalhado do personagem, e tem dúvidas se o autor queria ou não "atacar a sociedade que produz pessoas assim". Segundo ela, o escritor teria se apaixonado pela feiura que denunciava. Estaria John Fowles refletindo sobre si mesmo e seu personagem Frederick?

O certo é que a escrita maldita de Sillitoe desagradava ao mesmo tempo setores conservadores e progressistas, mas ainda assim conquistou gerações de fãs. Há citações de *Sábado à Noite, Domingo de Manhã* na obra de bandas britânicas como The Smiths (na letra da canção "There is a Light That Never Goes Out", do álbum *The Queen is Dead*, 1986) e Arctic Monkeys (o nome do álbum *Whatever People Say I Am, That's What I'm Not*, de 2006). Aqui, a deixa para mais uma curiosidade: Morrissey também era fã de *O Colecionador*. O single da música "What Difference Does it Make?" foi lançado com duas capas diferentes: na primeira versão, com uma foto do ator Terence Stamp no papel de Frederick Clegg e, na segunda, com o vocalista do The Smiths reproduzindo a mesma cena do filme.

REFERÊNCIAS DA MÚSICA

Mozart, Bach, Béla Bartók, Dimitri Shostakovich, Thomas Beecham, Modern Jazz Quartet

Uma vitrola e discos de música clássica são alguns dos muitos itens que Frederick compra na tentativa de agradar sua "convidada", para repetir um eufemismo usado pelo próprio sequestrador. Mas é claro que a música não serve para aproximá-los. Ao contrário. Miranda escuta Mozart e se lembra de G.P. O artista lhe levou ao concerto de uma orquestra russa tocando Dmitri Shostakovich, lhe apresentou "Música para Percussão e Celesta", do húngaro Béla Bartók, e lhe ensinou a apreciar as sutis diferenças de cada uma das trinta *Variações Goldberg*, compostas por Johann Sebastian Bach para o clavicórdio.

Juntos, Miranda e G.P. ouviam o Modern Jazz Quartet e *raga*, estilo de música tradicional indiana, enquanto tomavam café feito no *vriki*, um bule de origem turca. E desprezavam fãs "incultos" de Thomas Beecham, o maestro que ficou mais famoso na Inglaterra por suas piadas desconcertantes ("o som do cravo é igual a dois esqueletos copulando sobre um telhado de zinco") do que pela qualidade de suas composições.

REFERÊNCIAS DA ARTES PLÁSTICAS

A arte é uma espécie de santuário que a jovem Miranda Grey encontrou para se proteger da mesquinharia e da feiura que há no mundo. Talentosa, ela ganhou uma bolsa na Escola de Arte Slade, tradicional universidade londrina fundada em 1871. Mas encontrou seu principal professor fora da escola. George Peston, um pintor mais velho, misto de figura paterna, mentor e amante platônico. Miranda se apaixona por ele, ainda que não fisicamente. A paixão é por sua visão do que a arte deve ser. Íntegra. Cruel. Verdadeira. Nunca um quadro bonitinho para decorar a sala de estar, o tipo de bobagem que cai no gosto do que G.P. chamaria de Gente Nova. Gente como Frederick Clegg.

Frederick gosta dos retratos que Miranda desenha. Gosta de patos de porcelana. E, claro, de borboletas mortas.

A beleza está nos olhos de quem vê? Certamente existe um abismo entre os olhos de Miranda e os de Frederick. Entre o esnobismo dela e a má vontade do outro, há infinitas possibilidades artísticas para todos os gostos. Miranda cita vários pintores, escultores, desenhistas, designers e fotógrafos em seu diário. Entre eles, em ordem alfabética:

Amedeo Modigliani (Itália, 1884-1920), pintor e escultor expressionista, é um dos representantes mais famosos da École de Paris, grupo de artistas de diferentes nacionalidades que viviam na capital francesa no período entre guerras, que também incluiu Picasso e Marc Chagall, entre outros. Modigliani revolucionou dois temas muito comuns à arte: os retratos e, principalmente, os nus, recebidos com escândalo por parte da sociedade da época. Modigliani tinha um estilo bastante particular de desenhar e esculpir seus personagens, com pescoços alongados e olhos amendoados. Em seu discurso contra o que chama de Gente Nova, Miranda despreza "os Calibans desse mundo" por rastejarem atrás dos grandes artistas apenas após sua morte: "Pagam milhares e milhares por Van Goghs e Modiglianis nos quais teriam cuspido na época em que foram pintados".

Aristide Maillol (França, 1861-1944), escultor, pintor e gravurista. Passou parte da sua carreira como artista decorativo, trabalhando com tapeçaria. Mais tarde muda radicalmente de estilo e torna-se escultor. Corpos femininos são a temática principal de sua estátuas. No livro, Miranda pede de presente a Frederick um quadro de G.P., e reconhece a influência das musas de Maillol no "corpo roliço" da mulher nua desenhada por seu amigo.

Augustus John (1878-1961, País de Gales), pintor e gravurista, que ficou famoso como retratista.

Ben Nicholson (Inglaterra, 1894-1982), mais um aluno da tradicional Escola de Arte Slade. Ilustrou o pôster da primeira versão teatral de Peter Pan, criado por sir James Barrie, que se tornou seu amigo pessoal. Nicholson ganhou o primeiro prêmio na Bienal de São Paulo de 1957.

Berthe Morisot (França, 1841-1895), pintora impressionista, casada com Eugene Manet, irmão mais novo de Edouard Manet. Em 1876, um crítico parisiense descreveu o recém-nascido impressionismo como um movimento de "cinco ou seis lunáticos, sendo um deles uma mulher". A lunática em questão era Morisot. Em seu diário, Miranda deseja pintar como Berthe Morisot, com sua "simplicidade e luz".

Feliks Topolski (Polônia, 1907-1989), pintor expressionista, nascido em Varsóvia, mudou-se ainda jovem para a França e logo após para a Inglaterra. Ilustrou a publicação de 1939 de *Pigmalião*, de Bernard Shaw. Foi oficial da artilharia e retratou a batalha de Grã-Bretanha, em 1940, que marcou a primeira tentativa de Hitler de conquistar o país. Topolski trabalhou como correspondente de guerra para a revista *Picture Post*. Miranda considera o estilo de G.P. como antagônico ao expressionismo de Topolski.

Georges Braque (França, 1882-1963), pintor, gravurista e escultor, um dos pioneiros do cubismo. Desenvolveu com Pablo Picasso uma técnica de colagem chamada *papier collés*, em 1912. Miranda lembra em seu diário que G.P. confessou ter vivido muitos anos à sombra de Braque, imitando seu estilo.

Graham Sutherland (Inglaterra, 1903-1980), pintor, gravurista e designer reconhecido por seu trabalho em vidro e tecidos, além de pinturas e retratos. Foi o artista responsável pela tapeçaria da reconstrução da Capela de Coventry, erguida no século XIV e destruída pelos bombardeios da Segunda Guerra Mundial.

Henri Matisse (França, 1869-1954), pintor e desenhista, principal representante do fauvismo (do francês *les fauves*, "as feras"). A expressão surgiu de um crítico de arte que, ao ver uma exposição de Matisse em 1905, considerou sua arte selvagem. Os fauvistas rompiam com a estética vigente do impressionismo, abusavam de cores vibrantes e pinceladas bruscas.

Henry Moore (Inglaterra, 1898-1986), surrealista, considerado um dos maiores escultores ingleses do século XX. Um de seus temas preferidos era a relação entre mãe e filho. Apesar de ser mais famoso por suas esculturas, Miranda cita uma série de desenhos que Moore fez das estações de metrô Londres durante a Segunda Guerra Mundial, em que multidões se abrigavam dos ataques aéreos nazistas.

Jackson Pollock (Estados Unidos, 1912-1956), pintor expressionista abstrato. Aclamado pela revista *Life* em 1949 como "o maior pintor vivo dos Estados Unidos", ficou famoso por seus quadros abstratos em que deixava a tinta respingar sobre a tela branca. Seu estilo inusitado marcou uma das mais radicais rupturas na evolução da arte moderna.

John Constable (Inglaterra, 1776-1837), pintor e poeta romântico. Gostava de pintar ao ar livre e incorporava em suas telas elementos meteorológicos como a chuva e a neblina.

Matthew Smith (Inglaterra, 1879-1959), pintor de nus, natureza morta e paisagens, foi condecorado cavaleiro do Império Britânico em 1954. Segundo G.P., seria um imitador de Gauguin e Matisse. Matthew Smith foi aluno da Escola de Arte Slade, a mesma escola em que Miranda estuda.

Oskar Kokoschka (Áustria 1886-1980), pintor, escultor, poeta e dramaturgo. Kokoschka declarou que o ato de pintar "não é baseado em três dimensões, mas quatro. A quarta dimensão é uma projeção de quem eu sou... na essência natural da visão, que é criativa".

Pablo Picasso (Espanha, 1881-1973), pintor, desenhista, gravurista e escultor. Não seria exagero considerá-lo o mais influente artista plástico do seu tempo. Um dos criadores do cubismo, também foi pioneiro do simbolismo e do surrealismo. Boêmio, carismático e mulherengo, ficou tão famoso por sua obra quanto por sua vida pessoal. Em uma de suas citações mais conhecidas, Picasso afirma que "a arte é uma mentira que nos permite conhecer a verdade".

Paolo Uccello (Itália, 1397-1475), pintor florentino. Assim como seu contemporâneo, Piero Della Francesca, Uccello era obcecado pela perspectiva e pela geometria. Uma de suas pinturas mais famosas é o quadro *Caçada na Floresta*, que faz parte do museu Ashmolean, em Oxford, na Inglaterra, e citada em *O Colecionador*. G.P. compara essa obra-prima renascentista com a personalidade misteriosa de Miranda: "Você sabe que é perfeito. Professores com sobrenomes da Europa central perdem suas vidas inteiras decifrando qual o segredo intrínseco dessa pintura, o que você sente à primeira vista. Agora, vejo que você também possui um grande segredo intrínseco. Sabe lá Deus o que é".

Paul Gauguin (França, 1848-1903), pintor, gravurista e escultor pós-impressionista e simbolista. Influenciado por Vincent Van Gogh, de quem foi amigo pessoal, Gauguin viajou pelas ilhas do Pacífico, abandonou sua família e fixou residência na Polinésia, onde desenvolveu um estilo que os europeus chamariam de primitivismo, combinando a observação da vida cotidiana dos nativos com simbolismo místico.

Paul Nash (Inglaterra, 1889-1946), pintor conhecido pelos quadros que retratam a sua experiência na Primeira Guerra, de influência surrealista, foi também fotógrafo, designer, igualmente aluno da Escola de Arte Slade. Em 1917, testemunhou a maior parte dos soldados da sua unidade serem mortos na batalha de Hill 60, na Bélgica. Nash foi hospitalizado e durante o período de recuperação produziu quadros inspirados nos rascunhos que fazia no front de guerra. Em *O Colecionador*, Carolina, a tia de Miranda, ironiza G.P. referindo-se a ele como "um Paul Nash de segunda categoria".

Peter Blake (Inglaterra, 1932), pintor considerado o padrinho da pop arte britânica. Seu trabalho mais famoso é a capa do disco *Sgt. Pepper's Lonely Hearts Club Band*, que Blake desenvolveu com Jann Haworth, sua esposa, e o fotógrafo Michael Cooper. O disco dos Beatles foi lançado em 1967, quatro anos após a publicação original de *O Colecionador*.

Piero della Francesca (Itália, 1415-1492), pintor renascentista. Apreciador da geometria e da matemática, Piero ajudou a mudar a representação da perspectiva na arte ocidental. Nada era por acaso em sua obra, a posição de cada elemento tinha uma importância vital na composição de suas pinturas. Em certo momento, Miranda passa "o dia todo com Piero", e diz achá-lo maior que Pollock, Picasso e Matisse. Ela se pergunta: "Como posso me tornar uma boa pintora quando sei tão pouco sobre geometria e matemática?".

Piet Mondrian (Holanda, 1872-1944), um dos fundadores do movimento vanguardista holandês De Stijl, que incluía arte e design fortemente inspirados em figuras geométricas e cores primárias. Mondrian compunha sua arte abstrata com linhas verticais e horizontais e uma paleta de cores básicas atrás de uma harmonia utópica do universo. Seu trabalho exerceu uma nítida influência sobre os artistas da escola Bauhaus e do movimento Minimalista dos anos 1960.

Rembrandt (Holanda, 1606–1669), pintor e gravurista representante do período chamado de século de ouro holandês. Sua vasta obra foi composta de gravuras em água-forte e pinturas de cenas épicas, bíblicas, retratos e autorretratos. Um fã e precursor do selfie, cinco séculos antes do smartphone. Talvez a característica mais marcante seja o seu uso de luz e sombra na composição de seus quadros.

Samuel Palmer (Inglaterra, 1805–1881), pintor, gravurista e escritor. Considerado por alguns críticos como o Van Gogh inglês, alcunha que ironicamente pode se referir tanto ao seu talento quanto à falta de sucesso comercial enquanto vivo. Palmer produziu até morrer, aos 76 anos, e sua obra ganharia reconhecimento em meados do século xx.

Antônio Tibau, janeiro de 2018

BIBLIOGRAFIA

Livro – Shakespeare, William. *A Tempestade*. Rio de Janeiro: Lacerda, 1999. Trad. Barbara Heliodora.

Sites – arteehistoriaepci.blogspot.com.br, artuk.or, britannica.com, cliffnotes.com, gauguin.org, infoescola.com, lacoolturа.com, mundoeducacao.bol.uol.com.br, nationalgallery.org.uk, publicdomainreview.com, rembrandtonline.org, sparknotes.com, tate.org.uk, theartstory.org, theguardian.com, wikipedia.com.

1

JOHN FOWLES (1926-2005), escritor e romancista inglês, ganhou prestígio internacional com *O Colecionador*, sua primeira obra, publicada em 1963. Foi imediatamente aclamado como um escritor notável e inovador, com excepcional poder criativo, que transitava entre a literatura moderna e pós-moderna, tendo sido influenciado por autores como Jean-Paul Sartre e Albert Camus, entre outros. Essa reputação foi confirmada em suas obras posteriores: *The Aristos* (1964), *The Magus* (1965), *A Mulher do Tenente Francês* (1969; ed. bras.: Alfaguara, 2008), *The Ebony Tower* (1974), *Daniel Martin* (1977), *Mantissa* (1982) e *A Maggot* (1985).

"Mas a sua alegria apagava-se dia-a-dia, e cobria-se
de poeira, como a asa de uma borboleta
que um alfinete atravessou." — VICTOR HUGO

OUTONO 2018